SCHNEEGLITZERND VERLIEBT

INSELKÜSSE & STRANDKORBGLÜCK

BUCH FÜNF

KARIN LINDBERG

Impressum
Copyright © 2024 by Karin Lindberg
All rights reserved.
Lektorat Dorothea Kenneweg
Korrektorat Ruth Pöß
Covergestaltung Catrin Rausch
Depositphotos.de 662646026, 225917706, 629379720

Karin Baldvinsson
Am Petersberg 6a
21407 Deutsch Evern

Herstellung und Druck über tolino media GmbH & Co. KG,
Albrechtstr. 14, 80636 München. Printed in Germany.
Fragen zu Produktsicherheit an: gpsr@tolino.media.

KARIN LINDBERG

Schnee
GLITZERND
verliebt

ROMAN

KLAPPENTEXT
SCHNEEGLITZERND VERLIEBT

Der Winter am Meer kann so romantisch sein! Schnee glitzert auf dem hellen Sandstrand, und die heranrollenden Nordseewellen spülen alle Sorgen weg. In der Theorie zumindest, denn Sorgen hat Svantje genug. In ihrer Ladenkasse herrscht Ebbe, weil im Winter die Touristen ausbleiben, um hübsche Souvenirs vom Meer zu kaufen. Und dann schlittert sie wegen einer Unachtsamkeit auch noch mit dem Auto in einen Graben! Zum Glück taucht ein charmanter Helfer auf.

Als Svantje sich mit einer Einladung in ihr kleines Café bedanken will, zeigt Nils sich abweisend. Na gut, dann eben nicht! Auf ein unverbindliches Techtelmechtel mit jemandem, den nur eine Stippvisite auf die Insel verschlagen hat, kann sie sowieso verzichten.

Bei einer Lesenacht im Leuchtturm kommen sie sich näher, aber Svantje hat Angst sich auf Nils einzulassen, weil sie weiß, dass Nils nicht bleiben wird. Oder doch?

KAPITEL 1

*E*ntweder die oder keine! Ich musste mich schnell entscheiden, denn es war die letzte Fähre, ehe der Betrieb wegen des schlechten Wetters eingestellt wurde. Obwohl ich nun schon seit einigen Jahren auf einer kleinen Nordseeinsel lebte, war bislang keine große Seefahrerin aus mir geworden. Mir war gerade sogar recht mulmig zumute, aber wenn ich jetzt nicht mit meinem kleinen Lieferwagen an Bord fuhr, musste ich mehrere Nächte auf dem Festland verbringen. Gott allein wusste, wie lange dieser Herbststurm dauern würde. Eisiger Wind blies von überall her, und dicke Regentropfen prasselten vom Himmel. Kein Wunder – im November war das Wetter unberechenbar. Letztes Jahr hatten wir zu Allerheiligen strahlenden Sonnenschein und fünfzehn Grad gehabt, heute lag die Temperatur bei gefühlten minus zwölf Grad. Ich hatte allerdings mehr Bammel vor dem Seegang, die Wellen konnten sich bei einem Sturm in der Nordsee meterhoch auftürmen. Ich würde die schaukelige Überfahrt nach Nortrum schon überleben – das hoffte ich zumindest. Irgendwo, ganz tief in mir drin, schlummerten Urängste, die ich jetzt überwinden musste. Es war bereits dunkel, das Neonlicht am Hafen und auf der Fähre verpasste dem Szenario einen gruseligen Touch. Ich hatte nichts gegen einen guten Thriller, aber nicht, wenn ich die Hauptrolle darin spielte.

U m mich abzulenken, verlor ich mich in den Erinnerungen an die wunderbaren Weihnachtsartikel, die ich mir während meiner Tour aufs Festland angeschaut hatte. Inspirationen für meinen Laden hatte ich jetzt mehr als genug und auch weitere Ideen, um in meinem Café eine gemütliche Adventsstimmung zu zaubern, die ich gleich morgen umsetzen wollte. Ich konnte nie genug bekommen von stilvollen Dekoelementen – schon gar nicht zu Weihnachten. Deshalb hatte ich mein Hobby, entgegen aller gut gemeinten Ratschläge, vor ein paar Jahren auch zum Beruf gemacht.

Zum Nachdenken blieb mir zum Glück keine Zeit, denn die Autoschlange fing an zu rollen. Es waren nicht viele Fahrzeuge, denn Nortrum war eine autofreie Insel, nur Leute mit einer Sondergenehmigung – wie ich wegen meines Ladens – durften motorisiert anreisen. Ich startete den Motor meines Caddies und fuhr den anderen in meiner Spur hinterher.

»Jetzt stell dich nicht so an«, sprach ich mir Mut zu. Ein Zurück gab es ohnehin nicht mehr. Und natürlich würde ich die Stunde auf dem Schiff überstehen, auch wenn mein Herzrasen mir gerade etwas anderes signalisieren wollte. Es war nicht das erste Mal, dass ich diese Tour mit der Fähre zurücklegte. Das gehörte dazu, wenn man auf einer Insel wohnte. Im Sommer mochte ich es sogar, gemächlich rüberzuschippern und mir eine leichte Brise durch die Haare wehen zu lassen. Aber bei schlechtem Wetter war und blieb ich eine Landratte, da konnte ich mir einfach nichts schönreden. Meine Finger waren schwitzig, und ich atmete flach, während ich den Wagen über die Laderampe steuerte. Nachdem ich die Handbremse angezogen und den Motor abgestellt hatte, stieg ich aus und stakste mit weichen Knien die Treppen hinauf in den Fahrgastraum.

Es waren nicht viele Leute an Bord, verständlicherweise, denn freiwillig kam bei dem Sauwetter kaum jemand nach Nortrum. Im Sommer sah das anders aus, da musste man zu den beliebtesten Überfahrtszeiten lange im Voraus ein Ticket buchen.

Ich suchte mir ein Plätzchen ganz vorne, um das Meer im Blick behalten zu können. Weil die Deckenlichter noch auf voller Stärke brannten, sah ich derzeit jedoch nur mein eigenes Spiegelbild in den Fensterscheiben. Unter meinen Augen lagen dunkle Ringe, mein blondes Haar war von dem böigen Wind zerzaust und hing mir nach dem Regenschauer strähnig um das Gesicht. Zum Glück hatte ich heute nichts mehr vor – außer heil nach Hause zu kommen.

Die Fähre ruckelte, und eine Durchsage machte mich darauf aufmerksam, dass es losging. Kurz überlegte ich, ob ich mir einen Tee kaufen sollte, um mich an dem Becher festhalten zu können, aber ließ es sein. Man wusste ja nie, wie schaukelig es noch wurde.

Eine Gänsehaut kroch an meiner Wirbelsäule entlang. Kurz fragte ich mich, ob ich nicht doch lieber an Land hätte bleiben sollen, aber ich ließ diesen Gedanken vorüberziehen. Es war jetzt sowieso zu spät dafür, und ich sehnte mich danach, in meinem eigenen Bett zu schlafen. Deshalb versuchte ich mich mit logischen Argumenten zu beruhigen. Wenn es gefährlich wäre, hätte man den Fährbetrieb bereits eingestellt. Da das nicht der Fall war, konnte ich mich entspannen.

Das war natürlich leichter gesagt als getan. Glücklicherweise erinnerte ich mich an eine bestimmte Atemtechnik, die ich bei einem Yoga-Kurs erlernt hatte. Ich zählte beim Einatmen bis acht, hielt die Luft kurz an und zählte beim Ausatmen wieder bis acht. So hatte ich wenigstens etwas zu tun, und es beruhigte mich tatsächlich ein bisschen.

Kurz schloss ich meine Augen und lehnte mich im Sitz zurück. Etwas von der Anspannung fiel von mir ab. Erst jetzt fiel mir auf, wie müde ich war – die letzten Tage waren anstrengend gewesen. Zuerst hatte Linus eine üble Erkältung mit hohem Fieber gehabt, und dann waren die üblichen Termine, Probleme und Aufgaben einer selbstständigen Ladenbetreiberin auf mich eingeprasselt. Heute war ich unter anderem auf dem Festland gewesen, um mit einer Tee-Manufaktur über die neuen Preise und mit einem Dekohersteller über bessere Konditionen für mich zu sprechen. Leider war ich nicht erfolgreich gewesen, man war mir keinen Schritt entgegengekommen. Alles in allem war mein Leben derzeit anstrengend, jeder Tag bot eine neue Herausforderung. Einfach irgendwo zu sitzen, so wie jetzt, konnte ich mir normalerweise nicht erlauben. Ich gähnte und merkte, dass meine übertriebene Panik glücklicherweise abgeflacht war und einer angenehmen Müdigkeit Platz gemacht hatte. Ich spürte, wie ich langsam wegdämmerte.

Als ich das nächste Mal aufwachte, war mir speiübel. Mein Magen fühlte sich an, als hätte ich eine Magen-Darm-Grippe.

Mist!

Daran hätte ich denken sollen. Es war natürlich kein Virus: Ich war schlicht nicht seefest. Das Boot wankte, die hohen Wellen auf offener See waren nun sehr deutlich zu spüren. Ich setzte mich kerzengerade auf, kämpfte gegen den aufsteigenden Brechreiz und atmete flach. Kalter Schweiß brach auf meiner Stirn aus. Verdammt. Ich hätte die Augen gar nicht erst schließen dürfen, das war die wichtigste Regel bei einem schwachen Magen auf See.

Zwei Stühle entfernt von mir setzte sich ein Pärchen mit Tupperdosen in den Händen. Als sie die Deckel öffneten, wehte ein Hauch von gekochten Eiern zu mir herüber.

Das war der berühmte Tropfen.

Ich sprang auf und hielt mir die Hand vor den Mund, ich war kurz davor, mich zu übergeben.

»Sie ist vielleicht schwanger«, hörte ich die Frau zu ihrem Mann sagen, während ich an ihnen vorbeirannte.

Von wem denn!?, wollte ich rufen, ich bin nicht die Jungfrau Maria! Ich verkniff es mir, aber nur, weil ich die beiden ansonsten mit meinem Mageninhalt überschüttet hätte.

Gut, dass ich mich auf der Fähre auskannte, sonst wäre ein peinlicher Auftritt nicht mehr zu verhindern gewesen. Ich rannte die Treppe hinauf und stürmte aufs Deck. Endlich frische Luft!

Vielleicht war es keine grandiose Idee, mich bei dem höllischen Wind draußen aufzuhalten, aber derzeit die einzige Alternative zur Kloschüssel. Aus Erfahrung wusste ich, dass ich für die restliche Überfahrt nicht mehr aus den engen Toilettenräumen herauskommen würde, wenn ich dem Brechreiz einmal nachgegeben hatte.

Tatsächlich beruhigte sich mein Magen augenblicklich, nachdem ich die kühle Luft für ein paar Minuten tief eingeatmet hatte. Dafür war mein Gesicht ebenso schnell eingefroren. Mich weiter als wenige Schritte von der Tür zu entfernen, traute ich mich nicht, ich war ja nicht lebensmüde. Die Fähre wurde hin- und hergeschaukelt wie ein Plastikentchen im Wellenbad. Ich konnte trotz der Beleuchtung nicht viel in der tiefschwarzen Nacht erkennen, was mich nicht gerade beruhigte.

Der Gedanke, dass es nicht so schlimm sein konnte, wenn das Deck für Passagiere nicht gesperrt worden war, half ein wenig, nicht gleich wieder panisch zu werden. Doch was schlechtes Wetter auf See betraf, war ich einfach ein Hasenfuß, das war und blieb Fakt.

Ich schlang die Arme um meinen Körper und schloss die Lider für einen Moment. Das stetige Schaukeln des Schiffes vermischte sich mit dem pfeifenden Wind und dem Dröhnen des Dieselmotors.

Pest oder Cholera – Erfrieren oder Übergeben. Ich wählte den Kältetod und blieb draußen, aber schon nach ein paar

Minuten war ich mir nicht mehr sicher, ob es die richtige Entscheidung gewesen war. Mir war eiskalt.

Während ich mit meinem Schicksal haderte, dachte ich an den Kommentar der Frau mit dem Eiersalat zurück. Irgendwie hatte sie mich mit ihrer Bemerkung traurig und auch wütend gemacht. Von außen betrachtet mochte es so aussehen, als müsste ich mit meinem Leben glücklich und zufrieden sein. Im Großen und Ganzen stimmte das auch, ich liebte das beschauliche Tun auf der Insel. Ich hatte mir meinen Laden mit dem Café so eingerichtet, wie ich es mir immer gewünscht hatte, und ich lebte mit meinem kleinen Sohn in dem hübschen reetgedeckten Haus. Das war alles so idyllisch wie im Bilderbuch. Nur eines fehlte: Insgeheim wünschte ich mir einen Mann an meiner Seite. Eine Beziehung, in der ich Liebe und Nähe erfuhr. Was das betraf, lebte ich in der Antarktis. So ein Inselwinter konnte verdammt lang werden – und wir hatten erst November. Das war nicht gerade hilfreich in puncto Optimismus. Von einer Schwangerschaft war ich aus Mangel an Möglichkeiten in etwa eine Galaxie weit entfernt. Ich konnte mich nicht einmal daran erinnern, wann genau ich das letzte Mal mit einem Mann geschlafen hatte.

Okay, das war eine Lüge.

Es war ewig her.

Sehr lange. Es lag so weit zurück, dass es mir sogar vor mir selbst peinlich war – denn es war Thore gewesen, Linus' Papa. Wir hatten damals Freundschaft mit Liebe verwechselt und uns schon bald wieder getrennt. Glücklicherweise verstanden wir uns gut, und er war weiterhin als Freund und Vater meines Sohnes in meinem Leben. Aber es war nicht dasselbe, als wäre ich in einer glücklichen Beziehung. Emanzipation hin oder her, ich wollte nicht für den Rest meines Lebens allein sein. Ich sehnte mich sehr nach einer starken Schulter, an die ich mich auch mal anlehnen konnte. Hinter meinen Lidern begann es zu brennen, aber ich verkniff mir die Tränen.

Meinem Liebesleben konnte ich nur einen Namen geben:

Es war ein Trauerspiel. Und meine Chancen, einem Mann mit Potenzial für mehr zu begegnen, standen schlecht. Auf Nortrum wohnte niemand, der Single war und mein Herz höherschlagen ließ.

Von attraktiven männlichen Touristen hielt ich mich fern, die suchten ja doch nur nach einem Urlaubsflirt. An einer kurzweiligen Ablenkung hatte ich kein Interesse. Ich wollte ein »Für immer«, auch wenn ich irgendwie nicht mehr glaubte, dass ich mich wieder richtig verlieben könnte. Es klang schon in meinem Kopf pathetisch, aber es stimmte: Als gebranntes Kind scheute ich das Feuer. Einmal hatte mir ein Mann sehr viel bedeutet, allerdings hatte er mir seine Liebe nie bedingungslos geschenkt. Es war schmerzhaft gewesen, das zu erkennen, und womöglich war der Schmerz noch immer nicht ganz verarbeitet, dabei hatte mir auch Thore nicht helfen können.

Thore war eine sichere Wahl gewesen, aber wirklich geliebt hatte ich ihn nie, jedenfalls nicht so, wie es Mann und Frau eigentlich tun sollten. Ihm war es genauso ergangen. Er zumindest hatte Glück gehabt und im letzten Sommer seine erste große Liebe wiedergefunden. Seitdem waren die beiden unzertrennlich, und ich freute mich für sie.

Allmählich verlor ich jedoch die Hoffnung, dass eine glückliche Beziehung für mich in diesem Leben noch vorgesehen war. Ich war anscheinend zum Alleinsein verdammt. Aber es war so anstrengend, jeden Kampf allein ausfechten zu müssen. Vor allem im Winter.

Okay, jetzt wurde ich theatralisch. Ich verzog meinen Mund und verbot mir, an die übrigen Probleme meines Lebens zu denken.

Zu spät. Die lange Liste blinkte sofort wie ein Schild mit Leuchtreklame in meinem Kopf, ganz oben stand: Finanzen.

Es war das ewige Lied. Mein Café Schrägstrich Dekoladen warf im Sommer etwas ab, die Laufkundschaft kaufte das ein oder andere Inselsouvenir für das Urlaubsgefühl zuhause. Die

Krabbenbrötchen gingen weg wie die buchstäblichen heißen Semmeln, und auch die Tortenkreationen, die ich täglich im Café anbot, wurden gern und oft bestellt. Im Winter sah das leider anders aus. Ganz anders. Da konnte ich mich eher schlecht als recht über Wasser halten. Ich hatte zwei Kredite zu bedienen, mein Konto war im Dauerminus. Kurzum: Mir stand das Wasser bis zum Hals.

Eine besonders hohe Welle ließ die Fähre bedenklich schaukeln und lenkte mich von meinem düsteren Gedankensumpf ab. Ich trat zwei Schritte nach vorne, um mich an der Reling festzuhalten, und schaute mich erneut um. Viel konnte ich jedoch nicht erkennen. Moment. Doch da war noch etwas. Nein, nicht etwas: jemand.

Ein Mann in dicker Winterjacke stand am Bug, komisch, dass er mir vorhin gar nicht aufgefallen war. Er sah mindestens so deprimiert aus, wie ich mich fühlte. Natürlich ging ich nicht zu ihm und fragte auch nicht, was los war. An einem guten Tag würde ich einen lustigen Spruch raushauen, um ihn aufzumuntern, aber heute hatte ich mit mir selbst zu tun. Außerdem war ich mittlerweile halb erfroren, und gerade schien mir die Aussicht, mich in der warmen Toilette einzuschließen, doch erfreulicher, als mit steifgefrorenen Gliedern über den Jordan zu flattern. Apropos Jordan. Ich warf einen letzten Blick zu dem Mann hinüber und hoffte, dass er sich nicht über Bord ins Wasser stürzen würde. Warum sonst sollte er hier draußen im schlimmsten Wetter herumstehen und düster ins Nichts starren?

Okay, verdammt. Was, wenn diese Vorstellung nicht nur meinen eigenen trüben Gedanken entsprang? Jetzt konnte ich mich nicht einfach nach drinnen verkrümeln. Das war mit meinem Gewissen nicht zu vereinbaren. Nicht auszudenken, wenn er wirklich ins Meer springen würde. Ich würde meines Lebens nicht mehr froh werden, weil ich es hätte verhindern können. Deshalb kämpfte ich mich durch Wind, Graupel und Regen zu ihm.

»Ist alles in Ordnung bei Ihnen?«, wollte ich wissen. Ich musste schreien, damit er mich überhaupt hören konnte.

Der Mann hob seinen Kopf und wandte sich mir zu. In seinem Blick las ich keine Todessehnsucht, zum Glück. Aber ich sah etwas anderes: tiefe Einsamkeit.

Sein Gesicht war kantig geschnitten mit markanten Kieferknochen und einem dunklen Bartschatten. Die Augenfarbe konnte ich nicht erkennen, dafür war das Wetter zu verrückt und die Beleuchtung zu spärlich.

»Was haben Sie gesagt?«, schrie er zurück.

»Ich will wissen, ob es Ihnen gut geht!«, brüllte ich.

Er zuckte die Schultern, als fände er meine Frage merkwürdig. »Klar! Was glauben Sie denn? Ich suche nicht nach einem Gespräch, danke«, erwiderte er nach einem Moment und wandte sich ab.

Okay, da war meine Fantasie wohl mit mir durchgegangen. Wie peinlich. Aber ich hatte nur eine höfliche Frage gestellt, das sollte eigentlich kein Problem sein. Glaubte er etwa, dass ich ihn anmachen wollte?

Nein, danke. Was für ein komischer Kauz. »Na, dann viel Spaß noch!«, wünschte ich in einer Lautstärke, die meine Stimmbänder reizte. Ich musste husten, hob meine Hand zum Abschied und hastete hinein.

Unten angekommen ließ ich mich zitternd auf einen Sitzplatz weitab von anderen Menschen nieder und wartete, dass meine Glieder wieder auftauten. Bis zur Durchsage, dass man jetzt zu seinem Wagen gehen durfte, war es mir nicht gelungen, die Kälte in mir zu vertreiben. Ich bibberte weiterhin, aber wenigstens war mir nur noch leicht flau im Magen und nicht mehr speiübel.

Heute war ich froh darüber, dass es mir als Ladenbesitzerin erlaubt war, auf Nortrum Auto zu fahren. Groß war die Insel zwar nicht, aber bei diesem Wetter schickte man wahrlich keinen Hund vor die Tür.

Ich fröstelte und wünschte mir eine Sitzheizung, die mein

Caddy leider nicht hatte. Deshalb stellte ich den Temperatur-regler auf volle Pulle, obwohl der Motor noch nicht mal lief. Den durfte ich erst starten, wenn die Ladeluke aufging.

Das Anlegemanöver verlief etwas ruckelig, aber glückli-cherweise hatte ich nicht vorne geparkt, da wurde mir immer ganz anders, wenn ich sah, wie waghalsig die Fährleute an der Rampe herumsprangen.

Als es ein paar Minuten später endlich losging und ich die Handbremse löste, um von der Fähre zu kommen, stieß ich einen erleichterten Seufzer aus. Was für ein Tag!

KAPITEL 2

Böiger Wind rüttelte immer wieder an meinem Wagen. Es war stockfinster, da halfen auch die spärlich gesäten Straßenlaternen nur wenig. Der Graupelschauer hatte zugenommen, meine Scheibenwischer liefen auf höchster Stufe. Ich konnte kaum ein Wort von dem verstehen, was im Radio gesagt wurde. Gerade kam ich durch das kleine Waldstück, danach waren es nur noch ein paar hundert Meter bis zu meinem reetgedeckten Häuschen. Die Straße machte einen großen Bogen nach links. Sobald ich die hohen Bäume hinter mir gelassen hatte, würde es hoffentlich ein wenig heller werden.

Plötzlich geriet mein Auto ins Schlingern, die Reifen des Caddys verloren an Bodenhaftung. Es geschah wie in Zeitlupe, ich konnte gar nichts tun, es war ein Albtraum. Der Wagen drehte sich im Kreis, rutschte von der Straße ab und schlitterte in den Graben, wo er zum Stehen kam.

Mein Herz pochte wie verrückt, mein Brustkorb hob und senkte sich schnell. Ich stieß das böse S-Wort aus, das ich in Gegenwart meines fünfjährigen Sohnes niemals in den Mund nahm, und hielt das Lenkrad fest umklammert. Als ob das noch etwas ändern würde!

Ich atmete gepresst und stellte nach einer weiteren Schrecksekunde erleichtert fest, dass wohl kein schlimmerer Schaden entstanden war. Mir ging es gut. Zum Glück war kein Baumstamm in der Nähe gewesen, das Wäldchen hatte ich hinter mir gelassen. Um mich zu beruhigen, holte ich ein paarmal tief Luft.

»Verdammt, was mache ich denn jetzt nur?«, sprach ich nach einem Moment laut aus, was ich dachte. Was für ein Schlamassel! Da hatte ich die Überfahrt heil überstanden und landete dann wegen einer Unachtsamkeit im Graben.

In dieser Sekunde sah ich Scheinwerfer auf der Straße hinter mir näherkommen. Das Fahrzeug wurde langsamer, bis es schließlich direkt neben mir zum Stehen kam. Es handelte sich um einen dunklen Lieferwagen mit weißer Aufschrift, die ich nicht entziffern konnte. Ein Mann sprang heraus und kam auf mich zugelaufen.

Warum ich mich nicht rührte, konnte ich nicht sagen, aber ich war immer noch wie gelähmt. Vermutlich stand ich unter Schock.

Der Mann zog die Fahrertür auf. »Sind Sie verletzt?«, wollte er von mir wissen, er klang ernsthaft besorgt. Mit seiner Frage kam ein Schwall eiskalter Luft und Graupelschauer in mein Auto geweht, was mich aus meiner Starre riss. Ich konnte zwar nicht viel erkennen, aber irgendwoher kam er mir bekannt vor.

»Ich glaube nicht«, erwiderte ich und merkte, wie zittrig meine Stimme klang.

Er war ganz sicher noch keine Vierzig, aber er war auch nicht mehr blutjung.

Dann dämmerte mir, wer er war, und ich erstarrte erneut. Es war der komische Kauz von der Fähre! Kurz befürchtete ich, dass er gleich einen Macho-Spruch raushauen würde, von wegen Frauen am Steuer. Als er stattdessen fragte: »Soll ich mal nachschauen?«, begriff ich nicht sofort, was er meinte. Nachschauen? Vermutlich guckte ich in etwa so intelligent wie eine gehirnamputierte Kuh, woraufhin er mit einem leisen Lächeln zu einer Erklärung ansetzte. »Ihr Wagen, ich prüfe, ob alles okay ist, dann kann ich Sie vielleicht aus dem Graben ziehen. Ein Abschleppseil habe ich dabei.«

Ein Mann für alle Fälle, schoss es mir durch den Kopf, und ich spürte, dass sich eine Welle der Erleichterung in mir ausbreitete. Ich war nicht mehr allein, mir wurde geholfen. Ein Glück! Er war sich nicht zu schade anzupacken. Und soweit ich das beurteilen konnte, sah er auch noch recht ansehnlich aus. Er wohnte garantiert nicht auf Nortrum. So jemanden wie ihn hätte ich längst kennengelernt.

Gott.

Vielleicht hatte ich bei diesem kleinen Unfall ja doch einen Schlag auf den Kopf abbekommen. Sinn ergab es jedenfalls nicht, was ich mir da überlegte.

Dass ich mir in dieser abstrusen Situation Gedanken darüber machte, dass er ein Mann war, der meine weiblichen Urinstinkte und innigsten Wünsche nach Nähe und Geborgenheit triggerte, war peinlich genug. Dass ich noch immer wie zur Salzsäule erstarrt im Auto saß, während dieser Fremde nachschaute, ob ich weiterfahren konnte oder stattdessen Bodo mit seinem Trecker anrufen musste, war nicht mehr allein mit dem Schock nach dem Unfall zu entschuldigen.

Unter gewöhnlichen Umständen hatte ich mein Leben im Griff, aber gerade war ich doch ein wenig durch den Wind. Aber das hielt zum Glück nicht lange an. Ich war eine alleinerziehende Mutter und Geschäftsfrau, ich konnte meinen Kram regeln, und genau das würde ich jetzt tun. Deshalb stieg ich aus, merkte aber, dass sich meine Knie doch recht wackelig anfühlten.

Nach einem Augenblick kam er wieder auf mich zu. »Es sieht so weit alles in Ordnung aus. Setzen Sie sich ruhig ins Auto. Ich sehe mal nach dem Abschleppseil und bereite alles vor. Ich gebe Ihnen ein Zeichen, wenn's losgeht. Dann müssen

Sie nur den Gang rausnehmen und den Caddy zurück auf die Straße lenken.«

Das klang nach einer Aufgabe, die ich trotz Schock hinbekommen würde. Ich schaffte es sogar, mir ein Lächeln abzuringen, so froh war ich, dass er vorbeigekommen war, um mir zu helfen. Vielleicht hatte mein erster Eindruck auf der Fähre ja auch getäuscht, das war gut möglich, ich war ja selbst nicht gut drauf gewesen. Weil ich ihn nicht zu lange auf eine Antwort warten lassen wollte, sagte ich: »Das ist super, vielen Dank.«

Er grinste und wirkte damit ganz anders als vorhin auf der Fähre. Auf dem Deck war er tief in Gedanken versunken gewesen und hatte fast ein wenig verloren ausgesehen. »Ich kann verstehen, dass Sie ein bisschen durch den Wind sind, aber es ist ja noch mal gut gegangen. Keine Bange, wir kriegen den Wagen schon wieder auf die Straße.«

Ich nickte und hielt es für das Beste, jetzt nichts Blödes wie »Ich habe auch keine Wassermelone im Kofferraum« zu sagen. Eine Anspielung auf einen Neunzigerjahre-Liebesfilm würde nur dazu führen, dass er mich wirklich für verrückt hielt – was ich nicht auch noch gebrauchen konnte.

Tatsächlich wollte ich nach dem langen Tag nur nach Hause und ins Bett.

Deshalb setzte ich mich in mein Auto und wartete auf sein Zeichen.

Nach wenigen Minuten stand mein Caddy wieder auf der Fahrbahn. Ich stieg aus und sah dem Mann dabei zu, wie er das Abschleppseil zusammenrollte und wegpackte. Meine Scheinwerfer leuchteten auf die Türen seines Sprinters. »Nils Hansen. Möbelmanufaktur«, las ich.

Die Telefonnummer und E-Mail-Adresse konnte ich auch entziffern, ebenso wie eine Adresse in Berlin.

Ich hatte es mir ja schon gedacht, er war nicht von hier.

Die Enttäuschung, die ich verspürte, war verwirrend. Ich schob meinen angeschlagenen Gemütszustand auf die vorausgegangenen Ereignisse und dachte nicht weiter darüber nach.

Trotzdem war ich versucht, mein Handy herauszuholen, um seine Kontaktdaten abzufotografieren. Ich ließ es sein, das hätte doch zu verzweifelt gewirkt. Und ich hatte mir geschworen, mich nicht auf Männer einzulassen, die nur zu Besuch auf der Insel waren – Urlaub oder Arbeit machte da für mich keinen Unterschied. Nils war jedenfalls nicht nach Nortrum gekommen, um zu bleiben. Vermutlich hatte er ein paar Möbel für jemanden im Laderaum – wenn sein Job erledigt war, würde er wieder verschwinden. Fast fand ich das schade. Er hatte eine Ausstrahlung, die mir gefiel. Sie gefiel mir vielleicht sogar ein bisschen zu gut. Das war untypisch für mich. Ich war sonst keine Frau für den ersten Blick, dafür war ich nach meinen Erfahrungen zu vorsichtig geworden. Deshalb wunderte es mich, dass ich bei ihm so anders reagierte.

Ich wollte ihn nicht anmachen, aber mich bei ihm erkenntlich zeigen, deswegen fragte ich: »Wie kann ich mich bei Ihnen bedanken?« Plötzlich störten mich nicht einmal mehr der Wind und das schlechte Wetter. Tatsächlich kroch eine angenehme Wärme an meinem Hals empor, die ich nur als Verlegenheit interpretieren konnte.

Sein Blick auf meine Frage war nicht zu deuten. Er wirkte geradezu verschlossen. Das war merkwürdig, nachdem er mir eben noch so selbstlos zur Seite gestanden hatte. Ich versuchte, nicht weiter darüber nachzudenken. »Ach was, gar nicht, das war doch nur eine Kleinigkeit«, erklärte er mir schließlich mit einem unverbindlichen Lächeln.

»Für mich ist es das nicht. Wissen Sie, äh …«, ich hielt inne, als mir auffiel, dass ich seinen Namen zwar wusste, ihm aber nicht zeigen wollte, dass ich so neugierig die Aufschrift auf seinem Sprinter gelesen hatte.

»Ich heiße Nils. Und das Sie können wir uns auch sparen, immerhin sind wir noch keine fünfzig.« Plötzlich zuckten seine Mundwinkel.

Ich lachte. Es klang hoch und ein wenig zu künstlich. Na super. »Nein, immerhin. Ich bin Svantje. Wenn Sie ein paar

Tage auf der Insel sind, um was-auch-immer zu tun, dann kommen Sie doch mal in meinem Café vorbei, dann kann ich mich wenigstens mit einem Kaffee oder einem Krabbenbrötchen bei Ihnen revanchieren, die sind echt gut. Die Brötchen meine ich.«

»Du«, korrigierte er mich und neigte seinen Kopf ein wenig zur Seite, während er mich ausgiebig betrachtete.

Mir wurde noch heißer unter meiner Jacke, aber ich versuchte mir nichts anmerken zu lassen. Ich konnte nicht sagen, was in ihm vor sich ging, das trug noch zu meiner Unsicherheit bei. Üblicherweise war ich sehr gut darin, zu erkennen, was Menschen bewegte und was sie fühlten, das gehörte zu meinem Job. Aber bei Nils hatte ich keine Ahnung.

»Ach ja, Entschuldigung. Ich bin sonst nicht so schwer von Begriff«, hörte ich mich sagen. Auch nicht besonders geistreich. Ich straffte mich. »Es war ein langer Tag«, fügte ich mit einem leisen Seufzen an.

»Klar, das ist erst mal ein Schreck, wenn man so einen Unfall hat. Willst du deinen Wagen stehen lassen, und ich fahre dich nach Hause?«

O Mann. Das klang nach einem verdammt guten Angebot. Ich war allein heute, Linus übernachtete bei seinem Vater. Wäre das hier ein kitschiger Liebesroman, könnte das der Anfang einer richtig süßen Lovestory werden. Womöglich würde es darin sogar etwas heißer hergehen, dann würde mir Nils endlich das geben, was ich auf der körperlichen Seite schon lange vermisste. Aber es war einfach nur mein Leben, deshalb erwiderte ich: »Danke, das ist nicht nötig. Zum Glück ist ja auch alles gut gegangen. Also, Nils, wenn du Zeit hast, dann komm bei mir im Laden vorbei, und ich bedanke mich bei dir mit etwas Leckerem.«

Er fuhr sich mit der Hand über das Kinn, als müsse er kurz überlegen, dann nickte er. »Klar, Svantje, ich schaue, ob ich es während meines Aufenthaltes hier einrichten kann. Wie heißt dein Café?«

»Kennst du dich in Nortrum aus? Aber selbst wenn nicht, die Insel ist ja überschaubar. Es ist der *Letj Dekopot*.«

Nils zog die Schultern ein wenig nach, seine Mimik wurde erneut unergründlich. Gerade kam es mir so vor, als wollte er gar nicht auf Nortrum sein. Nach einer kurzen Pause sagte er: »Es ist ein paar Jahre her, dass ich zuletzt hier war, ich werde es sicher finden. Aber ich werde nicht lange bleiben. Eigentlich möchte ich nur etwas erledigen und dann so schnell wie möglich wieder los.«

Ich begriff, dass ich ihn vermutlich nicht wiedersehen würde, und das fand ich irgendwie schade.

Ich war enttäuscht, aber ich ließ nicht zu, dass sich das Gefühl in mir festsetzte. Es gab keinen Grund, traurig zu sein, falls dies unsere letzte Begegnung wäre. Sicher war es besser so. Männer machten nur Probleme, und am Ende stand man wieder mit einem gebrochenen Herzen da, wenn man zu viele Gefühle zugelassen hatte. Nein, danke. Bisher war ich ja auch ganz gut damit gefahren, mich hier auf der Insel zu verschanzen und mein eigenes Ding zu machen.

Nils zögerte und sah für einen Moment aus, als ob er sich über seine Offenheit wundern würde. Dann verzogen sich seine Lippen zu seinem schiefen Lächeln, so dass ich glaubte, mich vielleicht getäuscht zu haben. »Meinst du wirklich, du schaffst den Weg nach Hause, oder soll ich zur Sicherheit hinter dir herfahren?«

Vermutlich meinte er es gut, aber seine Frage verletzte meinen weiblichen Stolz. Dann kapierte ich, dass er es als Scherz gemeint hatte.

Ich ging etwas verspätet darauf ein. »Das ist lieb, aber so inkompetent bin ich nun auch wieder nicht, dass ich meinen Caddy«, ich klopfte auf das Dach, »heute gleich zweimal in den Graben setze.«

Was Männer betraf, war ich sonst eher von der schüchternen Sorte. Vermutlich konnte ich mich ihm gegenüber so locker geben, weil er mir ja eben direkt erklärt hatte, dass er so schnell wie möglich wieder von Nortrum verschwinden würde. Bevor er mir das Herz brechen könnte, wäre er längst wieder abgereist. Keine Gefahr also.

Er lachte. Es war ein raues und dunkles Lachen, das meinen Körper an Stellen in Schwingung versetzte, von denen ich nicht gewusst hatte, dass sie noch dazu fähig waren.

»Tschüss, Nils«, sagte ich und setzte mich in meinen Caddy. »Und danke nochmal.« Dann schlug ich die Tür zu und ließ den Motor an.

Er hob die Hand zum Gruß und trat beiseite. Ich spürte, dass er mir nachsah, aber ich vermied es, einen Blick in den Rückspiegel zu werfen. Es war schade, dass der einzige Mann, der in den letzten Monaten ein leichtes Flattern in mir hervorgerufen hatte, nicht gekommen war, um zu bleiben.

KAPITEL 3

Heftiger Wind pfiff ums Haus. Dicke Regentropfen donnerten gegen die Scheiben. Obwohl es schon zehn Uhr durch war, war es nicht richtig hell geworden. Ungemütlich war gar kein Ausdruck für das Wetter! Ich hatte mich natürlich trotzdem in meinen Laden geschleppt, an der Tür hing das Schild mit der Aufschrift »Geöffnet« in Richtung Außenwelt gedreht. Hoffnungen auf viel Kundschaft brauchte ich mir heute allerdings nicht machen, bei dem Wetter ging nur raus, wer musste. Es war schade um die Torten und Kuchen in der Auslage, die mir trotz der Sturmwarnung pünktlich von unserer örtlichen Konditorin geliefert worden waren. Im hinteren Bereich des Ladens gab es eine voll ausgestattete Küche, aber das Backen selbst zu übernehmen, schaffte ich nicht auch noch. Ich kam ja so schon eher schlecht als gut zurecht, obwohl ich für einige Stunden in der Woche eine Aushilfe hatte.

Mit einem Seufzen bereitete ich mir eine Matcha-Latte zu – sollte ja gesund sein, das Zeug. Wobei die grüne Farbe eher zu gesund aussah, aber ich wusste, dass man es trinken konnte. Verträglicher als Kaffee war es allemal, und bei den Mengen, in denen ich derzeit Wachmacher benötigte, war es definitiv besser, auf Pflanzenmilch und Pulver mit angeblichen »Geheimkräften« umzusteigen.

Während ich mit der Tasse herumklapperte, lauschte ich den winterlichen Klängen im Radio. Gerade wurde ein Klassiker von Mariah Carey gespielt. Sie gab alles. »All I want for Christmas is you …"

Ich sang nicht mit. Nicht, weil ich den Song nicht mochte, sondern weil er mich wahnsinnig traurig machte. Schon allein der Gedanke an das bevorstehende Weihnachtsfest bereitete mir eine Gänsehaut – allerdings nicht aus Behagen. Die Feiertage waren genau die Zeit des Jahres, in der mir das Singledasein am meisten zusetzte. Der Vater meines Sohnes, Thore, war in diesem Sommer mit Wiebke zusammengekommen, mit seiner großen Liebe. Sie hatten sich endlich wiedergetroffen und festgestellt, dass sie noch immer Gefühle füreinander hatten. Die beiden waren seitdem ein Herz und eine Seele. Ich gönnte ihm sein Glück, Wiebke war eine Wucht! Sie war für mich ein Lichtblick, denn sie war in kürzester Zeit zu der Freundin geworden, die ich bis dahin nie gehabt hatte. Das half mir in meiner weiblichen Einsamkeit aber auch nicht weiter, schon gar nicht an Weihnachten, wenn alle glücksbeseelt um den Baum saßen – außer mir. Linus zuliebe würde ich lächeln. Mit meinem Sohn zusammen zu sein, bereitete mir große Freude, trotzdem fehlte etwas in meinem Leben. O Mann, das klang ja schon in meinen Gedanken jämmerlich.

War das die berühmte biologische Uhr? Nein, das konnte nicht sein, ich hatte ja bereits ein Kind. Was mir fehlte, war ein Mann.

Ja.

Es wirkte verzweifelt.

Weil es stimmte.

Ich war keine Frau, die bis ans Ende ihrer Tage allein bleiben wollte. Ich sehnte mich nach jemandem an meiner Seite, mit dem ich meine Freude teilen konnte, der mich ergänzte und glücklich machte.

Ich stieß einen tiefen Seufzer aus und setzte mich mit meiner Matcha Latte hinter den Tresen. Während ich mein Heißgetränk zu mir nahm, kümmerte ich mich um meine To-do-Liste. Nur, weil heute nicht mit viel Kundschaft zu rechnen war, hieß das nicht, dass ich nichts zu tun hatte. Im Laden gab es mehr als genug zu erledigen. Zum Beispiel hatte ich es noch nicht geschafft, die Herbst-Deko zu ersetzen. Die Herbstartikel hatten sich nicht so gut verkauft wie erhofft, leider. Es nützte jetzt jedoch nichts, alles um fünfzig Prozent zu reduzieren. Niemand stellte sich zu Weihnachten Keramik-Kürbisse ins Fenster. Verramschen konnte ich das Zeug auch im nächsten Jahr. Lagerfläche hatte ich glücklicherweise mehr als genug.

Das Umräumen würde mich heute den ganzen Tag beschäftigen. Putzen und alles neu arrangieren raubte zusätzlich Zeit. Vielleicht bekam ich ja währenddessen eine Idee, wie ich meine Finanzen aufpäppeln konnte. Ich glaubte zwar nicht wirklich daran, aber die Hoffnung, dass mich ein Geistesblitz erreichte, wollte ich nicht aufgeben.

»Ran an den Speck«, murmelte ich, holte die Kartons aus dem Lager und begann mit dem Verräumen der übrigen Herbstartikel. Einen Teil des Schaufensters hatte ich für Oles Strandgut-Schmuck reserviert. Er arbeitete hauptberuflich in der Gemeindeverwaltung, seine Schmuckkreationen brachten ihm ein kleines Nebeneinkommen ein. Ole war bodenständig und wirkte auf den ersten Blick sogar spröde, aber wenn man ihn ein wenig besser kannte, war das ganz anders. Auf ihn war immer Verlass, und deshalb verkaufte ich gern seinen Schmuck bei mir im Geschäft.

Konzentriert wurstelte ich vor mich hin, putzte die Regale dabei gleich durch und holte etwas später die Weihnachtssachen herein, die ich vom Festland mitgebracht hatte. Wo ich schon mal zugange war, hängte ich im Café auch noch ein paar zusätzliche Lichterketten auf.

Ich stand auf der Leiter, als die Tür aufging und das Glöckchen einen Besucher ankündigte.

Falsch. Eine Besucherin.

»Was für ein Sauwetter!« Wiebke schob sich die Kapuze vom Kopf und zog den Reißverschluss des Anoraks herunter.

Ich freute mich sehr, sie zu sehen. »Hey, meine Liebe! Du traust dich ja was, bei dem Sturm rauszugehen«, scherzte ich. Gerade befestigte ich das letzte Ende, dann kletterte ich von der Leiter und schob die Stecker der Lichterketten in die Multi-Stecker-Leiste.

Sie lachte und hängte ihre Jacke zum Trocknen über den schmalen, knietiefen Heizkörper unter dem Schaufenster. »Linus ist im Kindergarten, und ich war nach dem Bringen sowieso schon nass«, witzelte sie. »Mich treibt die Gier nach Zucker zu dir.«

Thore mit Wiebke und ich teilten uns die Tage mit Linus auf. Wir hatten keine in Stein gemeißelten Regeln, die brauchten wir nicht, es funktionierte auch so. Ich war unendlich dankbar dafür, dass Thore und ich zwar getrennt waren, aber als Eltern an einem Strang zogen. Mein Ex konnte als Inselarzt seine Zeit oftmals schlecht planen, während meine Arbeitsstunden im Café und Dekoladen fest geregelt waren – abgesehen von den Ausnahmen, wenn ich Termine auf dem Festland hatte. Das kam aber nicht allzu oft vor.

Linus war zwar in einem Alter, in dem er auch hier im Laden spielen konnte, aber ein Ort, an dem sich ein Kind permanent aufhalten sollte, war mein Geschäft sicher nicht. Was die Kinderbetreuung betraf, hatte sich seit den Ereignissen des Sommers noch ein weiterer Luxus für uns aufgetan: Wiebkes Oma hatte meinen Sohn quasi als Urenkelkind adoptiert. Griet wohnte nicht weit weg, und sie war immer bereit einzuspringen. Obwohl ich mich manchmal selbst fragte, ob ich eine gute Mutter war, war ich mir sicher, dass Linus durch unsere besondere Familienkonstellation dazugewonnen anstatt verloren hatte. Das ließ mich auch in gewisser Weise Frieden mit allem schließen, denn meine Ansprüche an mich waren nicht leicht zu erfüllen.

Während ich nachdachte, schaltete ich die Lichterketten an. »Es werde Licht! Na, was denkst du: Ist das zu viel des Guten?«, wandte ich mich an Wiebke.

»Gibt es bei Weihnachtsdeko ein Zuviel?« Sie zwinkerte mir zu und drückte mich zur Begrüßung an sich. Ihre Wange war eiskalt, kein Wunder bei Windstärke 9!

»Man kann es auch übertreiben. Frag mal bei den Brenners nach, da sitzt Santa mit den Rentieren auf dem Dach. Oder vielleicht nach dem Sturm auch nicht mehr. Hast du den Wetterbericht gehört? Wir sollen das Schlimmste noch nicht mal hinter uns haben. Der Orkan könnte uns noch ein paar Tage beschäftigen. Also, deinen Bedarf nach Zucker kann ich gut verstehen. Sag mir, welche Torte kann ich dir anbieten? Du hast heute die Wahl zwischen Schoko-Sahne und Nuss-Marzipan. Mit einfachen Muffins wollen wir doch gar nicht erst anfangen.« Ich grinste.

»Du willst bestimmt wissen, warum ich vor dem Mittagessen überhaupt schon Torte will, oder?« Sie guckte verschwörerisch.

»Nur wenn du drüber reden willst. Hat Thore was ausgefressen?«

Wiebke machte eine wegwerfende Handbewegung. »Nee, hat er nicht. Er ist ein Goldstück. Aber ich muss mich trotzdem ausheulen. Eine meiner Kundinnen nervt mich schon seit drei Tagen mit ihren Sonderwünschen für Instagram. Immer, wenn ich was fertig habe, will sie es doch wieder anders. Sie treibt mich in den Wahnsinn!«

Wiebke war als Online-Assistentin tätig und betrieb zudem eine kleine Fahrradwerkstatt auf der Insel. Da hatte sie jetzt im Winter allerdings, ähnlich wie ich, kaum Kundschaft. Deshalb arbeitete Wiebke in dieser Zeit vermehrt im Online-Bereich.

»Gut, ich bin froh, dass du das sagst – also nicht wegen deiner Kundin, aber dass es nicht an deinem Liebsten liegt.« Obwohl Thore und ich getrennt waren, war er einer meiner besten Freunde. Wir waren auch nicht lange ein Paar gewesen, wenn überhaupt. Um genau zu sein, hatten wir nur zweimal miteinander geschlafen – dann war ich schwanger gewesen. Wir hatten schnell gemerkt, dass wir uns zwar sehr mochten, aber auf einer rein platonischen Ebene. Wenn wir nur wegen des Kindes zusammengeblieben wären, hätten wir uns auf Dauer ins Unglück gestürzt. In diesem Punkt waren wir uns einig gewesen. Vermutlich hatte es uns das auch leichter gemacht, die Kinderbetreuung unter uns aufzuteilen. Wir hatten anfangs tiefe Zuneigung mit Liebe verwechselt. Thore war der beste Freund, den man sich wünschen konnte, aber mein Herz hatte er – leider – nicht berührt. Es war lange her, dass das einem Mann gelungen war, und die Sache war nicht gut ausgegangen. Ich wollte nicht daran denken und lächelte stattdessen Wiebke tapfer an, obwohl ich traurig war.

»Ich nehme Schoko«, sagte meine Freundin und schaute sich im Laden um. »Du bist auch immer am Wirbeln, oder?«

»Es ist so viel zu tun, ich muss am Ball bleiben.« Ich zuckte mit den Schultern, dann kümmerte ich mich um ihre Bestellung. Dass sie eine Latte macchiato zur Torte wollte, musste sie nicht erwähnen, die trank sie fast immer.

»Du musst dir auch mal eine Pause gönnen, auf Dauer hält dein Tempo doch niemand aus«, mahnte Wiebke, und ich spürte ihren sorgenvollen Blick im Rücken.

Vermutlich hatte sie recht, aber ich konnte mir nun mal nur selten echte Pausen leisten. Meine Tage waren von morgens bis abends durchgetaktet, und trotzdem schaffte ich meistens nicht alles, was zu tun war.

»Sonntag und Montag habe ich frei, da haben wir geschlossen«, erwiderte ich mit einem Schulterzucken und setzte mich zu ihr, nachdem ich alles für sie auf den Tisch gestellt hatte.

Ich hatte gehofft, dass sie das Thema damit fallenlassen würde, aber natürlich ließ Wiebke nicht locker. Das war einer der Gründe, warum ich sie so mochte. Sie gab sich nicht mit Oberflächlichkeiten zufrieden.

»Genau, Svantje! Deswegen warst du ja am Montag auch auf dem Festland. Aber ich versteh dich schon, es ist nicht leicht, allem gerecht zu werden. Du musst trotzdem auf dich aufpassen, sonst brennst du irgendwann aus.«

Da sagte sie was, aber ich wollte mich nicht beschweren, ich war ja weitestgehend zufrieden mit meinem Leben. Zufrieden hieß aber nicht glücklich.

»Was ist mit dir?«, wollte sie wissen, als ich nichts erwiderte. »Nimmst du keine Torte?«

»Wenn ich jeden Tag diese Kalorienbomben verputze, passe ich bald nicht mehr durch die Tür. Das wollen wir alle nicht.«

»Na schön, das verstehe ich. Dann werde ich halt allein fett.« Sie lachte. »Aber jetzt erzähl mal, wie war es in Hamburg? Konntest du etwas erreichen?«

Sie wusste, dass ich wegen des Ladens in der Hansestadt unterwegs gewesen war.

Ich seufzte. »Nicht wirklich, fürchte ich. Ich hatte ja gehofft, dass ich vielleicht noch eine Idee haben würde, wie ich das Geschäft im Winter beleben könnte, aber nein, in meinem Gehirn herrscht, was das betrifft, Flaute. Und die Konditionen konnten die beiden Firmen für mich auch nicht verbessern. Meine Bestellmengen wären einfach zu klein, haben sie gesagt. Also muss ich sehen, wie ich zurechtkomme.« Es klang genauso deprimiert, wie ich mich diesbezüglich fühlte.

»O nein! Ich hatte so sehr für dich gehofft, dass sich da was machen lässt. Das ist ja zu schade.«

»Wem sagst du das. Ich hätte auch gern so einen Job wie du, bei dem ich mir sozusagen nebenbei vom Sofa aus was dazuverdienen kann.« Ich erwähnte nicht, dass ich so, wie es momentan lief, kaum über die Runden kam.

»Telefonsex könnte funktionieren«, schlug Wiebke mit einem anzüglichen Grinsen vor. »Das soll lukrativ sein, habe ich neulich in so einer ZDF-Reportage gesehen. Gibt immer mehr Hausfrauen, die das nebenher machen.« Sie lachte.

»Sehr witzig, Wiebke.« Trotzdem musste ich lächeln. »Das könnte ich nie!«

Sie wurde wieder ernst, und ich sah ihr an, dass sie nachdachte. »Es sollte wirklich nur ein Scherz sein. Was ist denn mit deinem alten Beruf?«

»Den habe ich ja aus Gründen aufgegeben: Ich wollte nicht länger hinter einem Schreibtisch eingeklemmt sitzen. Außerdem ist Buchhaltung wirklich langweilig. Da kannst du null kreativ sein. Ich habe mich nach dem Schulabschluss von meinen Eltern dazu drängen lassen, etwas Ordentliches zu lernen, es war aber nie das, was ich wirklich machen wollte. Klar hilft mir die solide Ausbildung bei dem, was ich heute tue, aber zurück in diesen Beruf gehen? Das kann ich mir einfach nicht vorstellen.«

»Ich könnte Hilfe bei dem ganzen Papierkram brauchen. Da gäbe es auf der Insel sicher auch noch andere, die keine Lust darauf haben und jemanden für die Buchhaltung bezahlen würden. Das kannst du jederzeit machen, abends, am Wochenende.«

Das klang naheliegend. Sicher könnte ich auf freiberuflicher Basis dem ein oder anderen ein bisschen unter die Arme greifen, es wäre relativ leicht verdientes Geld. Aber erstens hatte ich jetzt schon viel zu wenig Zeit, und zweitens gruselte mich allein der Gedanke daran, dass ich demnächst wieder Belege für fremde Leute sortieren sollte. Das konnte wirklich nur eine Notfall-Lösung sein, wenn mir gar nichts mehr einfiel. Im Moment wollte ich glauben, dass sich eine andere Möglichkeit auftat.

»Du verwechselst mich und meine Fähigkeiten jetzt nicht mit einem Steuerberater, oder?«, wehrte ich ab.

Wiebke zuckte die Schultern. »Ich sag ja nur, wo ein Wille, da ein Weg.«

Sie hatte gut reden. Wenn ich am Abend den Laden abschloss, wollte ich Zeit mit Linus verbringen, und sobald er im Bett lag, fielen mir meist selbst die Augen zu. »Ich denke drüber nach«, wich ich daher aus und wechselte das Thema. »Was liegt sonst so bei dir an?«

Sie schob sich ein Stück Torte in den Mund. Sie hatte gemerkt, dass ich nicht weiter über meine Situation reden wollte, das erkannte ich an ihrem Blick. Für ihr Verständnis war ich dankbar. »Ich habe noch ein Attentat auf dich vor«, erklärte Wiebke mir schließlich mit einem verschmitzten Grinsen.

»Äh, was?«, erwiderte ich lachend.

»Bald ist die Lesenacht im Leuchtturm. Gehst du mit mir hin? Thore sagt, er schläft bei sowas ein, und ehrlich gesagt glaube ich, dass es mit dir viel mehr Spaß machen würde. Hast du Lust?«

»Es kommt doch dieser Thriller-Autor nach Nortrum, stimmt's?«

»Ja, genau. Du bist doch nicht zu zart besaitet für sowas? Ich stelle es mir total schön vor, wenn wir uns aus seinem Psychothriller was vorlesen lassen bei Kerzenlicht und finsterer Nacht. Schön gruselig!«

»Wir werden wohl kaum allein mit dem Schriftsteller sein?«

»Das hättest du wohl gerne …« Wiebke gackerte.

Ich verdrehte die Augen. »Als ob ein Autor auf Durchreise was für mich wäre. Davon mal abgesehen, wer sagt denn, dass der Typ überhaupt Interesse an mir hätte. Ich habe mir sein Foto natürlich angesehen, die Plakate kleben ja überall, und ich muss zugeben, ich steh nicht so auf diese Art von Mann. Also hör auf, Wiebke, ich glaub, du hast zu viele Liebesromane gelesen. Ich würde schon mitkommen, aber nicht, wenn du mich dann mit dem Autor verkuppeln willst oder so.«

»Ach, hör auf, sowas würde ich nie machen, ich wollte nur ein bisschen herumalbern! Tut mir leid, wenn das falsch angekommen ist. Ich habe einfach Lust, mal wieder was zu unternehmen. Ein bisschen Abwechslung. Hier auf der Insel ist ja sonst nicht gerade viel los im Winter. Und so eine Lesung ist mal was anderes. Der Leuchtturm ist ein cooler Ort dafür, vor allem, wenn uns da jemand was Spannendes vorliest. Ich habe schon mit Thore darüber geredet, er macht dann einen Filmabend mit Linus, wir zwei Süßen haben Ausgang.« Sie grinste breit.

»Dann kann ich ja quasi gar nicht nein sagen?« Wieder einmal war ich unglaublich dankbar, dass ich Wiebke meine Freundin nennen durfte. Sie bereicherte mein Leben sehr, und ich wusste, dass es ihr genauso erging.

»Also ist es abgemacht, dann besorge ich zwei Tickets für uns.«

Aus dem Augenwinkel sah ich ein Fahrzeug an der Scheibe vorbeirollen. Es war Nils' Lieferwagen. Mir wurde schlagartig heiß und kalt. War er auf dem Weg zu mir, um meiner Dankeschön-Einladung zu folgen? Ich hielt den Atem an.

Vielleicht freute ich mich ein bisschen zu sehr darüber – denn schließlich war eine Tasse Kaffee nicht gleichbedeutend mit einem Heiratsantrag.

Erst nachdem ich ein paarmal geblinzelt hatte, begriff ich, dass er nicht geparkt hatte, sondern weitergefahren war.

So viel dazu. Ich presste die Lippen zusammen und tat, als wäre nichts gewesen.

»Svantje?«, sprach Wiebke mich an, dann wedelte sie mit ihrer Hand vor meinen Augen, um auf sich aufmerksam zu machen.

»Entschuldige, was hast du gesagt?«

»Ich habe gesagt, dass ich uns Karten besorge. Du guckst aus der Wäsche, als ob du ein Gespenst gesehen hättest.«

»Nein, ein Gespenst nicht gerade.«

»Was dann?«

Ich spürte, wie Hitze über meinen Hals in die Wangen kroch. Wiebke wusste nichts von meinem kleinen Unfall vom vorausgegangenen Abend. »Ich bin gestern mit dem Caddy im Graben gelandet.«

Wiebke ließ ihre Gabel fallen. »Was? O Gott! Geht's dir

gut? Hast du irgendwo Schmerzen? Wieso sagst du denn nicht gleich was?«

Ich schüttelte den Kopf. »Nein, Süße, mir geht's gut! Sonst würde ich ja nicht hier sitzen, aber danke, dass du fragst.« Ich holte tief Luft, um sogleich wieder auszuatmen.

»Mit dem Auto ist auch alles okay?«, hakte Wiebke nach.

»Ja, nix passiert. Mich hat eben nur der Lieferwagen, der am Café vorbeigekommen ist, daran erinnert. Der Fahrer hat mich aus dem Graben gezogen, er kam, kurz nachdem ich von der Straße abgekommen war, vorbei. Er hatte zum Glück ein Abschleppseil dabei.«

»Oho!« Wiebkes Augen wurden groß, sie schnupperte gespielt in die Luft. »Rieche ich da etwa Romantik?«

Ich schlug ihr mit der flachen Hand gegen den Oberarm. »Hör auf, das ist total unnötig, und es stimmt auch nicht.« Obwohl – ein bisschen schon, aber aus Gründen brauchte ich gar nicht weiter darüber nachdenken. Ich wusste ja, dass Nils nicht auf der Insel bleiben würde. Gut, für ein, zwei Tage vielleicht, denn der Fährbetrieb war derzeit wegen des Sturms eingestellt. Aber ich suchte jemanden, mit dem ich mein Leben verbringen konnte und nicht nur zwei Nächte …

»Komm schon, du hast so verträumt geschaut, da wird man ja wohl noch mal einen Scherz machen dürfen. Wer ist es? Kennen wir ihn?«

»Er kann nicht von hier sein«, erklärte ich. »Er sagte auch, dass er so schnell wie möglich wieder abreisen will, er hätte nur was auf Nortrum zu erledigen. Scheint ein Möbeltischler zu sein. Auf seinem Lieferwagen stand was von Berlin.«

Wiebke seufzte, allein dafür wollte ich sie drücken. »Zu schade. Ich hätte dir eine kleine Romanze gegönnt – oder die große Liebe.«

Ich stöhnte gespielt gequält. »Da sagst du was!«

Sie richtete ihre Gabel wie einen Degen auf mich. »Ha, also hab ich doch recht gehabt! Da liegt was in der Luft. Er gefällt dir? Erzähl! Ich will alles über ihn wissen.«

Ich winkte ab. »Es spielt doch keine Rolle, Wiebke. Hast du nicht zugehört? Nils hat hier was zu erledigen und ist dann wieder weg.«

»Na, solange die Sturmflut den Schiffsverkehr lahmlegt, wird er schön auf der Insel bleiben. Zeit genug, um ihn kennenzulernen.«

»Genau. Also habe ich – warte«, ich legte mir einen Finger an die Schläfe. »Ich habe maximal drei bis vier Tage, dann bin ich wieder allein. Nein, danke. Außerdem wirkte er nicht so, als hätte er Interesse.«

»Du aber schon?«

»Komm, hör auf, über ungelegte Eier zu reden. Es kann gut sein, dass er verheiratet ist. Er hat mir bei einer Panne geholfen und mich nicht um ein Date gebeten.«

Ich hatte Wiebke noch nie erzählt, dass ich einsam war, aber sie wusste, dass ich nicht Nein zu einer Beziehung sagen würde, sollte mir mein Traummann begegnen. Die Wahrscheinlichkeit lag dafür auf dieser Insel jedoch nicht gerade hoch. Im Sommer war sie mit Touristen – die meist im Zweierpack oder als Familie unterwegs waren – bevölkert, und im Winter war so gut wie gar nichts los.

Ich schluckte, um den Kloß in meinem Hals zu vertreiben. Wiebke schob ihren Teller von sich und trank den Latte macchiato aus. »Ich verstehe dich. Tut mir leid, Svantje, ich wollte dir nicht auf die Nerven gehen. Ich weiß selbst, wie ätzend es ist, wenn man von allen dazu gedrängt wird, sich einen Partner zu angeln. Das wird von meiner Seite nicht wieder vorkommen. Irgendwann wirst auch du noch einen Deckel für dein süßes Töpfchen finden. Vielleicht ist es nicht dieser Berliner, aber ich bin eintausend Prozent davon überzeugt, dass du nicht für immer Single bleibst. Komm, ich helfe dir beim Umräumen, dann bist du dabei wenigstens nicht allein.«

Es half mir tatsächlich ein wenig zu wissen, dass mich jemand verstand.

»Wirklich? Hast du nicht selbst viel zu tun? Ich wäre dankbar für zwei helfende Hände.«

»Bei mir gibt es nichts, was nicht warten könnte. Meine nervige Kundin lasse ich erst einmal schmoren! Bis heute Abend hat sie wieder drei neue Ideen, für die die aktuellen verworfen werden. Alles, was ich jetzt tun würde, wäre sowieso für die Tonne, also kann ich es auch sein lassen und bei dir mit anpacken.«

Sie hob ihre Hand, und wir gaben uns ein High Five und gackerten. Während ich das Geschirr wegräumte, merkte ich, wie sich ein Lächeln auf meinem Gesicht ausbreitete. Vielleicht waren gute Freunde für mich doch genug. Ich fühlte mich nach dem Gespräch mit Wiebke nicht mehr so mutterseelenallein und überfordert wie vor ein paar Stunden. Trotzdem erwischte ich mich ab und zu dabei, wie ich einen sehnsüchtigen Blick aus dem Schaufenster warf. Irgendwie konnte ich nicht aufhören, an Nils zu denken.

KAPITEL 4

*D*rei Tage später hatten wir das schlimmste Wetter überstanden. Es wehte zwar nach wie vor ein kräftiger Wind, aber es hatte aufgehört zu regnen, und man musste beim Rausgehen keine Angst mehr haben, von etwas Umherfliegendem erschlagen zu werden. Die Nordsee war noch immer aufgewühlt, es würde dauern, bis das Meer sich wieder beruhigt hatte. Ich war auf dem Weg zum Kindergarten, um Linus abzuholen, freitags hatte er etwas früher Schluss. Im Laden übernahm meine Aushilfe Freyja die übrigen Stunden bis zum Feierabend. Dass die rüstige Rentnerin den Job gern machte, war ein Segen.

Die Kapuze meines knallgelben Regen-Wintermantels hatte ich weit ins Gesicht gezogen, denn obwohl es trocken war, fühlte sich das Wetter nach minus zehn Grad an. Die hohe Luftfeuchtigkeit und der eisige Wind krochen durch jede noch so dicht verschweißte Naht. Die Produktentwickler hatten ihre Tests wohl nicht an der Nordsee gemacht, dachte ich mit einem Schmunzeln.

Kurz darauf erreichte ich das Grundstück des Kindergartens und ging durch das Holztörchen zum Eingang. Die Fenster waren mit bunten Bildern beklebt, im Flur hingen noch die herbstlichen Zeichnungen und getrockneten Blätter. Mir fiel auf, dass es bereits relativ ruhig im Haus war. Ich war spät dran, viele Kinder waren anscheinend schon abgeholt worden. Linus Stiefelchen standen unter der Bank, und seine Jacke hing natürlich noch am Haken. Seine Matschhose ebenfalls. Im kleinen Fach darüber befand sich sein Kuschelhase Purzel, den schleppte er jeden Tag mit in die Kita, weil er ohne ihn nicht leben konnte. Ich grinste in mich hinein, und mein Herz ging auf. Dann betrat ich seinen Gruppenraum, den mit den Pusteblumen an der Wand.

Linus rannte sofort auf mich zu. »Mama, Mama!«

Ich hob ihn auf den Arm und gab ihm einen Kuss auf die Stirn. »Hallo, mein Schatz.«

Eine der Erzieherinnen, Eva, lächelte und grüßte mich mit einem »Moin«. Sie saß an einem kleinen Tisch und puzzelte mit ihren wenigen verbliebenen Schützlingen.

»Moin«, erwiderte ich, auch wenn es bereits Nachmittag war, weil es bei uns im Norden zu jeder Tageszeit benutzt wurde.

»Schön, dass du da bist. Macht ihr kurz allein weiter?«, bat sie die Kinder und stand auf. Sie trug eine bunte Leggins und einen einfarbigen Pullover, die Antirutschsocken an den Füßen leuchteten in einem grellen Pink. Ich mochte es, dass es hier lässig zuging, und die Menschen, die mein Kind betreuten, nicht übermäßig gestriegelt und geschniegelt waren. Hier wurde getobt, gelacht und getanzt – was den Kindergarten betraf, hatten wir großes Glück.

»Kann ich dich kurz sprechen?«, bat Eva mich.

»Linus, zieh dich doch schon mal an. Ich komme gleich.« Ich setzte ihn auf dem Boden ab, und er schaute mich erst einmal schräg an, dann entschied er, dass es wohl okay wäre, und hüpfte davon. Während ich ihm hinterher guckte, hoffte ich, dass er nichts ausgefressen hatte. Ich konnte mir beim besten Willen nicht vorstellen, was es gewesen sein könnte. Obwohl er ein Trennungskind war, hatte ich das Gefühl, dass er glücklich war und dadurch nur mehr Personen gewonnen hatte, die ihn von Herzen liebten.

»Was gibt es denn?« Ich merkte, dass mir warm wurde, wie immer, wenn ich nervös war.

»Es geht um das Krippenspiel in der Dorfturnhalle.«

»Ja?« Der Groschen war bei mir noch nicht gefallen.

»Wir machen das alles ja in Gemeinschaftsarbeit mit der Grundschule.«

Ich hörte aufmerksam zu, aber bekam zunehmend den Eindruck, dass ich wissen sollte, worum es ging. Ich nickte und tat so, als wäre alles klar. Manchmal musste man Kompetenz ausstrahlen, auch wenn keine vorhanden war. »Natürlich.«

»Linus soll den Josef spielen, das wollte ich kurz mit dir besprechen. Er hat großen Spaß daran. Das würde aber bedeuten, dass er zum Krippenspiel und zur Generalprobe da sein müsste, klappt das?«

»Kannst du mir mit dem Datum auf die Sprünge helfen? Wir können das sicher einrichten, ich weiß nicht, ob er bei mir oder Thore ist, aber ich gehe mal davon aus, dass wir alle an einem Strang ziehen, wenn Linus sich wünscht, dabei zu sein.«

Puh. Er hatte also nichts ausgefressen, zum Glück.

»Das weiß ich doch. Schau, ich habe hier alles auf einem Zettel zusammengefasst. Kostüme werden wir aus dem Fundus nehmen, eventuell muss noch was neu gemacht werden, das regeln unsere Damen aus der Nortrumer Bastelgruppe bestimmt gerne.«

Ich wusste, dass es nicht als Spitze gemeint war, aber ich gehörte auch nach sechs Jahren auf der Insel nicht dazu. Es tat ein bisschen weh, dass es mir nicht gelungen war, wirklich Anschluss zu finden. So hart sollte ich es eigentlich nicht formulieren, denn ich hatte viele Leute, die mich mochten. Wiebkes Oma zum Beispiel, sie hatte nicht nur Linus, sondern auch mich gleich mit »adoptiert«. Thores Vater war nach dem Tod seiner Frau nach Kanada ausgewandert, von seiner Familie lebte niemand mehr auf Nortrum.

Eva reichte mir ein Blatt Papier mit allen Eckdaten und Informationen. »Wenn ihr damit einverstanden seid, dass er teilnimmt und dass wir das Krippenspiel filmen dürfen, könntest du mir das bitte unterschrieben zurückkommen lassen? Von Thore und von dir, bitte. Auch die gesonderte Bescheinigung, dass wir Fotos machen dürfen. Du weißt ja, wie nervig das jetzt mit den neuen Datenschutzregeln geworden ist.«

»Natürlich, wird erledigt. Bringe ich am Montag direkt wieder mit.«

»Perfekt. Es ist klasse, dass Linus die Hauptrolle übernehmen wird. Er macht das super, er hat wirklich Talent.«

Ich freute mich, dass er so mutig war. »Ich hätte mich das in seinem Alter nie getraut, es ist toll, dass er so viel Verantwortung auf sich nehmen möchte.« Ich selbst trat nicht gern ins Rampenlicht, weil ich schrecklich schüchtern war. »Schönes Wochenende«, wünschte ich, dann ging ich zu Linus. Er stand in Jacke und Schuhen vor mir. Als ich ihn sah, musste ich grinsen. »Mein Schatz, ich glaube, du hast die Stiefel vertauscht. Du hast Entenfüße.«

Er guckte mich aus großen blauen Augen an, und ich ging in die Hocke, um ihm zu helfen. Kurz darauf verließen wir die Kita. Purzel hatte er in der einen Hand, mich an der anderen. »Wie war es heute?«, wollte ich von ihm wissen.

»Gut«, kam zurück. Er war zwar ein Wirbelwind, aber manchmal war er an langen Gesprächen nicht interessiert. So erzählte ich ihm ein wenig von meinem Tag und von dem Plan, dass ich heute Abend Pizza für uns machen wollte. Da Wochenende war, konnten wir dann noch einen Film schauen, ehe es ins Bett ging. Obwohl ich die Zeit mit ihm zusammen liebte, war es doch ein bisschen deprimierend, dass ich an einem Freitag – mal wieder – gegen einundzwanzig Uhr allein in den Federn liegen würde.

Kurz bevor wir zuhause eintrafen, blieb Linus stehen. »Mama!«

»Was ist denn?«

»Purzel ist weg.«

»Wie, Purzel ist weg?« Tatsächlich, er stand mit leeren Händen vor mir.

O nein, dachte ich. Er hatte ihn verloren.

Der Weg vom Kindergarten zu mir nach Hause war nicht weit, normalerweise fuhren wir mit dem Fahrrad, aber bei dem Wetter war mir das zu heikel gewesen. Der Hase konnte überall liegen. »Weißt du noch, wo du ihn zuletzt hattest?«

Er schüttelte den Kopf und fing sofort an zu heulen. »Ich brauche Purzel!«

Linus war generell ein pflegeleichtes Kind, er war ausgeglichen und neigte weder zu Wutausbrüchen noch zu gefährlichen Alleingängen, wie ich es oft von anderen Müttern aus der Kita hörte. Aber wenn er sein Kuscheltier nicht hatte, drehte er durch.

Einmal hatten wir Purzel schon verloren. Drei Tage war er unauffindbar gewesen, bis ich im Internet für Ersatz hatte sorgen können – was er nie erfahren hatte. Diese Zeit war der blanke Horror gewesen, er hatte nicht geschlafen, nur geweint – wir waren alle völlig fertig mit den Nerven gewesen.

»Wir suchen ihn«, versprach ich ihm, aber er war schon in Panik ausgebrochen und brüllte. »Purzeeeeel!«

Kurzerhand hob ich ihn auf die Arme und ging mit ihm den Weg zurück. Er war zwar erst fünf, aber nach ein paar Schritten merkte ich, dass er eben nicht mehr sieben Kilo wog, sondern fast zwanzig.

Ich hörte ein Fahrzeug näherkommen und dann abbremsen. Aus dem Augenwinkel erkannte ich, dass es ein Sprinter war. Die Fensterscheibe wurde heruntergelassen. »Alles okay?«, sprach mich eine männliche Stimme an, die ich unter tausenden erkannt hätte.

Seltsam, dachte ich, dass er mir so vertraut ist, obwohl wir uns gar nicht kennen.

Linus schrie weiter und wand sich in meinen Armen, es war ohrenbetäubend. Ich lächelte gezwungen. Wenn ein gut aussehender Single-Mann eines an einer Frau nicht attraktiv fand, dann war es wohl ein plärrendes Bündel. Wobei, ich wusste ja nicht mal, ob er nicht selbst verheiratet und Vater war. Ob er einen Ring trug, hatte ich bei den Verhältnissen vor einigen Tagen beim besten Willen nicht erkennen können.

»Wir haben sein Kuscheltier verloren«, erklärte ich.

»O je, das ist natürlich ein Desaster.« Er ließ die Scheibe wieder hoch, und ich fragte mich, ob er es sarkastisch gemeint hatte, aber dann stellte er den Motor ab und stieg aus. »Ich helfe euch. Dann geht es schneller. Ich kann mich erinnern, dass ich als Kind auch so ein Stofftier hatte, ohne das ich nicht leben konnte.« Er beugte sich ein Stück zu mir. »Sag es keinem, aber ich war zwölf, als Herr Dummel ausgezogen ist.«

Erstaunt warf ich ihm einen seitlichen Blick zu. Nils grinste, aber er schien es wirklich ernst zu meinen. Ich hatte keine Zeit für weitere Interpretationen, denn Linus' Gebrüll wurde immer verzweifelter. »Na gut, dann los. Wir müssen in Richtung Kindergarten gehen«, erklärte ich Nils und wollte ihn nach links lotsen, weil wir an der nächsten Ecke abbiegen mussten, aber er schien den Weg zu kennen.

Er entdeckte Purzel schneller als ich. Nils rannte die letzten Schritte bis zu einer tiefen Pfütze und fischte den Stoffhasen klatschnass und matschig heraus. Ich ahnte, dass ich mit Linus nachher eine lange Diskussion darüber führen musste, dass eine Runde in der Waschmaschine das Langohr nicht umbringen würde. Egal, zumindest hatten wir ihn wieder.

»Danke«, sagte ich aufrichtig erleichtert in Nils' Richtung und setzte Linus ab. Er riss Purzel an sich und drückte das schlammige Etwas gegen sein Gesicht. Okay. Da war dann wohl auch ein Bad fällig. Ich lächelte schwach und wandte mich an Nils. »Du bist ein Lebensretter!«

Erst jetzt hatte ich Zeit, sein Outfit zu betrachten. Er trug eine dunkelbraune Arbeitshose mit seitlichen Taschen und einen dicken Wollpullover mit Rollkragen. Er war deutlich größer als ich, und seine breiten Schultern zeugten davon, dass er es gewohnt war, hart zu arbeiten. Auch der Rest von ihm wirkte überaus athletisch. Ich merkte, dass mein Herz ein wenig schneller schlug und andere Teile meines Körpers ebenfalls zum Leben erwachten. Es war irritierend, so kannte ich mich nicht. Außerdem war es absurd, mich zu einem völlig Fremden so hingezogen zu fühlen.

»Du übertreibst«, erwiderte er. Sein Lächeln wirkte ein wenig melancholisch. Erst jetzt fiel mir auf, dass dunkle Ringe unter seinen blauen Augen schimmerten.

»Viel zu tun?«, fragte ich, weil mir nichts Besseres einfiel.

Er wirkte sehr ernst. »Ja und nein.«

»Jetzt gibt es schon zwei Gründe, warum ich mich bei dir bedanken möchte. Wenn du magst, kann ich dir einen Tee anbieten, ich habe gerade eine neue Sorte …«

Er schüttelte den Kopf. »Das ist nett gemeint, aber ich will nicht im Weg sein.«

O je. Ich verstand, was er meinte. Er glaubte, dass ich einen Mann zuhause hatte. Ich hatte keine Ahnung, wie ich ihm mitteilen konnte, dass ich Single war … Es sollte ja nicht verzweifelt klingen.

»Hm«, gab ich daher zurück. »Die meisten Männer nehmen Reißaus, wenn das Kind einer alleinerziehenden Mutter schreit.«

»Mama, können wir jetzt los?« Linus zupfte an meinem Mantel.

»Klar, Schatz, wir gehen.« Dann wandte ich mich noch einmal an Nils. Er wirkte unglücklich, aber ich hatte keine Ahnung, wieso.

»Ich kann euch nach Hause bringen. Bist du schon mal in einem Sprinter gefahren?«, wollte er von Linus wissen. Auf einmal lächelte Nils, und mir ging das Herz auf.

Er hatte eine natürliche Art, mit meinem Kind umzugehen, die man nicht spielen konnte. Trotzdem lehnte ich ab. »Ist schon okay, wir wohnen gleich um die Ecke. Wir beide haben heute Abend vor, Pizza zu backen und einen Film anzusehen.«

Nils' Blick war fragend, für den Hauch einer Sekunde hatte ich das Gefühl, dass er nach dem Papa fragen wollte, er ließ es dann aber sein.

»Gut, wie ihr wollt. Dann habt einen schönen Abend.«

»Sehen wir uns wieder? Ich meine, bevor du die Insel verlässt?«

Er hielt inne, und ein schwaches Lächeln umspielte seine Mundwinkel. Er sah wirklich verdammt attraktiv aus, und obwohl ich sonst nicht auf unrasierte Männer stand, war es mir bei ihm absolut egal. Sein dunkles Haar war zu lang, als dass man von einer Frisur sprechen konnte, und der Dreitage-bart machte ihn noch verwegener, wobei er sonst nichts von einem Bad Boy an sich hatte. Im Gegenteil, er wirkte sehr verbindlich auf mich. Aber das konnte ich mir auch einreden.

»Sobald der Fährbetrieb wieder aufgenommen wird, bin ich weg«, erklärte er, und ich hatte den Eindruck, dass so etwas wie Bedauern in seinem Blick lag.

Ich räusperte mich, als sich ein irritierendes Ziehen in meinem Brustkorb meldete. »Dann, äh, alles Gute. Und danke nochmal, Nils.«

»Nicht der Rede wert.«

»Sag tschüss zu Nils«, bat ich Linus.

Die Wangen meines Sohnes waren mit Dreck beschmiert, sein blondes Haar hing ihm wild ins Gesicht. »Tschüss!«, rief er noch über die Schulter und rannte dann los.

»Tja, ich muss hinterher. Also …«, ich brach mitten im Satz ab und rührte mich nicht.

Für eine Sekunde verlor ich mich im tiefen Blau seiner Augen. Wenn ich nicht aufpasste, könnte ich für immer darin versinken. Zu schade, dachte ich, dass er nicht von hier war und dass er die Insel nicht so sehr mochte wie ich. Warum sonst wollte er so schnell wie möglich wieder abreisen?

KAPITEL 5

Am Samstag brachte ich Linus zu Griet, nachdem ich den Laden um siebzehn Uhr zugesperrt hatte. Mein Sohn freute sich schon wie verrückt auf die Zeit mit seiner »neuen« Oma, die Wiebke mit in die Familie gebracht hatte. Wir gingen durch die Hintertür ins Haus und hörten bereits in der Küche, dass sie nicht allein war. Ich half Linus, seine Schuhe und Jacke auszuziehen, dann hängte ich meine mit an die Garderobe und schlüpfte aus den Boots. Den Rucksack mit den Übernachtungssachen stellte ich daneben.

Linus war schon zu Griet gelaufen und hing an ihr, um sie zu knuddeln. Ich trat lächelnd ins heimelig warme Wohnzimmer und grüßte in die Runde. Außer Griet war noch ihre Freundin Marieke da. Sie erfüllte viele Funktionen auf Nortrum: Dorf-Klatschtante, Rentnerin, Kirchenvorsteherin, ehemals Inselhebamme. Marieke wusste alles und kannte jeden. Die beiden saßen bei Friesentee und Kluntje zusammen und schnackten. Außerdem stand ein Kännchen mit Sahne und ein Teller mit Keksen bereit. Im Ofen brannte ein Feuer, es war angenehm warm und duftete verführerisch.

»Komm, setz dich zu uns«, lud Griet mich ein und stand

auf. Linus hatte ein Stück Kandis ergattert und lutschte daran. »Möchtest du auch einen Tee? Linus, du einen Kakao?«

»Ja! Mit viel Schoko«, antwortete er mit vollem Mund.

»Ja, wieso nicht, aber nur, wenn es keine Umstände macht«, erwiderte ich und strich Linus zärtlich über den Schopf.

Griet drückte mich kurz, dann schüttelte sie den Kopf, weil es für sie niemals Umstände bedeutete, Gäste zu bewirten. Man kam bei ihr nicht aus dem Haus, ohne zumindest etwas getrunken zu haben. Ich wollte sie nicht beleidigen, deshalb ließ ich sie machen. Im Sommer hatte Griet sich bei einem Sturz von der Leiter den Fuß gebrochen, davon schien sie sich gut erholt zu haben. Es war schön zu sehen, dass sie wieder im gewohnten Tempo unterwegs war.

Ich setzte mich auf einen Stuhl. »Na, Marieke, was gibt's Neues?«, fragte ich aus Höflichkeit, obwohl ich nicht am Inseltratsch interessiert war. Nicht wirklich jedenfalls. Einzig und allein, wer gerade neue Möbel bekam, würde ich gern erfahren.

Aus der Küche hörte ich Griet, die ich im Geiste schon selbst manchmal Oma nannte, herumklappern.

Marieke trank einen Schluck Tee und hielt Tasse samt Unterteller auf ihrem Schoß. »Der alte Hansen liegt in den letzten Atemzügen, bis Weihnachten wird er es wohl nicht mehr schaffen«, fing sie an, und mein Stirnrunzeln schien sie richtig zu interpretieren, da ich nicht wusste, über wen sie sprach. Hansen war ein häufiger Name – aber ich wagte nicht, mich zu erkundigen, wer genau gemeint war.

»Na, also, Svantje, diese Familie solltest du doch kennen? Thore hat doch selbst mal Strandkörbe gebaut.«

»Das war vor seinem Medizinstudium«, wandte ich ein und musste nicht erwähnen, dass ich nicht in Nortrum geboren war. Die Insel war zwar nicht groß, aber ich kannte trotzdem nicht jede Familiengeschichte.

Sie hob ihre Hand. »Wie auch immer, die Mathiesens und

die Hansens teilen sich von jeher die Strandkorbgeschäfte der Insel untereinander auf.«

»Darüber weiß ich nichts, Thore ist da gar nicht mehr involviert, das macht doch jetzt alles seine Cousine.«

»Das ist mir bekannt, Schätzchen. Der alte Hansen ist es, über den ich rede, der hat die zweite Hälfte des Strandkorbbetriebs auf Nortrum. Der Krebs rafft ihn dahin, eine unschöne Sache. Kann ja alle von uns erwischen. Den einen früher, den anderen später. Quält sich schon eine Weile, der Arme. Anscheinend geht's jetzt mit ihm zu Ende, sein Sprössling ist vom Festland gekommen, um sich von ihm zu verabschieden.«

Ich hatte wirklich keine Lust, mehr über einen Sterbenden zu hören, und war erleichtert, als Griet mit Tee und Kakao zurückkam. »Wer verabschiedet sich? Du willst doch nicht gehen, Svantje?«

»Nein, noch nicht. Erst trinke ich den Tee.« Und dann gehe ich allein nach Hause, um über meinen Finanzen zu brüten, führte ich den Satz in Gedanken fort.

»Gut, nimm dir ein paar Minuten Zeit für uns«, Griet setzte sich und schob Linus den Kakao zu. Ich wollte meinen Sohn ermahnen, nicht zu schlabbern, aber sagte nichts, weil ich Griets Blick auf mir spürte, der »Lass ihn ruhig machen« zu sagen schien. Sie war weder pingelig, noch störte es sie, wenn ein paar Tropfen heiße Schokolade danebengingen. Griet war und blieb ein Goldstück.

»Ich bin vorhin bei dir am Laden vorbeigefahren«, erzählte sie jetzt und guckte mich erwartungsvoll an.

»Ach ja? Wieso bist du nicht reingekommen?«, wollte ich von ihr wissen.

»Leider hatte ich keine Zeit, weil ich bereits verabredet war. Aber ich komme die Tage mal vorbei. Ich habe gesehen, dass du die Weihnachtsdeko endlich rausgeholt hast, da sind ja ganz tolle Sachen dabei. Wenn wir den Heiligen Abend dieses Jahr bei mir feiern, möchte ich nicht nur meinen alten

Krempel vom Speicher holen. Irgendwie habe ich das Gefühl, ich müsste ein bisschen mehr tun …«

Alle waren einverstanden gewesen, bei Griet zu feiern. Wir lebten das Motto Patchwork-Familie, und es funktionierte super. »Ich bin mir sicher, dass du viele schöne Dinge in deinem Fundus hast«, versuchte ich sie zu beruhigen. »Du brauchst bestimmt nichts Neues zu kaufen, Griet.«

Marieke setzte ihre Tasse ab. »Sie hat so viel Krimskrams, das stimmt, aber ist doch sicher alles bisschen in die Jahre gekommen. Kerzen sind doch … wie sagt ihr jungen Leute nochmal? Ach ja, Kerzen sind *voll out*! Jetzt muss man bei allem LED drin haben oder etwa nicht?«

Dem konnte ich so nicht ganz zustimmen, aber ich wollte auch keine Grundsatzdiskussion über Deko vom Zaun brechen. Natürlich gab es auch bei mir Lichterketten und viele andere Accessoires für ein bezauberndes Weihnachtsfest. »Ich kann mir nicht vorstellen, dass es so schlimm ist und dass du alles neu kaufen musst. Vor allem bei den Kugeln hat man früher richtig Geld ausgegeben. So tolle Sachen wie damals bekommt man heute nur noch für sehr viel Kohle.«

»Ja, das schon«, stimmte Griet zu. »Aber ihr modernen Leute dekoriert doch anders als ich, und jetzt, wo wir auch ein Kind im Haus haben, will ich einfach, dass es perfekt wird. Allerdings habe ich für sowas kein Händchen. Am liebsten wäre es mir, wenn du das für mich arrangieren könntest. Aber das besprechen wir dann bei dir im Laden, ja?«

Diesen Wunsch konnte ich Griet nicht abschlagen, natürlich würde ich ihr behilflich sein, das Haus weihnachtlich herzurichten, das war selbstverständlich. Mir machte es sogar richtig viel Spaß, deswegen hatte ich meinen Laden ja zur Hälfte mit Dekoartikeln gefüllt. »Klar, das ist doch kein Ding. Lass uns alles zusammen anschauen, und dann sehen wir auch, was dir vielleicht noch fehlt. Höchstens ein paar Kleinigkeiten.«

Griet gluckste. »Ich hoffe, du rätst deinen Kunden nicht

auch dazu, die alten Sachen zu behalten, statt etwas Neues bei dir zu kaufen!«

Das tat ich tatsächlich nicht, mit Griet war es nicht dasselbe. Zu ihr hatte ich eine persönliche Beziehung.

Marieke hatte natürlich etwas zu kommentieren: »Mir ist es auch lästig, das ganze Zeug aus den Kartons zu holen. Wenn du bei Griet fertig bist, kannst du bei mir gleich weitermachen.« Dann lachte sie. »Das wäre was, jemand dekoriert für mich, und ich muss keinen Finger krumm machen. Ich würde dich auch dafür bezahlen, Svantje.«

»Apropos weitermachen«, wechselte ich das Thema und trank den letzten Schluck Tee aus, bevor Marieke mich dazu verdonnerte, das halbe Dorf zu verschönern. »Ich habe leider noch zu tun und muss los.«

»Es ist doch Samstag!«, protestierte Griet.

»Ich weiß, nur manche Sachen dulden keinen Aufschub, und wenn Linus nicht daheim ist, habe ich die Gelegenheit, mich um das zu kümmern, was an anderen Tagen liegen bleibt.«

Gott, das klang erbärmlich. Aber eine Alternative hatte ich für den Abend nicht, ich hatte mich weder verabredet noch sonst etwas vor. Auf der Insel war zu dieser Jahreszeit generell wenig los, also hatte ich die Wahl zwischen Hausarbeit, Netflix oder Zukunftsplanung.

Ich drückte Linus einen Kuss auf die Wange, wünschte ihnen viel Spaß und machte mich dann auf den Nachhauseweg. In meinem kleinen Häuschen, das leider noch nicht ganz abbezahlt war, setzte ich mich mit einer weiteren Tasse Tee an den Küchentisch und brütete über meinen Finanzen.

Es war deprimierend.

Ich konnte jeden Euro zweimal umdrehen, hier und da vielleicht etwas sparen, aber es reichte momentan hinten und vorne nicht. Irgendwie hatte ich mir das einfacher vorgestellt, als ich mein erspartes Geld und eine kleine Erbschaft vor sechs Jahren in zwei Immobilien investiert hatte: das Reetdachhaus, in dem ich lebte, und das Gebäude, in dem sich mein Laden befand. Ich hatte beides seinerzeit zu guten Preisen bekommen, heute waren die Häuser viel mehr wert. Aber bei einem Verkauf würde ich meine Existenz aufgeben müssen. Dazu war ich nicht bereit. Noch nicht. Die Mieten waren mittlerweile unerschwinglich geworden, ich könnte niemals einen Laden führen, wenn er mir nicht gehörte.

So negativ wollte ich nicht denken. Ich war keine Pessimistin, aber gerade fiel es mir schwer, das berühmte Licht am Ende des langen Finanztunnels zu sehen. Ich seufzte und vergrub das Gesicht zwischen den Händen.

Ein Klingeln an meiner Haustür ließ mich aufschrecken. Wer war das denn noch?

Ich schaute auf die Wanduhr, es war kurz nach acht. Hoffentlich nicht Griet mit Linus, aber das hielt ich für unwahrscheinlich. Normalerweise hatte er kein Heimweh, und falls doch, würde sie zuerst anrufen.

Für eine Millisekunde dachte ich an Nils, aber der wusste überhaupt nicht, wo ich wohnte. Und warum sollte er mich besuchen? Es hatte kürzlich nicht so ausgesehen, als wäre das eine Option für ihn. Wer auch immer es war, klingelte jetzt noch einmal. Ich konnte es also nicht ignorieren.

Seufzend stand ich auf und sah nach. Ich war erstaunt, als ich Wiebke und Thore vor der Haustüre entdeckte. Sie waren dem Wetter entsprechend warm angezogen. »Äh, hallo?«, gab ich von mir.

Wiebke grinste, Thore wirkte ebenfalls gut gelaunt.

Ich hatte sofort das Gefühl, die beiden führten etwas im Schilde. »Habt ihr euch in der Hausnummer geirrt, oder was ist los?«

»Willst du uns nicht reinbitten?«, neckte mich Wiebke.

»Du brauchst doch sonst auch keine Einladung«, gab ich zurück und trat beiseite.

Die beiden zogen sich nicht aus, nachdem die Haustür

hinter ihnen ins Schloss gefallen war. »Wir wollen dich abholen, wir gehen in den Inselkrug.«

Die Dorfkneipe kannte ich natürlich und war schon öfter mal dort gewesen. Ich hatte außerdem viele Geschichten gehört, früher waren in diesem Lokal wilde Partys gefeiert worden. Heute gab es hin und wieder Livemusik, jedoch nicht an diesem Abend, das hätte ich gewusst. »Gibt es was zu feiern?«, wollte ich wissen. Aber auch so hätte ich mich gern überreden lassen, mich von meinem Papierkram loszureißen.

Wiebke grinste verschwörerisch. »Könnte man so sagen.«

»Habt ihr euch verlobt?« Wundern würde es mich nicht, allerdings würden die beiden das doch nicht in der Dorfkneipe feiern, sondern eher im familiären Rahmen?

Thore guckte komisch, aber schüttelte den Kopf.

Wiebke warf ihm einen Blick zu, der ihn gar nicht erst dazu verleitete, etwas zu sagen. Stattdessen richtete Wiebke sich an mich. »Na, mach schon, schmeiß dich in ein paar andere Klamotten, und dann geht's los! Du erfährst dann schon, was heute geplant ist.«

Ich zupfte an meinem selbst gestrickten Pullover. »Was ist damit nicht okay?«

Wiebke schnaufte und schob mich die Treppe nach oben. Sie riss meinen Schrank auf und holte ein Jerseykleid heraus. Es war grün-braun-gemustert und harmonierte gut mit meinen Augen. Weil Widerstand ohnehin zwecklos war, pellte ich mich aus Jeans und Pulli und warf mir den anderen Fetzen über. Weil ich mir nicht den Hintern abfrieren wollte, wählte ich eine blickdichte schwarze Strumpfhose dazu.

»Wie wäre es mit ein wenig Farbe im Gesicht?«, schlug Wiebke vor.

Nun wurde ich wirklich misstrauisch. »Ihr habt nicht vor, mich mit irgendwem zu verkuppeln oder so?«

»Nein, keine Sorge«, beruhigte sie mich und blieb ernst dabei, so dass ich mir diesbezüglich also keine Gedanken machen musste. »Wir gehen feiern, das ist alles.«

»Na schön.« Ich seufzte und legte Wimperntusche und ein wenig Rouge auf. Zu mehr war weder Zeit, noch hatte ich Lust, mich groß aufzubrezeln. Ich warf einen letzten Blick in den Spiegel und stellte erfreut fest, dass ich gut ausschaute. Vielleicht sollte ich mich öfter mal zu etwas anderem als dem Standard-Look hinreißen lassen. Ich war viel zu lange in einem Trott unterwegs gewesen, aber das sprach ich nicht aus.

Eine Viertelstunde später betraten wir den Inselkrug. Das Licht war gedämpft, es roch leicht nach Zigarettenqualm – man munkelte, dass der Wirt es mit den Regeln manchmal nicht allzu genau nahm – und dem typischen Kneipenduft: einer bunten Mischung aus Bier, Parfum und vielen Menschen. Richtig voll war es allerdings noch nicht. Während ich mich umsah, entdeckte ich einige bekannte Gesichter. Es tummelten sich ein paar Nortrumer an der mit Holz vertäfelten Theke, über der in regelmäßigen Abständen Lampen baumelten und dabei ein schummriges Licht verbreiteten. Die terracottafarbenen Bodenfliesen wirkten bei dieser Beleuchtung nicht so schlimm wie sonst. Erst dann fiel mir auf, dass es wie Party ausschaute, die noch nicht richtig angefangen hatte. Jemand hatte die alte Discokugel angeschaltet und eine Art Tanzfläche freigeräumt, aus den Lautsprechern dudelte gerade »Smoke on the water«. Die Tische standen zusammengeschoben an der Seite. Stühle waren ineinander gestapelt – ein klares Zeichen, dass es heute vermutlich etwas feuchtfröhlicher zugehen könnte als an normalen Samstagen. Es kam mir immer noch komisch vor, dass ich nichts davon wusste. Andererseits, wenn jemand seinen Geburtstag feierte, war es nicht ungewöhnlich, dass ich keine Einladung erhielt, vor allem, wenn derjenige verheiratet und etwa in meinem Alter war. Ich war früher schon nur in Verbindung mit Thore eingeladen worden, auch als wir nicht mehr zusammen gewesen waren. Die Frauen hier hatten anscheinend Angst, ich könnte ihnen die Männer ausspannen. Es hatte zwar noch nie jemand so deutlich ausgesprochen, aber eine andere Erklärung hatte ich nicht dafür, dass ich, abgesehen von oberflächlichen Bekanntschaften, bisher keinen rechten Anschluss gefunden hatte – außer zu Wiebke und ihrer Familie natürlich. Man behandelte mich mit Respekt, hielt mich jedoch auf Abstand. Jetzt wünschte ich mir, ich wäre nicht hergekommen, denn ich wollte nicht das berühmte fünfte Rad am Wagen sein.

»O nein, ihr habt mich doch nicht auf eine Party geschleppt, zu der ich nicht eingeladen bin? Wer feiert überhaupt und was?«, zischte ich Wiebke zu.

Meine Freundin zog erst einmal seelenruhig die Jacke aus. »Du bist herzlich willkommen, denn *wir* haben die Feier organisiert. Ein alter Schulfreund von Thore hat Geburtstag, es ist sozusagen eine Last-Minute-Fete für ihn.«

Ich wollte fragen, welcher Kumpel das sein sollte, als die Tür aufging und ein Schwall eisiger Luft in den Inselkrug schwappte. Mit der Kälte trat Nils in die Kneipe. Er hatte Arbeitshose gegen Jeans, Turnschuhe und einen dünnen, schwarzen Pullover mit V-Ausschnitt getauscht. Mein Atem stockte.

Ach du grüne Neune. Er sah verdammt gut aus, und ich konnte nicht anders, als ihn anzustarren, auch weil ich mit ihm nicht gerechnet hatte. Hatte Wiebke eben nicht gesagt, dass es um einen Kumpel von Thore ging? War Nils also doch von hier? Ich begriff gar nichts mehr.

Thore ließ ein geträllertes »Überraschung« von sich hören. »Happy Birthday«, rief er Nils zu. »Wir haben ein paar Leute zusammengetrommelt, um der alten Zeiten willen. Ich weiß, es ist gerade eine schwierige Phase, aber gestern meintest du ja, dass du nichts gegen ein wenig Ablenkung hättest.«

Die Beleuchtung im Inselkrug war spärlich, aber ich hätte schwören können, dass Nils blass wurde. Er sah aus, als ob er sich hier nicht wohlfühlen würde. Warum auch immer. Vielleicht mochte er es genauso wenig wie ich überrumpelt zu werden.

Ich spürte, dass Thore unsicher war. Ihm lag viel daran,

dass sich die Menschen in seiner Umgebung wohlfühlten. Er war empathisch und verbindlich, ein großartiger Mann. Damals hatte ich mich beinahe geärgert, dass es mit uns beiden trotzdem nicht funktionierte. Aber was sollte man machen, wenn einfach kein Knistern aufkommen wollte?

Ganz anders, als wenn ich Nils ansah – da war in meinem Körper eine Menge los.

»Nils, das ist Wiebke, meine Partnerin. Und hier haben wir Svantje, die Mutter meines Sohnes.« Wiebke schüttelte ihm die Hand, dann kam ich an die Reihe.

»Wir kennen uns bereits«, piepste ich und wollte mich danach selbst ohrfeigen. So dusselig stellte ich mich sonst nicht an. Keine Ahnung, warum ich mich in Nils' Gegenwart so verlegen fühlte.

Wiebke grinste breit. Wenn ich wetten müsste, würde ich meinen Einsatz daraufsetzen, dass die Idee mit der Party von ihr gewesen war. Thore war eher ein ruhiger Typ und hatte wenig bis gar nichts von einem Kuppler an sich. Aber nein, den Gedanken verwarf ich. Wenn das der Plan gewesen wäre, hätten sie ein Dinner für vier arrangiert. In diesem Moment war ich unendlich dankbar, dass Wiebke nicht auf diese Idee gekommen war. Das hier war schon peinlich genug. Ich versuchte, meine Coolness zurückzuerlangen und lächelte – hoffentlich – unverbindlich.

»Hallo Svantje«, sagte Nils jetzt, und meine Knie wurden sofort weich.

So viel dazu.

Das gab es doch nicht!

Ich war keine Frau von der Sorte, die sich von ihren Hormonen überrumpeln ließ. Aber in seiner Gegenwart galten die üblichen Regeln offenbar nicht.

»Wir gehen uns mal ein Bier holen«, erklärte Wiebke mit einem verschwörerischen Funkeln im Blick und zog Thore mit sich.

Ich knöpfte meine Jacke auf und wusste erst einmal nicht,

was ich sagen sollte. Obwohl ich nur selten Alkohol trank, fühlte ich mich gerade viel zu nüchtern für die Situation. Schließlich sollte es eine Party werden! Was mich daran erinnerte, dass Nils Geburtstag hatte. »Herzlichen Glückwunsch.« Ich streckte ihm meine Hand hin.

Zuerst schaute er ein wenig komisch darauf, dann ergriff er sie. »Danke.«

Ich hätte nie gedacht, dass es so etwas gibt, aber als er mich berührte, breitete sich ein Prickeln auf meinem Körper aus. »W-wie alt bist du überhaupt geworden?«, fuhr ich in der Hoffnung fort, dass sich meine Aufregung ein wenig legte.

»Sechsunddreißig. Und woher kennst du Thore? Ich habe ihn gestern zufällig im Supermarkt getroffen, wir haben dann ein Bier zusammen getrunken. Ich konnte ja nicht ahnen, dass er danach gleich das ganze Dorf zusammentrommelt, um eine Feier für mich zu organisieren.«

Wow, das war ein seltsamer Themenwechsel. Nils war also genauso verdattert wie ich.

»Und ich hatte keine Ahnung, dass du von hier bist«, erwiderte ich. Was mich zu der Frage brachte, warum er so schnell wieder wegwollte, aber das traute ich mich nicht auszusprechen.

Er ließ meine Hand los und nahm mir die Jacke ab. Dann hängte er sie zusammen mit seiner an die Garderobe. »Ich fürchte, für so ein Gespräch kennen wir uns noch nicht gut genug.« Er hatte das mit einem Blick erklärt, den ich nicht deuten konnte.

Noch nicht, hatte er gesagt. Hieß das etwa, dass er mich kennenlernen wollte? Seit ich wusste, dass Nils von Nortrum stammte, hatte sich so etwas wie ein Funken Hoffnung in mir festgesetzt. Aber dem wollte ich keine Bedeutung beimessen, denn dass er sich hier nicht wohlfühlte, war offensichtlich. Hach, ich würde zu gerne seine Geschichte hören. Dabei war ich normalerweise nicht von der neugierigen Seite – dafür hatten wir Marieke auf der Insel.

»Komm, wir holen uns ein Getränk von der Bar, immerhin soll heute etwas gefeiert werden. Das habe ich jedenfalls gehört«, meinte er mit einem schiefen Lächeln, das wieder sehr melancholisch auf mich wirkte.

»Du siehst nicht so aus, als hättest du Spaß«, sprudelte es aus mir hervor. »O je, tut mir leid, das war zu direkt.«

Während wir zur Theke schlenderten, sah ich aus dem Augenwinkel, dass er schmunzelte. »Ich mag Frauen, die sagen, was sie denken. Aber du hast recht, in Feierlaune bin ich wirklich nicht. Lass uns nicht über mich reden, da komme ich mir so … komisch vor. Was ist mit dir, Svantje? Du bist nicht von hier.«

Eine Feststellung. Keine Frage.

»Nein, sonst wären wir uns wohl mal über den Weg gelaufen. Ich bin seit sechs Jahren hier – da ich dich bis dato noch nie gesehen habe …«, überlegte ich laut, aber führte meinen Satz nicht zu Ende, weil ich nicht zu aufdringlich wirken wollte.

»Was nimmst du?«, wollte er wissen, während er sich mit den Händen auf den Tresen stützte.

»Ein Glas Rotwein, bitte.«

Er bestellte das Getränk für mich und ein Bier für sich. »Es ist schon eine Weile her, dass ich weggezogen bin«, war alles, was er dazu sagte.

Ich dachte sofort an Thore und seine Geschichte. Wiebke hatte Nortrum seinerzeit verlassen, als Thore und sie sich im Jugendalter getrennt hatten. Seitdem hatte sie die Insel gemieden, bis sie im letzten Sommer wegen Griets Haushaltsunfall zurückgekehrt war. War es auch so etwas bei Nils? Eine alte Liebesgeschichte ohne Happy End? Der Gedanke gefiel mir nicht, und ich erwischte mich dabei, dass ich mich fragte, wer von den Inselfrauen, die ich kannte, als seine Ex infrage kam. War er deshalb beim Hereinkommen so blass geworden? Weil er Angst hatte, auf seine Verflossene zu treffen?

Ich wollte etwas sagen, aber hielt den Schnabel, weil wir

plötzlich nicht mehr allein waren. Nils war entdeckt worden, alle wollten zum Geburtstagskind. Sie drängten mich nicht weg, doch ich hatte das Gefühl, im Weg zu sein, und machte Platz. Den Wein nahm ich mit und stellte mich etwas abseits, von wo aus ich ihn weiter im Blick behalten konnte.

Mir fiel auf, dass die Leute ein wenig bedröppelt schauten, bevor sie mit Nils plauderten, als hätten sie zuerst etwas Trauriges zu sagen, ehe sie zu leichteren Themen übergehen konnten.

Vielleicht war seine erste große Liebe verunglückt? Ich sollte aufhören damit. Es ging mich nichts an, und darüber zu spekulieren, brachte mich auch nicht weiter. Am meisten verblüffte es mich, dass ich so sehr darauf brannte, mehr über ihn und seine Lebensgeschichte zu erfahren.

Aus der Musikanlage wurden jetzt Hits aus den 2000ern gespielt, und ich fing an, im Rhythmus mitzuwippen. Wiebke stellte sich neben mich, sie hatte eine Flasche Bier in der Hand. »Und?«, wollte sie wissen.

»Was, und?«

»Wie läuft's?«

»Du bist schlimm.« Ich verdrehte die Augen und lachte.

»Also!«, fuhr sie fort. »Was ich bisher über ihn weiß: Er gehört zu den Strandkorb-Hansens.«

»Nein!«, unterbrach ich sie. Deshalb war er so schlecht drauf. Sein Vater lag im Sterben, wenn Marieke nicht übertrieben hatte. Das war es also, was ihn beschäftigte! Kein Wunder, dass er so traurig auf mich gewirkt hatte.

Und ich hatte an eine Liebesgeschichte gedacht! O Gott, der arme Nils. Er machte eine schwere Zeit durch. Meine Eltern lebten zwar noch, aber ich wusste von Thore, der seine Mutter als Teenager verloren hatte, wie tief diese Wunden sein konnten.

»Doch«, erwiderte Wiebke. »Ich hätte gleich schalten sollen, als du mir vor ein paar Tagen von einem Nils erzählt hast, aber ich habe die Verbindung erst später herstellen können. Ich hatte ja selbst nicht gewusst, dass er wieder da ist. Immerhin ist er seit Jahren nicht mehr auf der Insel gewesen.«

»Warum eigentlich nicht?«

»Genaues kann ich nicht sagen, das solltest du ihn auch selbst fragen. Ich hab nur gehört, dass er mit seinem Vater geschäftlich nicht einig war und deshalb gegangen ist. Wie du weißt, hatte ich selbst gute Gründe, die Insel zu meiden, deshalb bin ich auch nicht über alle Details auf dem Laufenden. Wenn du mehr wissen willst, sprich doch mit ihm, dann gibt es auch keine Missverständnisse.«

»Das würde ich ein bisschen zu aufdringlich finden, immerhin kenne ich ihn nicht gut genug. Aber was du sagst, klingt dramatisch.«

Wiebke nickte. »Ja, leider. Dysfunktionale Familien gibt es überall, schau mich an! Ich bin das uneheliche Kind des ehemaligen Bürgermeisters und war ein lange gehütetes schmutziges Geheimnis.« Sie trank von ihrem Bier, und obwohl es witzig hatte sein sollen, hörte ich ihrem zynischen Tonfall an, dass sie immer noch darunter litt.

Ich wusste natürlich von ihrer Geschichte. Wiebke hatte erst im Sommer erfahren, wer ihr leiblicher Vater war. Ihre Mutter Okka hatte geschwiegen, weil sie damals Schülerin gewesen war und der verheiratete Bürgermeister ihr falsche Versprechen gemacht hatte – bis er herausgefunden hatte, dass Okka schwanger war. Zum Glück hatte Okka ihren eigenen Weg gewählt, und den Schmerz darüber, dass der Vater Wiebke nicht anerkennen wollte, hatte Okka ihrer Tochter durch Schweigen ersparen wollen. Aber Geheimnisse drängten irgendwann ans Licht, und als Wiebke im Sommer hier gewesen war, hatte sie beharrlich nachgeforscht und schließlich alles aufgedeckt. »Ich knabbere noch ziemlich daran, dass mein Vater meine Mutter zu einer Abtreibung zwingen wollte. Er muss ein schrecklicher Kerl gewesen sein«, brummte Wiebke jetzt und trank von ihrem Bier.

Ich bekam eine Gänsehaut. »Das ist wirklich traurig.«

»Allmählich komme ich besser klar, irgendwie muss ich auch meinen Frieden damit machen, er ist tot und kann mir sowieso keine Fragen mehr beantworten. Aber lass uns nicht darüber reden, dieses Thema ist ein echter Partykiller!«

Ich rieb ihr über den Oberarm und ließ meinen Blick danach durch den Inselkrug gleiten. »Wenn ich mir Nils anschaue, denke ich auch nicht, dass er Bock auf Feiern hat«, wechselte ich das Thema.

»Thore hat ihn gefragt, ob er Lust hätte, sich heute mit ein paar Freunden zu treffen, und er hat ja gesagt.«

»Vielleicht hat er nicht damit gerechnet, dass ihr das ganze Dorf einladet.« Mittlerweile war es ziemlich voll geworden. Und laut.

Thore kam mit einem Bier und einem zweiten Glas Wein für mich und Wiebke angelaufen. Er grinste. »Bitte die Damen, für euch nur das Beste.«

Wiebke gab ihm einen Kuss. »*Du* bist der Beste.«

»Absolut! Genau das, was ich jetzt brauche. Vielen Dank, Thore«, stimmte ich zu und merkte, dass mein Kopf sich schon ein wenig leichter anfühlte.

Ehe ich mich versah, wurde ich in unzählige oberflächliche Gespräche verwickelt. Die sonst etwas spröden Insulaner waren deutlich offener, wenn genügend Schnaps geflossen war. Auf einmal wurde die Musik lauter, und die Tanzfläche füllte sich. Wiebke zupfte an meinem Kleid, und ich folgte ihr. Wir zwei hatten eine Menge Spaß. Irgendwann war ich völlig außer Atem und brauchte eine Pause. Ich holte mir ein weiteres Getränk und ging zum Verschnaufen hinaus in die kühle Abendluft. Das war allerdings keine gute Idee, es war irre kalt, deshalb trat ich gleich wieder hinein und stellte mich an den Rand der Tanzfläche, um dort ein wenig zu Atem zu kommen. Ich war echt ein bisschen aus der Form.

»Da steckst du«, sprach mich jemand an.

»Nils«, erwiderte ich verwundert. Es sah aus, als hätte er mich gesucht.

Ich wollte es nicht, doch diese Idee löste ein angenehmes Kribbeln in meiner Magengrube aus.

Er hatte die Ärmel seines Pullovers nach oben geschoben und ein Bier in der Hand. Betrunken wirkte er nicht, aber lockerer und weniger bedrückt als vorhin. Also tat ihm die Ablenkung doch ganz gut.

Nils stand dicht bei mir, weil die Musik so laut war, nahm ich an. Es fühlte sich gut an, in seiner Nähe zu sein. Ich konnte sein Aftershave schnuppern, es roch durch und durch männlich. Würzig und frisch. Sein Körper strahlte eine angenehme Wärme auf mich ab. »Auf einmal warst du weg«, fuhr er fort.

»Du bist heute Abend ein gefragter Mann«, neckte ich ihn. Dann fügte ich ernster hinzu: »Tut mir leid, das mit deinem Vater.«

Er zuckte die Schultern. »Es ist, wie es ist. Wir haben uns ausgesprochen, aber das macht nicht das wieder gut, was er früher alles zu mir gesagt hat. Aber einem Sterbenden schlägt man ja keine Wünsche ab.«

»Dann stimmt es, dass er todkrank ist?« Bei Marieke sollte man manchmal prüfen, ob sie in ihren Erzählungen nicht übertrieben hatte.

Nils' Nicken sagte mir alles, was ich wissen musste. Trotzdem erklärte er: »Er hat Darmkrebs, in seinem Fall kann man nichts mehr machen. Meine Mutter hat mich herbeizitiert. Sie hat gesagt, wenn ich jetzt nicht komme, sehe ich ihn nie wieder. Es klingt kalt, so bin ich eigentlich nicht, aber ich habe gezögert und überlegt, ob ich ihn überhaupt noch einmal treffen möchte. Wie du siehst, bin ich da, aber es ist verdammt schwer. Das ist eine lange Geschichte, und ich will dich nicht damit langweilen. Der Tod gehört zum Leben dazu, und ich kann nichts anderes machen als das, was ich getan habe: Ich habe ihm zugehört und genickt, obwohl ich mir vor Jahren geschworen hatte, ihn nie wiederzusehen. Tja, im Angesicht des Todes habe ich meine Meinung geändert, aber es fühlt sich trotzdem nicht wie eine Erlösung oder sowas an. Dass es ihm so schlecht geht, scheinen alle auf Nortrum zu wissen, was mich nicht überraschen sollte. Hat es aber doch, ich wohne wohl schon zu lange woanders. In der Großstadt lebt es sich jedenfalls deutlich anonymer, da quatscht dich nicht jeder auf dein Privatleben an. Aber lass uns nicht weiter über den Tod reden, Svantje, noch lebt er ja.«

Obwohl wir uns nicht näher kannten, verstand ich genau, was er meinte. Natürlich wusste ich nichts über die Differenzen mit seinem Vater, deshalb kommentierte ich auch das nicht. Ich hatte das Bedürfnis, ihn zu umarmen, aber ließ es sein. Wir waren nicht befreundet oder sowas in der Art. »Du wohnst also tatsächlich in Berlin?«, wechselte ich das Thema, seinem Wunsch entsprechend.

Er guckte mich direkt an. »Das weißt du?«

»Es steht ja groß und breit auf deinem Sprinter.«

Er grinste. »Schade, ich dachte, du hättest dich vielleicht nach mir erkundigt.«

Wenn er wüsste, wie dicht er dran war mit seiner Vermutung, würde ich vor Scham im Erdboden versinken. Ich trank den letzten Schluck Wein aus und ahnte, dass ich den Alkoholkonsum morgen bereuen würde. Ich war einfach nichts mehr gewohnt. Für einen Moment schwieg ich, weil ich nicht wusste, wie ich eine Antwort formulieren sollte, ohne dass es komisch klang. »Ich bin alleinerziehend mit einem Sohn, das weißt du ja bereits. Also Thore und ich, wir teilen uns das Sorgerecht, da ist alles okay. Aber schon wegen Linus würde ich mich nicht auf eine Affäre mit jemandem einlassen, der woanders wohnt. Das könnte ich niemals organisieren, und ich will es auch gar nicht. Tut mir leid, wenn das der totale Abtörner ist, aber für eine schnelle Nummer bin ich nicht zu haben.«

O Mann. Im nüchternen Zustand hätte ich so etwas nie ausgesprochen, aber jetzt war es raus, und ich wartete gespannt auf seine Reaktion.

Ich fürchtete, schon wieder zu direkt gewesen zu sein, aber Nils wirkte nicht beleidigt. Im Gegenteil, aus seinem Blick sprach Anerkennung. »Du bist wirklich anders als die Frauen in meinem Kiez.«

»Ist das gut oder schlecht?«

Er sah mich lange an. So intensiv, dass mir ganz anders wurde. Für einen Moment glaubte ich, dass er mich gleich küssen würde, dann räusperte er sich und fuhr sich mit der Hand durchs Haar. »Du trägst nicht nur die Verantwortung für dich selbst und führst einen eigenen Laden. Du hast auch keine Zeit für eine Diskussion über Hafer- oder Mandelmilch im Kaffee, sondern kommst direkt zum Punkt. Ich finde das sehr anziehend.«

Hatte er gerade anziehend gesagt? Ich schluckte trocken. Blöderweise reagierte mein verräterischer Körper mit einer Gänsehaut. Ich lehnte mich mit dem Rücken gegen die Wand und stellte mir für eine Sekunde vor, wie es wäre, wenn ich einmal meinen Kopf ausschalten würde, um das zu tun, was keine gute Idee war. Die schlechteste aller Ideen. Dann würde ich ihn nämlich wie in einem kitschigen Weihnachtsfilm zu mir heranziehen und ihn leidenschaftlich küssen. Vielleicht sogar die Nacht mit ihm verbringen. Ich hatte sturmfreie Bude.

Mir wurde heiß beim Gedanken daran.

»Tut mir leid, wenn ich dich damit irgendwie bedrängt habe«, fügte er an, weil ich nicht geantwortet hatte.

Er hatte mein Schweigen völlig falsch interpretiert. Wenn er wüsste! »Nein, es ist in Ordnung«, sagte ich, und meine Stimme klang ein wenig atemlos.

»Wollen wir es mal mit Tanzen versuchen? Darin bin ich vielleicht besser als im Reden.«

Ehe ich mich versah, hatte er mich an die Hand genommen und schleppte mich ins Getümmel. Wir fingen an, uns zur Musik zu bewegen. Die Luft war stickig, weil es so voll war. Es waren viele Leute gekommen – die halbe Insel. Mindestens.

Nils hatte nicht gelogen, er wusste, wie man sich bewegte. Nach dem ganzen Wein war mir sowieso egal, ob mich jemand sah und wer sich da was zusammenreimte. Deshalb achtete ich nicht weiter auf die anderen, sie interessierten mich nicht mehr. Ich konzentrierte mich nur noch auf Nils und seine hypnotisierende Nähe.

Ich war Single. Frei. Und absolut betrunken.

Obwohl meine Kondition schon mal besser gewesen war, hielt ich durch und hatte riesigen Spaß. Mit Nils zu tanzen, war wie ohne Worte zu flirten. Er berührte mich nur selten und wenn, dann hauchzart, aber ich merkte mit jeder Faser meines Seins, dass auch er Interesse an mir hatte. Wenn er den ersten Schritt machte, würde ich nicht nein sagen.

Bedauerlicherweise kam kurz darauf ein alter Freund von ihm, Jarick, mit einem Tablett voller Schnäpse auf die Tanzfläche und nötigte Nils, einen mit ihm zu trinken. Ich mochte Jarick, er hatte mir schon oft im Laden bei kleinen handwerklichen Notfällen geholfen, aber gerade gefiel es mir gar nicht, dass er mir Nils »abspenstig« machte. Andererseits war es natürlich eine Geburtstagsparty und kein Date, deshalb gab ich Nils mit einem Lächeln und Winken zu verstehen, dass ich kurz verschwinden wollte, damit er mit Jarick quatschen konnte.

Ich ging zur Toilette, weil meine Blase tatsächlich drückte, und ich glaubte, dass mir eine kleine Verschnaufpause guttun würde.

Als ich beim Händewaschen in den Spiegel schaute, erschrak ich. Meine Wangen waren gerötet, mein Blick glasig. Während mir eben noch alles egal gewesen war, war ich schlagartig nüchtern. Ich konnte auf keinen Fall vor dem ganzen Inselvolk mit Nils rummachen! Wenn mir die Frauen hier jetzt schon nicht vertrauten, dann würde ich danach garantiert als »Dorfmatratze« abgestempelt werden.

Ich stellte das Wasser ab und trocknete meine Hände mit zwei Papiertüchern. Während ich sie in den Mülleimer schmiss, traf ich eine Entscheidung.

. . .

Niemand beachtete mich, als ich mich aus dem Dorfkrug davonstahl. Einen kurzen Blick warf ich noch in Nils' Richtung, er stand umringt von vielen Leuten an der Bar. Er lachte gerade über etwas. Obwohl es absurd war, versetzte es mir einen Stich. Vielleicht hatte er mich bereits vergessen.

Es spielte keine Rolle, das hier wäre sowieso keine gute Idee gewesen.

Ich trat in die dunkle Nacht hinaus, knöpfte meine Jacke zu und ging nach Hause. Ich war stolz auf mich, weil ich so standhaft geblieben war. Gleichzeitig fühlte ich mich so allein wie lange nicht mehr.

KAPITEL 6

*D*en Sonntag hatte ich damit zugebracht, Griets Haus zu dekorieren und mit Linus bei Thore und Wiebke zu Abend zu essen. Niemand hatte mich auf Nils angesprochen, und ich hatte nichts erzählt.

Einerseits war ich froh, dass auf seiner Geburtstagsfeier zwischen uns nichts gelaufen war, andererseits furchtbar traurig. Ich sehnte mich so sehr nach der Nähe eines männlichen Körpers, dass es beinahe wehtat.

Okay, das war gelogen. Nicht nach irgendeinem Mann, sondern nach Nils. Was schon absurd genug war, denn ich kannte ihn nicht besonders gut. Aber das, was ich von ihm wusste, genügte offenbar, um mich nachhaltig durcheinanderzubringen.

Ich wollte nicht länger daran denken. Als ob ich sonst keine Sorgen hätte! Vielleicht war es ja ein seltsam verdrehter Mechanismus meines Gehirns, um mich nicht mit dem zu befassen, was wirklich zu erledigen war. Auch die Finanzprobleme, die auf mir lasteten, wollte ich lieber verdrängen. Deshalb schob ich sie ganz schnell in die hinterste Ecke meines Verstandes.

Heute war Dienstag, und ich hatte Linus gerade in den

Kindergarten gebracht, der Fährbetrieb lief seit gestern wieder ganz normal.

Ob Nils noch hier war?

Verdammt. Jetzt hatte ich schon wieder an ihn gedacht. Ich wusste nicht, was Sache war, denn ich hatte ihn seit der Feier am Samstag nicht mehr gesehen, das machte mich halb wahnsinnig. Vielleicht war er bereits abgereist, denn so, wie ich es verstanden hatte, hatte er das klärende Gespräch mit seinem Vater geführt und wollte jetzt mit seinem Leben in Berlin weitermachen.

So oder so – ich musste aufhören, mir den Kopf zu zerbrechen.

Ich nahm mir vor, den heutigen Tag weder an Nils noch an die fehlende Kohle zu denken, sondern stattdessen alles zu tun, um meine Kunden zufriedenzustellen. Ich warf einen Blick auf die Uhr, es war gerade kurz nach zehn. Der Himmel war grau und wolkenverhangen. Ich sah aus meinem Schaufenster heraus und beobachtete, wie schnell sie über den Horizont zogen. Der Sturm war vielleicht abgeklungen, aber es war immer noch höllisch windig, was für November nicht ungewöhnlich war. Das brachte mich auf eine Idee: Was ich brauchte, war ein Spaziergang am Strand!

Ich würde mich nachher dick einpacken und ein bisschen Seeluft schnuppern. Der Wind würde meine unsinnigen Gedanken schon vertreiben. Aber bis ich das tun konnte, gab es noch viel zu erledigen.

Die Zeit bis zum Nachmittag flog dahin, während ich mal wieder an der Dekoration des Schaufensters arbeitete. Ich wollte, dass es perfekt wurde. Dazu ließ ich Weihnachtssongs über das Lautsprechersystem laufen und summte mit. Zwischendurch kamen immer mal wieder ein paar Leute vorbei, die Kleinigkeiten und Geschenke kauften. Am besten liefen aber die Krabbenbrötchen, egal ob Sommer oder Winter. Die waren quasi täglich ausverkauft.

Ich hatte gerade den letzten Handgriff an der Fensterdekoration beendet, als zwei Frauen das Café betraten und sich an einen der vier Tische setzten. Obwohl die Umsätze für einen Dienstag bisher in Ordnung gewesen waren, waren die beiden derzeit die einzigen Gäste. Nachdem ich die Damen, ich schätzte sie auf Mitte bis Ende Fünfzig, begrüßt hatte, nahm ich ihre Bestellung auf.

Die eine war mollig mit einem frechen, grauen Kurzhaarschnitt und hatte eine Brille mit dicken Gläsern auf der Nase. Die Zweite war eher schlank, wirkte ein wenig ausgezehrt und trug einen kinnlangen, blonden Bob. Ich kannte die beiden vom Sehen, aber mir fiel gerade nicht ein, wo sie hingehörten. Stammgäste waren sie jedenfalls nicht.

»Wir nehmen zweimal die Nusstorte und Friesentee dazu, bitte«, erklärte die Mollige. »Du musst mehr essen, Ebba.«

Die blonde Frau nickte, dann versuchte sie sich ein Lächeln abzuringen, aber es gelang ihr eher schlecht als recht. Ich hatte den starken Eindruck, dass sie sich nicht wohlfühlte. »Da hören Sie es, also bitte Torte und Tee für mich«, sagte sie daraufhin.

Notieren musste ich mir diese Bestellung nicht, das schaffte mein Gehirn gerade noch so. »Sehr gern, ich bin gleich mit allem zurück«, erklärte ich und verschwand, um alles für die beiden herzurichten. Nachdem ich die Leckereien serviert hatte, ging ich hinter meinen Tresen und überlegte, was heute noch zu erledigen war und was bis morgen warten konnte. Auf jeden Fall wollte ich für Griet ein paar Kleinigkeiten zusammenstellen. Sie hatte eine handgeschnitzte Krippe, hübsche Glaskugeln und eine ganze Sammlung von Thun-Engeln, die andere vor Neid erblassen ließ. Was bei ihrem Weihnachtsschmuck fehlte, war ein dezenter, moderner Touch – und für den würde ich sorgen.

»…du musst mehr auf dich achten«, sagte die Mollige zu Ebba, und ich horchte auf.

»Ich bin doch hier, Sabine. Siehst du! Ich habe fast das ganze Stück Kuchen aufgegessen.«

Sabine seufzte, und ich spürte, dass sie sich Sorgen um ihre Freundin machte. »Ich weiß, der Hospiz-Dienst kommt regelmäßig, und der Pflegedienst auch, aber ich habe den Eindruck, dass du trotzdem am Ende deiner Kräfte bist.«

»Das stimmt nicht. Jetzt, wo Nils da ist, habe ich ja auch noch eine weitere helfende Hand.«

Ich erstarrte. Nils? Sie meinte doch nicht etwa … Ich tat beschäftigt und kritzelte auf meinem Block herum. Lauschen war unfein, aber ich konnte es mir, nachdem sein Name gefallen war, nicht verkneifen.

»Will er denn wirklich bleiben?«, fragte Sabine und stellte damit die Frage, die mich besonders interessierte. Es hieß jedenfalls, dass er noch auf Nortrum war. Oder?

»Von wollen kann nicht die Rede sein, ich habe ihn angefleht! Ich kann gerade nicht mit allem allein sein. Nicht im Moment. Und ich glaube, dass er es bereuen würde, wenn er ihn sterben lässt und nicht da ist.«

O Mann. Das klang furchtbar. Ich hatte gehört, dass Nils' Vater todkrank war, aber bis eben war mir nicht bewusst gewesen, wie schmerzhaft so ein Prozess für alle Beteiligten sein musste. Ich schämte mich ein bisschen, dass ich so egoistisch gewesen war und nur meinetwegen gelauscht hatte.

»Und wie geht es Keno damit?«, erkundigte Sabine sich verständnisvoll.

Keno musste Nils' Vater sein, überlegte ich und tat weiter beschäftigt. Mein schlechtes Gewissen über mein Zuhören brachte ich zum Schweigen.

»Er ist erleichtert, dass sie sich ausgesprochen haben. Aber ich fürchte, dass Nils nur zu allem ja gesagt hat, ohne es wirklich zu meinen. Darüber kann ich mir allerdings gerade nicht den Kopf zerbrechen, die Strandkorbmanufaktur ist unwichtig. Ich weiß ja, dass es mit Keno keine Hoffnung gibt, aber ich habe trotzdem so eine Angst vor dem, was kommt.«

Ich schluckte und spürte, wie auch meine Kehle eng wurde. Mit den Hansens wollte ich nicht tauschen. Man dachte ja nie an schlimme Krankheiten, ehe man selbst davon betroffen war. Zumindest ging es mir so.

»Und auch noch so kurz vor Weihnachten!«, meinte Sabine mit einem bedauernden Seufzen und legte die Gabel weg.

»Ich kann mir nicht vorstellen, dass er die Feiertage noch erlebt. Er wird täglich schwächer. Schläft fast nur noch. Mir kommt es so vor, als ob er, seit Nils da ist, endlich loslassen könnte.« Ebbas Stimme stockte. »Ich kann hier gar nicht ruhig sitzen, vor lauter Angst, dass er nicht mehr atmet, wenn ich nachher zurückkomme.«

»Na, na, meine Liebe, wir sind alle bei dir, und du brauchst einmal eine Verschnaufpause. Ich bin jederzeit für dich da, das weißt du, oder?«

Ebba schniefte, und ich sah, dass sie sich straffte. Mit fester Stimme sagte sie dann: »Das, was jetzt kommt, kann mir keiner abnehmen, aber ich danke dir trotzdem. Ich bin nur froh, dass Nils hier ist. Ohne ihn würde ich es nicht durchstehen. Jetzt muss ich auch wieder gehen, Sabine, es tut mir leid, dass ich keine gute Gesellschaft bin.« Sie stand auf.

Ich hob meinen Blick und betrachtete Nils' Mutter. Sie sah erschöpft aus, blass, und die eingefallenen Wangen waren in der Beleuchtung des Cafés deutlich zu erkennen. Ich wollte etwas sagen, aber alles, was mir in den Sinn kam, fühlte sich falsch an.

Kurz darauf stand sie vor meinem Tresen und öffnete ihre Handtasche, um zu bezahlen. Ich guckte vermutlich wie das berühmte Reh im Scheinwerferlicht. Auch keine Glanzleistung meinerseits. Es blieb zum Glück keine Zeit für ein peinliches Schweigen, denn Sabine kam hinter Ebba her und zückte ihr Portemonnaie. »Ich übernehme das, wäre sonst ja noch schöner! Ich lade dich zum Kuchenessen ein, und du zahlst? Das kommt nicht infrage.«

Ebba hatte offenbar nicht die Kraft, mit ihrer Freundin zu

streiten, sie nickte nur und umarmte sie. »Mach's gut.« Sie wandte sich danach an mich. »Wiedersehen, Frau Scheer. Sie haben hübsch dekoriert im Laden, ich mag es sehr. Wenn ich in Weihnachtsstimmung wäre, würde ich was kaufen, nur gerade erscheint mir das alles sinnlos.« Sie wirkte abwesend, aber ich schenkte ihr dennoch einen mitfühlenden Blick. »Ich wünsche Ihnen alles Gute! Und es tut mir leid.« Das meinte ich von Herzen.

Nachdem Ebba den Laden verlassen hatte, schaute sich ihre Freundin noch ein wenig in der Dekoabteilung um.

»Kann ich Ihnen bei etwas behilflich sein?«, wollte ich wissen, als ich das Geschirr abgeräumt und in die Küche gestellt hatte.

Gerade drehte sie eine Schneekugel in der Hand. »Es sieht im Laden immer alles so hübsch aus, aber wenn ich was kaufe, passt am Ende nie was zusammen.« Sie zuckte entschuldigend mit den Schultern. »Ich glaube, ich bleibe bei dem, was ich schon zuhause habe.«

Ich versuchte meine Enttäuschung zu verbergen, denn diese Art von Sätzen hatte ich in der ein oder anderen Form schon häufiger gehört. »Natürlich, gar kein Problem. Wenn Sie sich doch noch anders entscheiden, ist mein Laden ja nicht aus der Welt.«

»Ach, da habe ich doch noch etwas.« Sie ging zu einem Behälter, in dem ich verschiedene Sorten Geschenkpapier arrangiert hatte und zog zwei Rollen heraus. »Die nehme ich mit.«

Nachdem sie ihre Einkäufe bezahlt hatte, verließ sie das Café, und ich suchte die Sachen zusammen, die ich nachher zu Griet bringen wollte. Bis siebzehn Uhr passierte nicht mehr viel, was mir recht war. Seit Nils' Mutter gegangen war, fühlte ich mich seltsam bedrückt. Ich wollte herausfinden, wie es ihm ging, aber wollte auch nicht aufdringlich sein.

Obwohl ich froh sein konnte, dass ich mit dem Tod naher

Angehöriger nicht vertraut war, wünschte ich mir aber doch etwas mehr Sicherheit im Umgang mit solchen Angelegenheiten. Ich hatte keine Ahnung, was ich sagen oder tun könnte. Das machte mir wieder einmal bewusst, wie sehr das Thema in unserer Gesellschaft tabuisiert war. Über Sex sprach man ständig und überall, aber nicht über das, was uns allen – dem einen früher, dem anderen später – bevorstand.

Sei nicht theatralisch, sagte ich mir und schloss den Laden um kurz nach fünf hinter mir ab. Die Tüte für Griet packte ich in den Fahrradkorb. Linus war heute von Thore abgeholt worden, so dass ich direkt zu Griet fahren konnte und nicht erst zum Kindergarten musste.

Ich umrundete etwa zehn Minuten später ihr Reetdachhaus und lehnte meinen Drahtesel an die Wand des Wohnhauses. Gegenüber befand sich die Fahrradwerkstatt, die einst Wiebkes Opa geführt und die meine Freundin vor Kurzem wiedereröffnet hatte. Ihr Laden war in den Wintermonaten nur an zwei Tagen für ein paar Stunden geöffnet, dafür brummte er im Sommer. Wiebke war aufgrund ihrer Tätigkeit als Online-Assistentin zum Glück nicht darauf angewiesen, dass der Laden im Winter viel abwarf – da hatte sie mir einiges voraus.

Ich nahm die Tüte aus dem Fahrradkorb und ging ums Haus. Griet hatte mir gesagt, dass ich gleich durch die Hintertür kommen sollte, die war eigentlich nie verschlossen. Als ich dort eintraf, saß auch Marieke mit an dem kleinen Esstisch. Die Damen spielten Skat. Das Radio lief, und es dudelten uralte Weihnachtsschlager durch die heimelig warme Küche, in der es nach Tee und frisch gebackenen Plätzchen duftete. »Hallo, ihr beiden«, grüßte ich.

»Moin, Liebes, schön, dich zu sehen«, antwortete Griet mit einem strahlenden Lächeln.

»Svantje! Wenn du kommst, geht die Sonne auf.« Mariekes volle Wangen glänzten im Licht. Ich wollte nicht das Wort *speckig* benutzen, aber es sah ein bisschen so aus.

Griet ließ die Karten sinken und stand auf.

»Braucht man für Skat nicht eigentlich drei Leute?«, wollte ich wissen.

Griet winkte ab, lachte und drückte mich innig. »Wir machen das immer so, ich bin Spieler eins und drei und Marieke Nummer zwei oder umgekehrt.«

Für mich ergab das keinen Sinn, aber es war okay, wenn die beiden Freude daran hatten. Und irgendwie schien ihr System ja zu funktionieren. »Um mich braucht ihr euch gar nicht zu kümmern, ich wollte eben noch die paar Sachen hier anbringen.« Ich hielt die Tüte hoch und lächelte.

»O wie schön, ich freue mich! Willst du nicht einen Tee?«

»Bitte nicht, ich habe heute so viel getrunken, dass mein Bauch schon schwappende Geräusche macht, wenn ich laufe«, scherzte ich. Dann ging ich ins Wohnzimmer und baute die mitgebrachte Deko auf. Der Weihnachtsbaum war bereits seit Sonntag geschmückt. Griet hatte sich im letzten Jahr einen künstlichen gekauft und darauf bestanden, ihn jetzt schon aufzustellen und nicht bis zum Heiligen Abend zu warten. Kurz fragte ich mich, ob ich mir selbst einen kaufen sollte, schob den Gedanken jedoch für den Moment beiseite. Eigentlich war es unnötig, aber irgendwie fehlte etwas, wenn ich keinen hatte, obwohl wir ja bei Griet feiern würden. Später, sagte ich mir. Erst einmal war ihr Haus dran.

Ich stellte einen batteriebetriebenen Lichterbogen ins Fenster, das Besondere daran waren die »Flammen«, die wie von echten Kerzen aussahen. Griet hatte auf etwas »Modernem« bestanden, obwohl ich persönlich natürliches Licht schöner fand. Aus Sicherheitsgründen waren LEDs besser und derzeit sowas von im Trend. Nachdem ich den Rest verteilt hatte, zwei Lichterketten mit Zeitschaltung und ein paar goldene Kugeln auf einem schmalen Tablett, ging ich zurück in die Küche. »So, ihr Lieben, das war's, ich bin dann auch schon wieder weg und lasse euch in Ruhe Karten spielen.«

Griet legte ihr Blatt beiseite und stand auf. »Nicht so eilig, junge Frau. Lass uns doch erst einmal schauen, wie es jetzt aussieht!«

Marieke schob ebenfalls ihren Stuhl zurück. »Da bin ich aber auch dafür.«

»Wie ihr wollt. Dann kommt mit rüber.« Ich ging mit den beiden ins Wohnzimmer und hörte schon an Griets Atem, dass es ihr gefiel. Marieke klatschte in die Hände. »Na, das nenne ich stimmungsvoll. Wann kannst du zu mir kommen, Svantje? Ich brauche dich unbedingt, hörst du? Unbedingt! Meine Tochter kommt dieses Jahr mit ihrer Familie, und ich möchte, dass es bei mir so schön ist wie bei Griet.«

Ich fühlte mich überrumpelt und wusste nicht, was ich darauf erwidern sollte. Obwohl Marieke es neulich erwähnt hatte, hatte ich die Idee zunächst nicht ernst genommen und als Scherz abgetan. Ich war doch keine Innenausstatterin! Ich hatte null Erfahrung damit, für andere etwas zu dekorieren.

Sie spürte mein Zögern. »Ich bezahle dich dafür. Das ist klar! Du kannst dich bei mir austoben, ich werde dir nicht reinquatschen, Svantje. Wir rechnen nach Stunden ab, ja? Oder willst du mir einen Festpreis für dein Weihnachtskonzept machen? Es ist mir egal, wie viel und was, Svantje, Hauptsache, du bekommst das bei mir daheim so hin wie bei Griet.«

Ich sah, dass Griet schmunzelte und ahnte, dass Marieke nicht aufgeben würde, ehe sie ihren Willen bekam. »Wir kriegen das hin, Marieke. Ich muss nur sehen, wann ich Zeit habe«, antwortete ich ausweichend.

»Wie wäre es mit jetzt gleich?«, schlug sie vor.

Die Frau machte Nägeln mit Köpfen, so viel war klar. Ich hätte es mir denken können. Ich unterdrückte ein Stöhnen und versuchte, meine Mimik neutral zu halten. Aus meinem Strandspaziergang wurde dann also nichts. Na super. So, wie ich Marieke einschätzte, hatte sie sieben bis zehn Kisten mit ultrakitschiger Deko auf dem Dachboden stehen. Es würde Stunden dauern, mich da durchzuarbeiten. Aber ich konnte es ihr nicht abschlagen, so gern ich es auch tun wollte.

Marieke mochte manchmal anstrengend sein, doch auch wenn sie über alles und jeden tratschte, war sie eine der wenigen, die mich hier auf Nortrum sofort ins Herz geschlossen hatten. Sie war immer offen und herzlich zu mir gewesen. Wenn ich mal in Schwierigkeiten geraten würde, wäre Marieke zur Stelle, um mir beizustehen. Schon allein deswegen fühlte ich mich verpflichtet, ihr zu helfen, damit sie das Weihnachtsfest so feiern konnte, wie sie es sich mit ihrer Familie erträumte. Ein wenig ehrte mich ihr Vertrauen auch.

Hoffentlich bekam ich es so hin, dass es ihr gefiel. Bei Griet hatte ich mir gar keine Sorgen deswegen gemacht, aber bei Marieke? Sie hatte garantiert konkrete Vorstellungen von einem festlichen Raum, und ich war nicht überzeugt, dass ich ihr das bieten konnte.

»Klar, ich komme gleich mit, aber was ist mit eurem Kartenspiel?«, wagte ich einen letzten Versuch, meinen Kopf doch noch aus der Schlinge zu ziehen.

Marieke machte eine abfällige Geste. »Pah, ich habe heute sowieso kein einziges gutes Blatt ausgeteilt bekommen. Kein einziges! Lass uns aufbrechen, Svantje. Nächsten Sonntag ist doch der Wintermarkt und verkaufsoffen, ich will nicht, dass die besten Sachen dann weggekauft sind, deshalb will ich dich lieber gleich bei mir haben!«

Ich verkniff mir ein Grinsen. Mir war im Leben noch nicht die Ware ausgegangen, aber auf den verkaufsoffenen Sonntag machte ich mir tatsächlich, was den Umsatz betraf, Hoffnungen. Zum Kuchenangebot und den Krabbenbrötchen gab es außerdem Glühwein, um die Leute anzulocken. Wenn sie einen mit Schuss intus hatten, waren sie vielleicht auch einkaufsfreudiger. Wiebke und Thore hatten sich bereit erklärt, mir an dem Tag zu helfen, und Griet wollte sich um Linus kümmern.

»Ja, wenn du meinst, dann komme ich jetzt mit«, antwortete ich Marieke, die erleichtert wirkte und zufrieden lächelte.

»Svantje, Liebes, was bekommst du von mir?«, wollte Griet wissen.

Ich beugte mich zu ihr und flüsterte. »Gar nichts, es waren doch nur ein paar Kleinigkeiten.«

Griet schnappte empört nach Luft. »Das kommt nicht in die Tüte! Also bitte, wo kommen wir denn da hin?«

Wieder spürte ich, dass ich entweder kämpfen oder aufgeben und ihr eine Zahl nennen konnte. Ich war nicht zu langen Diskussionen aufgelegt, deshalb sagte ich: »Ist ja schon gut, ich schicke dir morgen eine SMS, wenn ich alles zusammengerechnet habe.«

Die Nachricht konnte ich dann ja einfach vergessen. Ich hatte Griet gerne geholfen, und die paar Sachen hatten wirklich nicht die Welt gekostet. Sie half mir ständig, wo sie konnte, schon deswegen würde ich ihr die Deko schenken, als kleines Dankeschön sozusagen. Aber ich wusste, dass Griet sich darauf nicht einlassen würde, deshalb hielt ich die Klappe.

»Wenn du dich nicht meldest, komme ich selbst in den Laden und gucke höchstpersönlich, was das Zeug kostet«, warnte mich Griet, und ich hob die Hände in einer kapitulierenden Geste.

»Ist ja schon gut, du hast gewonnen, trotzdem kann ich mich wirklich erst morgen melden, aus dem Kopf weiß ich es nicht.«

Griet drückte mich und gab mir beim Rausgehen eine runde, dunkelblaue Blechdose mit selbst gebackenen Weihnachtskeksen mit. »Du hattest bestimmt bisher keine Zeit, selbst zu backen. Ich hoffe, du magst sie.«

Es stimmte, und obwohl sie es nicht so gemeint hatte, plagte mich das schlechte Gewissen, weil ich das Plätzchenbacken noch nicht hinbekommen hatte. Jetzt sollte doch die schönste Zeit des Jahres sein, und gerade für Linus wäre es toll, wenn wir uns zusammen auf die Weihnachtsbäckerei stürzen könnten. Im letzten Winter war er allerdings nicht so begeistert gewesen, er hatte drei Butterplätzchen ausgestochen und mir dann den Rest überlassen. Aber jetzt war er fünf, vielleicht würde es ja diese Weihnachten laufen. Ich nahm mir vor, am kommenden Wochenende einen Versuch mit ihm zu wagen, bis dahin waren Griets Kekse sowieso weggenascht. »Danke, das ist superlieb von dir.« Ich umarmte sie und machte mich dann mit Marieke auf den Weg.

KAPITEL 7

*E*s gelang mir, ein Augenrollen zu unterdrücken, als ich Mariekes kleines Reetdachhaus betrat. Ihrer Vorliebe für Kitsch hatte sie an allen Ecken und Enden freien Lauf gelassen.

»Du kannst dich hier wie zuhause fühlen und dich nach Lust und Laune austoben!«, verkündete Marieke mit einem strahlenden Lächeln.

Ich schaute mich weiter um, und mir fiel auf, wie still es im Haus war. Weder lief das Radio noch der Fernseher.

»Mein Mann ist heute nicht da«, erklärte sie, weil sie vermutlich meinen Blick bemerkt hatte. »Der ist beim Kegeln, das dauert immer länger. Wir müssen uns also nicht beeilen.«

»Dann grüß ihn bitte nachher von mir. So, dann lass uns mal sehen. Wo hast du deine Deko?«

Mir dämmerte allmählich, dass Marieke mich deshalb gerade heute mit zu sich gelockt hatte. Männer hatten es im Allgemeinen nicht so mit stimmungsvoller Dekoration nach Jahreszeiten, und so, wie es hier aussah, hatte er diesbezüglich auch sonst nichts zu melden. Das Haus war vollgestellt mit schweren, dunklen Möbeln, auf denen Deckchen, Lampen, Leuchten und getrocknete Gestecke, Porzellanfigürchen und

Püppchen drapiert waren. Der Holzboden war beinahe vollständig von allen möglichen Teppichen bedeckt. Die krassen Muster, wie sie für Perser üblich waren, überforderten mich jetzt schon. Auf den Fensterbänken standen so viele Grünpflanzen, dass ich unmöglich noch etwas Weihnachtliches dazwischenschieben konnte. Die wallenden, im Landhausstil gemusterten grünen Gardinen mit Hussen taten ihr Übriges, dass ich das Gefühl hatte, kaum noch Luft zu bekommen. Das Wohnzimmer wurde von einem Kachelofen beheizt, dessen ebenfalls mintgrüne Farbe auf eine Bauzeit in den Achtzigern hinwies. Vor dem Fernseher, einem modernen Flachbildschirm, standen zwei Relaxsessel, die man elektrisch bedienen konnte. Dazwischen gab es einen runden Tisch, auf dem neben drei Fernbedienungen ein Schälchen mit Nüssen stand. Worauf hatte ich mich hier nur eingelassen?!

E s war kurz vor Mitternacht, als ich Mariekes Haus verließ. Von ihrer Deko hatte ich nur einen Bruchteil benutzen können. Dafür hatte ich sie überredet, ein paar andere Dinge, die ich bei der Menge zuerst alle gar nicht hatte überblicken können – Holzfigürchen, Puppen, Keramikenten und unzählige Vasen, in denen keine Blumen standen – wegzuräumen. Manchmal war weniger einfach mehr. Da sie darauf bestanden hatte, dass ich etwas Modernes einbringen sollte, musste ich wohl oder übel noch einmal wiederkommen. Zu guter Letzt würde ich ihren Weihnachtsbaum schmücken, der nach dem ersten Advent geliefert werden sollte. So lange musste sie sich also gedulden.

Als ich in die frostige Nachtluft hinaustrat, fühlte ich mich erhitzt und war dankbar für die Ruhe. Obwohl es spät war, wollte ich noch nicht nach Hause. Ich musste ein paar Minuten für mich an der frischen Luft haben, sonst würde ich nicht schlafen können, das wusste ich. Deshalb schlug ich den Weg zum Strand ein. Ich zog die Kapuze über meinen Kopf und merkte schon beim Laufen, wie sich meine Schultern ein wenig entspannten. Der Himmel war sternenklar, der Mond verbreitete einen sanften Lichtschimmer. Der Sand leuchtete geradezu magisch, als ich über die Bohlen lief. Dafür liebte ich Nortrum. Die Ruhe. Die Natur. Den Frieden. Das Rauschen der Wellen.

Die übrige Welt schien zu schlafen, nichts spielte mehr eine Rolle. Nur das Hier und Jetzt. Ich stapfte über den Sand zum Wasser. Es war gerade Flut, leise schwappten die Wellen heran. Das stetige Heranrollen beruhigte und erdete mich. Es roch nach Salz und Freiheit. Wie schade, dass ich keinen Tee dabeihatte. Egal, sagte ich mir und setzte mich, um ein paar von Griets Keksen zu verputzen. Die Vanillekipferl schmeckten köstlich.

Ich steckte mir gerade den dritten in den Mund, als ich sah, dass jemand am Strand entlangschlenderte. Vermutlich ein Hundebesitzer. Als er näherkam, sah ich, dass der Spaziergänger allein war.

Ich fühlte mich einen Moment unbehaglich, aber entspannte mich sofort wieder. Wer sollte schon von mir etwas wollen? Ich hatte sonst auch keine Angst in der Dunkelheit. Schließlich war ich hier auf Nortrum und nicht in New York.

»Svantje?«, sprach der Mann mich an. Zuerst konnte ich das Gesicht nicht erkennen, aber die Stimme kam mir vertraut vor.

»Nils?«

Mit ihm hatte ich hier und jetzt am allerwenigsten gerechnet. Ich merkte, dass mein Herz einen freudigen Hüpfer machte.

»Was machst du denn hier so allein?«, wollte er von mir wissen.

»Das Gleiche könnte ich dich fragen!«, versuchte ich es mit einem Scherz. »Hier, willst du einen Keks?« Ich hielt ihm die offene Dose hin.

»Darf ich?« Er wies auf den Platz neben mir.

»Klar, der ist noch frei.«

Er setzte sich und nahm ein Kipferl. »Ist dir nicht kalt?«

»Ich brauchte frische Luft, da waren mir die Temperaturen ehrlich gesagt egal. Es war ein langer Tag.« O je. Ich wollte nicht jammern. Wenn jemand Gründe hätte, sich zu beklagen, dann doch wohl er.

»Bei mir auch.«

Obwohl es nur drei Worte waren, spürte ich die Schwere, die in ihnen mitschwang. Er tat mir leid, und ich wünschte mir, ihm helfen zu können.

»Willst du davon erzählen?«

Er schob sich das Vanillekipferl in den Mund. »Lieber nicht. Dazu gibt es auch nichts zu sagen. Man wartet auf den Tod. Aber lange kann es nicht mehr dauern, er ist sehr schwach.«

»Das tut mir leid.«

»Das Komische ist: Mir tut es auch leid. Und das hätte ich nicht erwartet. Ich habe so lange nicht mit meinem Vater gesprochen, dass ich erstaunt bin, dass mich sein Zustand überhaupt berührt. Aber das tut er, ich kann nur nicht sagen, was es ist: Wut oder Trauer. Oder ein bisschen von beidem.«

Ich spürte seinen Schmerz, auch ohne die Gründe für die Entzweiung von Vater und Sohn zu kennen. Ein weiteres ‚Tut mir leid‘ kam mir zu nichtssagend vor, deshalb nahm ich stattdessen seine Hand und drückte sie. Als ich sie zurückziehen wollte, hielt er sie fest. Ich merkte, dass er gerade diese Nähe brauchte, an der nichts Sexuelles war. Sein Vertrauen rührte mich.

Irgendwann lehnte ich meinen Kopf gegen seine Schulter. Für einige Minuten schwiegen wir und lauschten dem Rauschen der heranrollenden Nordseewellen.

Es war schön mit ihm, auch wenn wir nicht redeten. Schweigen konnte man nicht mit vielen Menschen. Nils war keiner von denen, die die Stille mit belanglosen Worten füllen mussten, das wurde mir in diesem Augenblick klar. Er war ein toller Mann, einer, mit dem ich mich zusammen sehen könnte.

Aber ich wusste, dass er derzeit überhaupt nicht an so etwas denken konnte. Das machte es mir am Ende sogar einfacher, weil ich nichts in ein Gespräch oder eine Geste hineininterpretieren musste. Wir konnten gemeinsam Zeit verbringen. Ohne Ziel. Ohne Plan. Ohne Hintergedanken.

»Du zitterst«, stellte er mit belegter Stimme fest. Ich hatte keine Ahnung, seit wann wir hier saßen, aber von mir aus hätte es die ganze Nacht sein können. »Komm, ich bringe dich nach Hause.«

Er half mir auf die Beine. Für eine Sekunde sahen wir uns tief in die Augen. Mondlicht erhellte seine Züge. Sie wirkten weicher als vorhin, aber ich erkannte auch die Erschöpfung darin. »Ich finde den Weg alleine, du solltest schlafen gehen«, riet ich ihm. Ich brauchte keinen Beschützer.

»Kommt nicht infrage, außer du bittest mich zu gehen.«

Das wollte ich nicht. Warum auch immer, ich freute mich sogar, dass er darauf bestand, mich zu begleiten. »Na schön, Nils, ich muss hier lang. Danke, dass du mit mir kommst.«

Ich hielt die Keksdose wie eine Boje vor meinen Bauch. Wo das Schweigen vorhin angenehm gewesen war, hatte ich jetzt das Bedürfnis, etwas zu sagen. »Und du hast nie Strandkörbe gebaut?«

»Doch, das habe ich«, erklärte er zu meiner Überraschung. »Aber meinem Vater hat nicht gefallen, wie ich es getan habe.«

Aha. So etwas hatte ich mir schon gedacht. Ich wollte jetzt nicht in einer alten Wunde bohren. »Und jetzt stellst du also Möbel nach Maß her?«

»Ja, ich habe ein paar Aufträge verschieben müssen, aber das ist in Ordnung. Es sind alles Auftragsarbeiten, und meine Kunden haben Verständnis. Ich betreibe eine kleine, aber feine Möbelmanufaktur, meine Werkstatt liegt im Prenzlauer Berg.«

»Es ist gut, dass du so verständnisvolle Kunden hast.

Schau, da vorne wohne ich schon.« Ich zeigte auf mein Reet-dachhaus, das im Dunkeln lag. Ich musste dringend an meiner eigenen Weihnachtsdeko arbeiten! Das ging ja gar nicht.

»Sieht nach einer fantastischen Aussicht aus.«

»Ja, absolut, deshalb habe ich es gekauft.«

»Gute Wahl.«

»Zum Glück war das, bevor die Preise so explodiert sind. Wie ist es mit dir? Kann man vom Möbelbauen gut leben?« Keine Ahnung, warum ich das fragte, aber ich wollte einfach nicht über mich reden.

»Ich bin nicht besonders anspruchsvoll. Um größer zu werden, bräuchte ich Mitarbeiter, ich fühle mich allerdings wohler damit, allein zu arbeiten. Ich schätze, ich mag es nicht, Leute herumzukommandieren. Und wenn ich alles selbst mache, dann sind die Fehler allein meine Schuld.«

»Wow, das kommt mir bekannt vor.«

»Weil du auch so bist? Ja, das habe ich mir schon gedacht.« Ich hörte ein leises Lächeln aus seiner Stimme heraus.

Ist das der Grund, warum du Single bist?, wollte ich fragen. Aber das kam mir zu aufdringlich vor. Dass er nicht vergeben war, wusste ich von Wiebke. Die hatte mich natürlich beim Abendessen am Sonntag über alles, was sie Thore aus der Nase hatte ziehen können, informiert, als der sich gerade um den Abwasch gekümmert hatte.

»Da sind wir«, sagte ich stattdessen. »Danke fürs Begleiten. Nimm es mir nicht übel, dass ich dich nicht reinbitte, aber …«

»Du musst morgen früh raus?«, vervollständigte er meinen Satz.

»Ja, genau.«

»Das klingt auch besser als, sorry, dass ich dich nicht rein-bitte, weil ich nicht an dir interessiert bin.«

»Ist das jetzt eine Frage?«

Er hob die Schultern. »Vielleicht?«

Ich seufzte und war froh, dass ich die Keksdose trug, sonst

wüsste ich nicht, wohin mit meinen Händen. »Ich denke, es ist etwas komplizierter als das. Ich bin keine Zwanzig mehr.«

»Da hast du recht. Und bitte nimm es nicht so ernst, was ich da rede. Momentan stehe ich ein wenig neben mir.«

»Das ist verständlich.«

»Gute Nacht. Es war sehr schön mit dir, Svantje. Wirklich. Ich bin froh, dass wir uns am Strand über den Weg gelaufen sind.«

»Das fand ich auch.«

Wir lächelten uns an, und niemand rührte sich. Es war schon beinahe kitschig. Ein warmes Gefühl rieselte durch meine Brust, und ich wusste mit einer Bestimmtheit, von der ich nicht sagen konnte, woher sie rührte, dass er mit reingekommen wäre, wenn ich einen Ton gesagt hätte. Aber ich ließ es sein und ging allein. »Schlaf gut«, rief ich ihm noch über die Schulter zu.

»Du auch.«

Nils wartete, bis ich im Haus war. Das war ein Zug an ihm, der mir besonders gefiel. Ich brauchte keinen Mann, der auf mich aufpasste, aber es war trotzdem schön, dass er es tat.

KAPITEL 8

Während ich im Laden ein vorbestelltes Geschenk einpackte, war ich tief in Gedanken versunken. Dienstagnacht, nach unserem Treffen am Strand, war Nils' Vater gestorben. Ich hatte es von Griet gehört, als sie am Mittwoch ins Café gekommen war, um für die Deko zu bezahlen. Die Beerdigung sollte am Freitag sein.

Ich grübelte, ob ich hingehen sollte, aber war noch zu keinem Ergebnis gekommen, als Wiebke mit Linus hereinkam. Sie hatte ihn heute für mich von der Kita abgeholt.

Ich ließ alles stehen und liegen und nahm ihn hoch, um ihm einen Kuss auf die Wange zu drücken. »Hallo, mein Großer!«

»Hallo Mama, wir haben heute Bratäpfel gebacken.«

»Im Kindergarten?«

»Ja!«

»Und hat's geschmeckt?«

Er verzog sein Gesicht. »Das war nur heißer Matsch.«

Ich lachte und half ihm aus der Jacke. »Danke, dass du ihn abgeholt hast«, sagte ich zu Wiebke. »Willst du einen Kaffee?«

»Ach, wieso nicht.« Sie setzte sich zu mir an den Tresen,

während ich Linus' Malbuch und eine Box mit Stiften hervorkramte. »Hast du Lust?«, fragte ich ihn.

»Kann ich dein Handy?«, wollte er wissen.

Ich schüttelte den Kopf. »Nein, jetzt nicht.«

Es hatte sich bei uns eingeschlichen, dass er manchmal, wenn ich gar keine Zeit hatte, ein Video ansehen durfte. Das war natürlich spannender, als ein Bild auszumalen, aber auch nicht wirklich gut für ihn.

»Na gut. Aber nur, wenn ich später was gucken darf«, erklärte er mir streng.

Ich musste mir ein Grinsen verkneifen und wuschelte ihm durch das Haar. Dann beugte ich mich zu ihm. »Natürlich, Großer. Später darfst du für zwanzig Minuten fernsehen.«

Ich lächelte Wiebke entschuldigend an. »Manchmal fühle ich mich schlecht«, gab ich zu, während ich ihren Latte macchiato zubereitete. »Ich habe das Gefühl, ich müsste mehr mit ihm machen, Basteln, was pädagogisch Wertvolles, mehr Bücher lesen und sowas.«

»Sei nicht so streng mit dir, du machst das toll, Svantje. Jedes Kind will doch mal einen Film anschauen, das ist doch normal. Das hab ich ja früher schon gemacht. Was glaubst du denn? Bei Oma hab ich mich aufs Sofa gehauen, hab mir Pumuckl reingezogen und mir heißen Kakao bringen lassen! Im Sommer ist es anders, aber bei der Jahreszeit? Ich finde es okay, du setzt ihn ja nicht den ganzen Tag vor die Flimmerkiste oder das Handy.«

Es beruhigte mich, dass sie es so beurteilte. Ich gab mein Bestes. Leider hatte mein Tag nur vierundzwanzig Stunden, und hin und wieder musste ich auch mal schlafen … »So viele Frauen kümmern sich viel mehr um ihre Kids. Aber die arbeiten vielleicht nicht. Trotzdem habe ich manchmal das Gefühl, dass, na ja, ich bekomme so Rabenmutter-Vibes.«

Wiebke schüttelte vehement den Kopf. »Nun hör aber auf! Du bist alles, aber keine Rabenmutter. Das Schöne ist doch, dass man sein Leben heute so führen kann, wie man möchte.

Du liebst deinen Sohn und dein Café! Ist doch legitim. Ich war früher oft bei Opa in der Werkstatt, und siehe da, ich habe jetzt selbst aus dieser Leidenschaft einen Job gemacht.«

»Das stimmt«, gab ich erleichtert zurück und freute mich zu sehen, dass Linus angefangen hatte, ein Bild weiter zu malen, das er neulich begonnen hatte.

»Mal was anderes, gehst du Freitag zur Beerdigung?«

»Ich habe schon darüber nachgedacht, aber ich weiß nicht. Ich kannte Keno Hansen nicht. Und wegen Nils dort aufzutauchen? Wir sind ja nicht befreundet oder sowas. Wie geht es ihm? Hast du was gehört?

Wiebke rührte in ihrem Getränk. »Nortrum ist wirklich nicht so groß, weißt du? Du könntest Anteil nehmen und ihn fragen. Oder ihm eine Nachricht schicken«

Ich schluckte. »Ich habe nicht mal seine Nummer.«

Wiebke zog einen Zettel aus der Gesäßtasche ihrer Jeans. »Tataa! Bitte. Hab ich von Thore bekommen.«

»Mein Gott, in dir stecken echt noch ein paar verborgene Talente«, stieß ich hervor und guckte auf die Zahlen. Mir wurde heiß, während ich mich fragte, ob ich ihm schreiben sollte. Oder gleich anrufen? Keine Ahnung. Gar nichts zum Tod seines Vaters zu sagen, fand ich auch nicht richtig. Anziehung hin oder her, darum ging es gerade nicht. »Bei jedem anderen würde ich mich melden«, sagte ich nachdenklich.

»Aber bei ihm nicht? Warum?«

Ich zuckte die Schultern. »Das ist eine gute Frage.«

»Da hast du die Antwort.«

»Gehst du denn am Freitag hin?«

»Ich denke schon. Aber nur zur Beerdigung, nicht nachher zum Leichenschmaus.«

»Ich hasse dieses Wort.«

»Ja, ich auch.«

Für einen Augenblick sagte niemand etwas, bis Wiebke die Stille unterbrach.

»Marieke schwärmt übrigens in den höchsten Tönen von dir.«

Ich war dankbar für den Themenwechsel. »Ach, echt?«

»Ja! Würde mich nicht wundern, wenn man dir hier bald die Bude einrennt und du ganz Nortrum dekorieren sollst.«

Ich winkte ab. »Sei nicht albern.«

Sie trank ihre Latte aus und stand auf. »So, meine Liebe, ich muss los. Hab noch was zu tun heute.«

»Die nervige Kundin?«, fragte ich, und sie lachte, dabei machte sie eine Geste, die mir zeigte, wie sehr diese Kundin nervte.

Nachdem Wiebke gegangen war, speicherte ich Nils' Nummer in meinen Kontakten. Eine Textnachricht empfand ich als zu banal und anzurufen zu aufdringlich. Ich hatte eine andere Idee. Ich packte etwas aus dem Laden zusammen und schrieb eine Trauerkarte. »Linus, Schätzchen, wir machen heute früher zu.«

»Wirklich? Warum?«

»Wir müssen noch eine Lieferung wegbringen.«

»Okay«, rief er, sprang auf und führte einen kleinen Tanz auf. Ich hätte gern so viel Energie wie er, dachte ich liebevoll, sammelte die Stifte zusammen und räumte das Malbuch weg.

Kurz darauf waren wir beide unterwegs zu Familie Hansen. Obwohl mich Zweifel überfielen, ob es nicht doch übergriffig wäre, liefen wir weiter. Linus hüpfte hier und da herum, bis er auf einmal stehen blieb. »Ich kann nicht mehr.«

»Es sind nur noch ein paar Meter«, ermutigte ich ihn.

Er ließ sich auf den Gehweg fallen. »Bin kaputt.«

Obwohl ich es normalerweise witzig fand, dass er von Null auf Hundert und umgekehrt in wenigen Sekunden von Hundert auf Null drehen konnte, hatte ich gerade keine Lust zu diskutieren.

»Komm schon, Linus, es ist wirklich gleich um die Ecke.«

»Du musst mich tragen«, war sein Vorschlag.

Ich seufzte. »Okay, es geht allerdings nur Huckepack, und du musst dich festhalten.«

Man sollte nicht glauben, wie schnell er auf meinen Rücken klettern konnte, wo er doch »so kaputt« war, aber ich verstand ihn. Normales Laufen war für Kinder einfach schrecklich langweilig, und wenn ich schon weniger Zeit als andere Mütter hatte, dann versuchte ich wenigstens mehr Geduld für ihn und seine Bedürfnisse aufzubringen.

Obwohl es wirklich nicht mehr weit war, schwitzte ich, als wir ankamen. Entweder war er ein Klops geworden, oder ich war total unsportlich. Wahrscheinlich letzteres, denn Linus war alles, aber nicht moppelig. Ich ließ ihn auf die Erde und klingelte. Im Haus brannten Lichter, es war also jemand daheim. Es dauerte nicht lange, bis die Tür von Ebba Hansen geöffnet wurde.

Sie sah blass aus und noch dünner als neulich. »Guten Abend. Ich, ähm, wollte Ihnen mein Beileid aussprechen.«

Ihre Augen weiteten sich. »Das ist aber nett von Ihnen.«

»Mama, ich muss mal!« Linus zupfte an meiner Jacke.

»Ist gut, Schatz, wir gehen gleich.«

»Nein! Ich muss jetzt. Sofort. Dringend!«, kreischte er.

O je. Wenn er so eindringlich verkündete, auf Toilette zu müssen, war es wirklich nötig. Er war eben erst fünf und nicht zehn.

»Hier, bitte«, sagte ich und überreichte Ebba eine besondere Kerze mit goldenen Verzierungen, die weder überschwänglich fröhlich noch traurig anmutete, und die Karte im Umschlag.

»Mamaaa«, rief Linus jetzt.

»Bitte, der Junge kann auf unsere Toilette gehen«, bot Ebba an.

»Ich will Ihnen keine Umstände bereiten, aber ich fürchte, es ist wirklich dringend«, antwortete ich dankbar.

Ebba trat zurück, und ich schob Linus ins Haus. Man spürte die Trauer in einer bedrückenden Schwere, obwohl es angenehm nach Zimt und Nelken duftete. Die dunkle Holzvertäfelung neben der schmalen Treppe und die Massivholzmöbel in der Diele trugen zusätzlich zu der düsteren Stimmung bei. Es war still im Haus. Zu still. Selbst wenn ich nicht wüsste, dass es hier einen Trauerfall gegeben hatte, würde ich wahrnehmen, dass etwas nicht in Ordnung war.

»Hier ist es«, sagte sie und öffnete eine Tür.

»Danke vielmals.«

»Mama, wer ist es?«, hörte ich jemanden von oben rufen, dann polterten schwere Schritte die Treppe herunter.

Nils blieb auf halber Höhe stehen und guckte mich verdattert an.

»Frau Scheer«, erklärte seine Mutter. »Sie hat eine Trauerkarte gebracht.«

»Hallo«, gab ich mit piepsiger Stimme von mir, schob Linus weiter ins Bad und half ihm aus der Jacke, während ich mit dem Fuß die Tür sanft ins Schloss drückte. Mama zu sein, hieß eben auch, multitaskingfähig zu sein.

Mein Sohn musste nicht nur Pipi, sondern fand das Gästebad der Hansens anscheinend so gemütlich, dass er sich gute zehn Minuten Zeit nahm, um sein großes Geschäft zu erledigen. Wenn jemand glaubte, dass es bei Kindern zart duftete, dann hatte dieser Mensch keine Ahnung. Es war mir fast schon peinlich, als wir uns die Hände wuschen. Ich guckte mich nach einem Raumspray um, aber konnte keines entdecken, daher öffnete ich das Fenster. Bei den momentanen Heizkosten sollte es nicht die ganze Nacht aufbleiben, überlegte ich.

Gemeinsam trat ich mit Linus in den Flur.

»Kommt in die Küche«, rief Nils und kam uns entgegen.

Er trug eine Jeans und einen grauen Wollpullover.

Ich konnte nicht ablehnen, deshalb nahm ich Linus an der Hand und folgte Nils. Die Einrichtung war ein wenig in die Jahre gekommen, die Schranktüren waren in einem braunen Buchenfurnier gehalten. Es gab einen viereckigen Esstisch mit einer geblümten Wachstischdecke, einer Eckbank und zwei Stühlen, auf dem sich neben Blumen Tupperdosen, Kuchen und Kekspräsente stapelten.

Ich kam mir mit meiner Kerze ein wenig albern vor. Außerdem wusste ich gar nicht, was ich sagen sollte. Wie unangenehm.

Nils' Mutter bereitete gerade Tee zu. »Setzen Sie sich doch«, bot sie mir an.

Ich wollte ablehnen, aber Nils' flehentlicher Blick brachte mich zum Schweigen. Er hatte dunkle Ringe unter den Augen, so wie seine Mutter. »Mein Beileid«, sagte ich zu ihm.

Er tätschelte meine Schulter, dann ging er in die Hocke und fragte: »Wir kennen uns ja schon, stimmt's? Wie heißt du denn? Ich bin Nils. Hast du Lust auf Kekse?«

»Kekse?«, erwiderte Linus. »Ja!«

Nils stand wieder auf. »Darf er?«

Ich lächelte schief. »Für die Frage ist es ein wenig zu spät, schätze ich.«

Er zuckte entschuldigend die Schultern. »Sorry.«

»Schon gut, natürlich darf er Kekse essen! Ein gesundes Abendbrot wird sowieso überbewertet.« Ich versuchte es mit einem freundlichen Lächeln.

Nachdem ich es gesagt und kurz über die Worte nachgedacht hatte, wollte ich mir am liebsten die Hand vor den Mund schlagen. Ich redete so dusseliges Zeug daher, dabei waren die beiden gerade in tiefer Trauer.

Nils' Mama drehte sich mit der Teekanne in den Händen zu mir um. Sie lächelte schwach, und ich ahnte, dass sie das in der letzten Zeit nicht oft getan hatte. Eine Welle der Sympathie schwappte über mir zusammen, so dass ich selbst ganz ergriffen war.

»Nach all dem Drama ist es wunderschön, ein wenig Leben im Haus zu haben. Und ein Kind! Wie bezaubernd. Wer bist du denn?«, fragte sie Linus, der seine Jacke schon ausgezogen und auf den Boden gefeuert hatte.

Ich hob sie auf, und Nils grinste.

»Linus«, antwortete mein Sohn und kletterte auf die Eckbank, als wäre er hier zuhause.

»Das ist aber ein toller Name, ich bin Ebba. Möchtest du dir was hiervon aussuchen?« Sie öffnete fünf verschiedene Keksdosen und Tüten und schob sie ihm hin. Die Teekanne hatte sie in sicherer Entfernung abgestellt. »Nils, holst du bitte Tassen?«, bat sie ihn.

Linus stürzte sich auf die Leckereien, und ich sagte nichts dagegen, denn ich merkte, dass Ebba es wirklich genoss, meinem Sohn dabei zuzusehen. Als wäre es Balsam für ihre Seele.

Nils stand neben mir, und ich spürte seine Präsenz. Ich roch sein Aftershave, dezent, aber deutlich. »Es ist schön, dass du gekommen bist. Danke, Svantje.« Er sagte es leise, weil Ebba sich gerade mit Linus unterhielt und ein bisschen Quatsch mit ihm machte.

»Ich wusste nicht, ob es nicht zu aufdringlich ist«, flüsterte ich und blickte zu ihm auf.

Das, was ich in seinem Blick erkannte, ließ mein Herz schneller schlagen. Es war Dankbarkeit, aber auch tiefe Zuneigung, wie ich sie so von jemandem, den ich kaum kannte, nicht erwartet hatte.

»Überhaupt nicht, im Gegenteil. Ich bin wirklich, wirklich froh. Es ist das erste Mal seit Tagen, dass Mama an etwas anderes denkt.« Er atmete leise aus. »Tee?«

Ich wusste, dass er das Thema absichtlich wechselte. Daher nickte ich. »Sicher.«

»Willst du nicht auch den Anorak ausziehen?«, bot er an.

»Ich weiß nicht«, erwiderte ich ehrlich. »Lange wollte ich nicht bleiben.«

»Keine Widerrede.«

Ich folgte ihm in den Hausflur, um Linus' Jacke aufzuhängen, die ich ihm nach dem Toilettenbesuch wieder angezogen hatte. Er nahm sie mir ab, dabei berührten sich unsere Finger für einen Moment, und wir hielten beide inne.

Die ganze Situation war absurd, aber ich hätte schwören können, dass die Luft zwischen uns knisterte. Mein Mund wurde trocken.

Er hob seine Hand und strich mir eine Strähne aus der Stirn. Eine Gänsehaut überlief meinen Körper. Unsere Blicke verhakten sich ineinander, und ich vergaß die Welt um uns vollständig.

Ein Klingeln ließ uns auseinanderfahren. Ich hatte mich so sehr erschreckt, dass mein Puls raste. An etwas anderem konnte es ja wohl nicht liegen.

»Entschuldigung«, murmelte er mit belegter Stimme.

Es war noch jemand, der Kondolenzwünsche überbringen wollte. Ich ging zurück in die Küche und bat Linus mitzukommen. »Danke für die Gastfreundschaft, Frau Hansen.«

Sie stand auf und wirkte so verloren, dass ich nicht anders konnte, als sie in den Arm zu nehmen. »Auf Wiedersehen«, sagte ich noch.

Sie nickte nur, und dann kam auch schon der nächste Besucher in die Küche. Nils brachte mich und Linus zur Tür, aber von der Vertrautheit war nichts mehr zu spüren. War es möglich, dass ich mir das alles nur eingebildet hatte?

KAPITEL 9

*D*as Wetter war schrecklich. Heftige Windböen zerrten an den Mänteln der dunkel gekleideten Trauergäste, die sich um Keno Hansens Grab versammelt hatten. Eiskalter Nieselregen machte das ganze Szenario noch trauriger. Der Friedhof war von Bäumen gesäumt, was im Sommer vielleicht den Eindruck von Frieden und einer angenehmen Ruhe verbreiten mochte, aber jetzt, im Dezember, war das nicht der Fall. Nackte Äste reckten sich wie dünne Arme dem dunkelgrauen Himmel entgegen.

Ich schluckte und wollte gar nicht erst daran denken, wie schlecht sich Nils und seine Mutter fühlen mussten. Die beiden standen tapfer am offenen Grab, wo der Geistliche gerade noch ein paar Worte sagte. Es waren so viele Leute gekommen, dass ich mit Wiebke in der Menge unterging, was mir willkommen war. Es kam mir so vor, als wäre ganz Nortrum auf den Beinen. Irgendwie war es tröstlich, dass die Gemeinschaft auch in schlechten Zeiten zusammenhielt.

Immer wieder schielte ich zu Nils und seiner Mutter. Er hatte seinen Arm um ihre schmalen Schultern gelegt, die beiden wirkten gefasst, aber ich spürte auch über die Entfernung, wie schwer es für beide war. Da nützte es ihnen rein gar nichts, dass der Tod nicht überraschend, sondern langsam und schleichend gekommen war. Der Verlust eines geliebten Menschen hinterließ immer tiefe Wunden. Nils hatte seinem Vater vielleicht nicht alles vergeben, aber das lange Schweigen zwischen ihnen hatte offensichtlich nicht dazu geführt, dass er ihn nicht mehr geliebt hatte. Wahrscheinlich machte Nils sich Vorwürfe, weil sie ihre Probleme nicht früher beseitigt hatten.

Nachdem der Pfarrer seine letzten Worte gesprochen hatte, warf die Familie Erde und Rosen ins offene Grab, danach kamen die Trauergäste an die Reihe. Ich hielt mich zurück, denn ich hatte Keno ja gar nicht gekannt. Gemeinsam mit Wiebke warteten wir, bis sich die Anzahl der Menschen verringerte, um Nils und seiner Mutter unser Beileid auszusprechen. Zwar hatte ich das neulich schon mit der Kerze und Karte ausgedrückt, aber mein Anstandsgefühl gebot mir, es heute, an diesem für die beiden sehr schwierigen Tag, noch einmal zu tun.

Ich war nervös und ärgerte mich über mich selbst, während ich mit Wiebke auf die Trauernden zuging, die heute schon so viele Hände geschüttelt hatten.

»Frau Hansen, mein herzliches Beileid«, sagte ich und spürte ihre eiskalten Finger. Sie trug keine Sonnenbrille, sondern zeigte ihre Gefühle offen. Ihre Augen waren rot gerändert, und sie schien noch schmaler geworden zu sein.

»Danke, Frau Scheer. Es ist schön, dass Sie gekommen sind.«

Sie ließ meine Hand los und wandte sich Wiebke zu. Natürlich. Die Ärmste wollte irgendwann einfach diesen Tag beenden und nicht noch zehn Minuten mit mir plaudern, das konnte ich gut verstehen. Ich trat zur Seite und fand mich vor Nils wieder. Als ich meinen Blick hob, traf ich auf seinen. Unter seinen Augen lagen dunkle Schatten. Für den heutigen Tag hatte er sich rasiert, seine Haare waren ordentlich gescheitelt, er trug einen schwarzen Anzug und Mantel. Es stand ihm gut, aber wenn ich ehrlich war, dann passte diese Art von Kleidung nicht wirklich zu ihm. Ich war mir beinahe sicher, dass er es kaum abwarten konnte, alles gegen Jeans und Pullover zu tauschen – nicht nur wegen der Klamotten.

»Mein Beileid, Nils«, sagte ich und wusste nicht, ob ich ihm die Hand schütteln oder ihn umarmen sollte. Da er sich selbst nicht rührte, entschied ich mich für die zweite Variante.

Ich ging noch einen Schritt auf ihn zu und drückte ihn freundschaftlich. Dann geschah etwas Seltsames. Zuerst war seine Reaktion verhalten, doch nach einer Sekunde zog er mich so fest an sich, dass ich kurz keine Luft bekam. Täuschte ich mich, oder schob er seine Nase in mein Haar und nahm einen tiefen Atemzug? Auf einmal hatte ich das Gefühl, er würde mich trösten, anstatt ich ihn. »Danke«, murmelte er dicht an meinem Ohr. »Es bedeutet mir viel, dass du gekommen bist.«

Dann ließ er mich los, und der Moment war vorbei.

Halleluja.

Mein Herz raste.

Total unangebracht.

Unsere Blicke trafen sich erneut. In seinen Augen lag kein Schalk, sondern eine so tiefe Einsamkeit, dass ich ihn gern wieder in die Arme genommen hätte, aber das ging natürlich nicht. Obwohl schon viele Leute gegangen waren, war noch immer eine lange Schlange von Menschen hinter uns, die der Familie ihre Anteilnahme ausdrücken wollten.

»Kommst du gleich ins Gemeindehaus?«, wollte er wissen.

Dort fand heute der Leichenschmaus statt, sie hatten offenbar den Saal dafür ausgewählt, weil der Inselkrug zu klein war.

»Ich, ähm, ich denke nicht, nein.« Nach meiner Antwort forschte ich in seinem Gesicht, aber konnte nicht erkennen, was in ihm vor sich ging.

Schließlich nickte er.

Ich mochte nicht gehen, ich wollte bei ihm sein und ihm sagen, dass ich für ihn da war, wenn er jemanden zum

Reden brauchte. Aber ich tat es nicht, denn meine Gründe dafür waren vielleicht die falschen. Ich wollte mit ihm zusammen sein und ihm Trost spenden, weil ich ihn gernhatte. Ich schämte mich fast ein bisschen dafür, meine Sehnsüchte nicht mal an einem solchen Tag zurückhalten zu können.

Andererseits, wenn nicht an schwierigen Tagen, wann sollte man dann für jemanden da sein? Ich hatte keine Zeit, darüber nachzudenken, denn ich merkte, dass ich ihn noch immer anstarrte.

»Alles Gute, Nils.«

Er nickte mir zu, und ich verstand auch ohne Worte, wie viel es ihm bedeutet hatte, mich unter den Gästen zu sehen. Dass ich ihm ein kleines bisschen Trost an einem schwierigen Tag geben konnte, und wenn es nur für eine oder zwei Minuten gewesen war, stimmte mich zufrieden.

»Mach's gut, Svantje«, sagte er noch, und irgendwie klang das sehr endgültig und deprimierend.

Wenig später verließ ich mit Wiebke den Friedhof. Wir waren mit den Rädern gekommen. »Puh, das war schlimm«, sagte ich, während wir die Schlösser entfernten und uns für die Abfahrt bereit machten.

»Ich hasse Beerdigungen.«

»Ich auch.«

Wir schwangen uns auf die Drahtesel und radelten einige Minuten schweigend, bis Wiebke mich fragte: »Warum wolltest du nicht mit zum Leichenschmaus?«

»Das Thema hatten wir doch neulich schon, sowas ist nicht mein Ding.«

»Ich denke, Nils hätte sich vielleicht gefreut.«

»Ich kann mir kaum vorstellen, dass irgendwas an diesem Tag heute eine Freude für ihn sein könnte.«

Ich sah, dass mir Wiebke einen seitlichen Blick zuwarf.

»Was?«, wollte ich wissen.

»Du magst ihn, oder?«

Ehe ich antwortete, stieß ich einen tiefen Seufzer aus. »Ich mag ihn. Ja. Aber verrat es niemandem.«

»Ganz bestimmt nicht.«

»Auch nicht Thore!«, ermahnte ich sie.

»Du kannst dich auf mich verlassen, Svantje.«

»Das weiß ich doch.«

»Also, was willst du in der Sache unternehmen?«

»Hä? Was meinst du?«

»Du magst ihn. Solltest du ihm das nicht sagen?«

»Hilfe«, rief ich und auf einmal merkte ich nicht mal mehr den eisigen Nieselregen auf meinem Gesicht. »Sowas kann ich nicht. Außerdem, was sollte das bringen? Du weißt, dass er in Berlin lebt und nicht hier. Ich würde Nortrum nicht verlassen, schon gar nicht für einen Mann.«

»Mensch, Svantje, davon redet ja auch niemand. Und Nils ist kein Baum, er kann seinen Lebensmittelpunkt sehr einfach woandershin verlegen, er hat keine Familie, keine Frau … und so eine Werkstatt kann man auch woanders weiterführen.«

Obwohl Wiebkes Argumentation ein leises Kribbeln in mir hervorrief, ließ ich nicht zu, dass der Funke Hoffnung in mir weiterglomm. »Genau. Als ob. Meinetwegen doch nicht. Er hasst Nortrum.«

»Ich denke, dass sich nach dem Tod seines Vaters vieles für ihn geändert hat. Sicher ist er auch für etwas Neues offen.«

»Ja, und ich glaube, damit muss er erst einmal zurechtkommen. Ganz sicher wird seine erste Amtshandlung nicht darin bestehen, seinen Lebensmittelpunkt nach Nortrum zu verlegen.«

»Wovor hast du denn Angst? So pessimistisch kenn ich dich gar nicht.«

»Das ist so eine blöde Frage! Kannst du dir das nicht denken?«

»Ich habe gesehen, wie ihr euch angeschaut habt, Süße. Ich glaube, dass da was zwischen euch ist, was sich lohnen würde zu erforschen.«

»Hörst du dir eigentlich manchmal zu? Du klingst wie eine Paartherapeutin.«

Wiebke lachte. »Na schön, du hast recht. Es geht mich nichts an.«

»Du bist jetzt nicht sauer, oder?«

»Quatsch, ich wollte dir nur sagen, was ich denke. Was du daraus machst, ist deine Sache.«

Ich dachte kurz darüber nach. Vielleicht sollte ich nachher einmal nachfragen, wie es ihm geht. Eine unverbindliche WhatsApp oder sowas.

O je. Ich bekam schon beim Gedanken daran ein flaues Gefühl im Magen, als wäre ich eine Zehntklässlerin, die zum ersten Mal verliebt ist. Zum Glück hatten wir damals noch keine kostenlosen Messenger-Dienste, ich hätte mich sicherlich um Kopf und Kragen geschrieben. Aber ich war nicht mehr jung und schon gar nicht naiv. Vielleicht sträubte ich mich deshalb so vehement gegen Wiebkes Idee, weil mir sehr deutlich bewusst war, dass Nils ein Mann war, der mein Herz in Gefahr brachte. Umso mehr Angst hatte ich davor, dass auch er nicht der Mensch sein könnte, der mir die bedingungslose Liebe gab, nach der ich mich sehnte. Derzeit war mir das Risiko einfach zu groß – mal ganz abgesehen von der Tatsache, dass er in Berlin lebte und ich auf Nortrum.

Später am Abend, ich hatte Linus gerade ins Bett gebracht, saß ich dann vor meinem Telefon und starrte es an. Es war kurz nach neun, die Feier hätte längst vorbei sein müssen. Ich ließ meine Finger über dem Display schweben und kämpfte mit mir.

»Ach, sei es drum«, murmelte ich und schrieb ihm.

Hey Nils, ich hoffe, du hast den Tag überstanden? Wenn du reden willst, ich kann gut zuhören. Liebe Grüße Svantje

Ehe ich noch einmal darüber nachdenken konnte, schickte

ich die Nachricht ab. Erst erschien ein Häkchen auf dem Display. Dann ein zweites.

Ich wartete, dass sie sich von Grau auf Blau färbten, was bedeuten würde, dass er es gelesen hatte, aber nichts passierte.

O Mann. Ich war nicht besonders gut darin, mich in Geduld zu üben, deshalb kochte ich mir noch einen Kamillentee, der sollte ja beruhigend wirken. Als meine Tasse leer war, hatte ich noch keinerlei Reaktion erhalten, daher entschied ich, dass ich besser ins Bett gehen sollte, als darauf zu warten, dass Nils Trost bei mir suchte.

Kurz überlegte ich, meine Nachricht zurückzurufen, ließ es jedoch sein. Ich wollte nicht enttäuscht sein, war es aber irgendwie trotzdem.

A m nächsten Morgen hatte er sie immer noch nicht gelesen. Zum Glück blieb mir nicht viel Zeit, darüber nachzudenken, denn Linus und ich waren spät dran. Wir mussten uns beeilen, damit er nicht zu spät zum Morgenkreis in die Kita kam. Danach ging ich direkt ins Café, es gab viel zu tun. Gestern waren die übrigen Waren geliefert worden, die ich für den Wintermarkt bestellt hatte. Der war zwar erst in gut einer Woche, aber so konnte ich in Ruhe alles dafür vorbereiten. Ich war gerade dabei, die Kartons im Lager zu beschriften, als das Türglöckchen ankündigte, dass Kundschaft in den Laden kam. Ich dachte natürlich sofort an Nils und verspürte ein Kribbeln in der Magengegend. Als ich nach vorne kam, stellte ich enttäuscht fest, dass er es nicht war, sondern Marieke.

»Hey, guten Morgen«, grüßte ich mit einem Lächeln.

Darin war ich geübt, sie würde nicht erkennen, was in mir vor sich ging.

»Moin, Svantje, du bist ja schon fleißig.«

»Natürlich, was kann ich für dich tun?« Kurz befürchtete ich, dass sie die Winterdeko bei sich zuhause noch einmal komplett umgestaltet haben wollte, aber stattdessen sagte sie: »Ich hatte gestern das Damenkränzchen bei mir daheim, und du wirst dir nicht vorstellen können, was sie gesagt haben!«

Das konnte ich tatsächlich nicht, aber ich war mir sicher, dass sie mich gleich informieren würde. »Hm?«

»Sie waren alle restlos begeistert, Svantje. Und ich habe ihnen gesagt, sie können sich gern bei dir melden, du gehst ihnen bestimmt gern zur Hand und stehst auch ihnen zur Seite mit Rat und Tat. Na? Wie findest du das? Ich habe dir Kundinnen besorgt. Vielleicht sollten wir über eine Art Provisionssystem für mich nachdenken.« Sie strahlte über das ganze Gesicht.

Hilfe. Sie meinte das doch nicht ernst? Ich war zu perplex, um eine Antwort darauf zu geben.

Marieke winkte ab und lachte laut. »Wie du guckst, Svantje! Das war doch nur ein Scherz. Natürlich möchte ich keine Provision, ich habe dich und dein neues Angebot sehr gern weiterempfohlen. Aber gegen einen leckeren Kaffee hätte ich nichts, da würde ich nicht nein sagen.«

»M-mein neues Angebot?«, stammelte ich, immer noch höchst irritiert. Ich blinzelte ein paarmal.

»Du hast da ein unschätzbares Talent, Svantje.« Sie beugte sich ein wenig nach vorn. »Ich habe meinen Freundinnen gesagt, dass deine Dienste nicht ganz billig sind, aber das ist ihnen egal. Ich sage ihnen nicht, dass du bei mir nur einen Freundschaftspreis genommen hast, ist doch klar.« Sie zwinkerte mir zu, und allmählich dämmerte es mir, dass ich mit meiner Dekorationshilfe womöglich etwas losgetreten hatte, das eine Eigendynamik entwickelte.

»Machst du mir jetzt einen Kaffee?«, wollte sie wissen.

»Natürlich, entschuldige. Setz dich doch!«

Als ich mit fahrigen Bewegungen an der Siebträgermaschine herumhantierte, dachte ich über das Gespräch nach. Das war so typisch Marieke, dass ich mich ein wenig darüber ärgerte, dass ich das nicht hatte kommen sehen. Natürlich wusste bereits die ganze Insel, dass ich ihr geholfen hatte. Während ich darauf wartete, dass der Kaffee in die Tasse lief, merkte ich, dass ich mich auch ein wenig freute, dass sie meine Arbeit so sehr schätzte, dass sie mich weiterempfahl. Nach dem ersten Schock konnte ich jetzt das Positive darin erkennen, nämlich, dass Marieke es gut gemeint hatte – das tat sie immer – und dass die Damen aus dem Ort meine Arbeit nicht ablehnten, sondern Interesse daran bekundet hatten.

Mit dem Kaffee brachte ich Marieke ein Stück Friesentorte. Es war zwar noch früh, aber ich wusste, dass sie die nicht ablehnen würde. »Bitte, Marieke, das geht beides aufs Haus. Für deine Empfehlung.« Mehr konnte ich in dem Moment nicht zu ihr sagen, und dabei spielte es keinerlei Rolle, ob wirklich eine ihrer Freundinnen herkam, um etwas Deko bei mir zu kaufen, oder nicht.

»Das ist lieb, Schätzchen. Du solltest mal darüber nachdenken, welche Preise du bei ihnen nimmst. Pauschal oder nach Stunden? Ich bin mir sicher, nicht alle sind so pflegeleicht wie Griet und ich.«

Einen Kommentar dazu verkniff ich mir, stattdessen nickte ich nur.

»Eigentlich sollte ich keine Torte frühstücken. Ich habe gestern bei der Trauerfeier auch viel zu viel gegessen. Da sind meine drei Pfund, die ich abgenommen hatte, gleich wieder drauf.«

»Ach was, Marieke, du siehst sehr gut aus.«

Sie lächelte. »Danke, aber mein Hosenbund sagt mir Bescheid, wenn es zu viel wird. Schade, dass Nils nicht länger bleibt, nicht?«

Ich fing über den plötzlichen Themenwechsel an zu husten. »Darüber weiß ich nichts.«

Mein Herz machte einen Purzelbaum, aber nicht vor Freude. Marieke schob sich ein Stück Torte in den Mund und kaute genüsslich, ehe sie fortfuhr. »Ja. Er wollte heute gleich die erste Fähre nehmen. Ebba ist natürlich nicht erfreut, und ich finde es auch nicht gut. Der Junge hätte wohl noch ein bisschen bleiben können, aber nein, er reist direkt ab, nachdem der alte Herr unter die Erde gebracht wurde.«

Ich schluckte, aber die Enge in meiner Kehle ließ sich dadurch nicht vertreiben. Das war also der Grund dafür, dass er nicht geantwortet hatte. Für ihn war das Thema Nortrum damit erledigt. Dass er gleich am nächsten Tag verschwinden würde, hatte ich nicht erwartet.

KAPITEL 10

Aus den Lautsprechern in meinem Laden dudelte
Weihnachtsmusik, und ich hatte eine Duftkerze angezündet, die ein winterliches Gewürzaroma mit einem Hauch
von Zimt, Nelken und Orange verbreitete. Linus würde heute
nach dem Kindergarten mit Thore unterwegs sein, die beiden
hatten einen Jungs-Nachmittag geplant.

In den letzten Tagen hatte ich wenig Gelegenheit gehabt,
mir über Nils und sein plötzliches Verschwinden Gedanken zu
machen, trotzdem dachte ich viel zu häufig an ihn. Mit seiner
Abreise war der Winter auf der Insel eingekehrt, es hatte
zweimal geschneit, und alles war mit einer herrlichen,
pudrigen Schneeschicht überzogen. Seitdem rannten mir die
Kunden förmlich die Bude ein. Allerdings glaubte ich nicht
daran, dass es nur am für dieses Jahr sehr frühen Schneefall
lag. Ich hatte die Vermutung, dass Marieke überall Werbung
für mich machte. Gerade vorhin war Emma zu mir gekommen, sie betrieb einen kleinen Laden für Haustiermode und
hatte mich gebeten, ihr Schaufenster weihnachtlich zu dekorieren, worüber ich mich total gefreut hatte. Womöglich war es
Marieke gar nicht bewusst, was sie mit ihren Lobtiraden

auslöste, aber ich war unendlich dankbar für das zusätzliche Einkommen. Tatsächlich hatte ich in der letzten Woche drei weitere Dekorationsaufträge erhalten, die ich in den nächsten Tagen abarbeiten wollte. Endlich wendete sich meine finanzielle Lage ein wenig zum Guten, und es hatte sich sogar ohne tagelange Grübelei wie von selbst ergeben.

Schon deswegen wollte ich nicht Trübsal blasen, indem ich zu viel an Nils dachte, aber das war einfacher gesagt als getan. Warum, wusste ich nicht, denn rein logisch betrachtet hatte ich keinen Grund, ihn zu vermissen. Wir waren ja nicht einmal Freunde …

Mein Arbeitstag näherte sich dem Ende, und ich hatte heute wirklich gute Geschäfte gemacht, deshalb verbot ich mir den Gedanken, dass zuhause nichts und niemand auf mich warten würde. Ich putzte die Siebträgermaschine, weil ich vermutete, dass bis zum Feierabend keine Kundschaft mehr kommen würde, um Kaffee und Kuchen zu bestellen. Gerade als ich fertig war, ging die Tür auf, und Wiebke schneite herein.

»Moin«, grüßte sie gut gelaunt und drückte mir ein Küsschen auf die Wange.

»Gott, du bist ja eiskalt.« Ich lachte. Ihr Gesicht war von einer zarten Röte überzogen, sie sah frisch und sehr glücklich aus. Ich freute mich für sie, sie hatte es wirklich verdient.

Wiebke zog den Reißverschluss ihres Anoraks herunter. »Kriege ich bei dir Asyl?«, wollte sie wissen.

Ich kniff die Brauen zusammen. »Wie meinst du das? Ihr habt euch doch nicht gestritten?« Das konnte ich mir nicht vorstellen, sonst würden ihre Augen nicht so strahlen.

Wiebke winkte sofort ab. »Quatsch, wie sollte man mit Thore streiten? Der Mann ist ein Goldstück! Trotzdem haben die Jungs mich rausgeworfen.«

»Äh, was?« Ich hielt inne und ließ meinen Lappen sinken.

»Du weißt doch, dass sie heute den«, sie malte Gänsefüß-chen in die Luft. »Boys-Day zelebrieren, da sind Frauen nicht willkommen.«

Ich fing an zu kichern. »Oh! Ich verstehe. Klar kannst du zu mir kommen.«

Sie hob ihre Hand und gab mir ein High Five. »Ich hoffe, du hast Wein im Haus.«

»Davon kannst du ausgehen.«

»Soll ich was kochen?«

Ich guckte sie skeptisch an. »Du, ich wollte den Tag überle-ben. Lass mich das mal machen.«

Wiebke grinste verschmitzt. »Ich arbeite an meinen Fertig-keiten, aber du hast recht. Außer Nudeln mit Tomatensoße würde ich vermutlich nichts Gescheites auf den Teller bringen.«

»Worauf hast du denn Lust?«, fragte ich sie.

»Gemüsecurry?«, schlug sie vor.

»Klingt super.«

»Okay, spitze, dann geh ich schon mal einkaufen, und wir treffen uns dann bei dir.«

Sie war bereits im Begriff zu gehen, als ich sie noch einmal rief. »Wiebke?«

»Ja?« Sie drehte sich zu mir um. »Was ist?«

»Willst du auch bei mir übernachten?«

»Pyjamaparty?« Sie grinste breit, und ich hielt meinen Daumen hoch.

»Das klingt perfekt! Dann brauchen wir aber mehr als eine Flasche Wein«, scherzte sie und verschwand aus dem Laden.

Ich war froh, dass sich meine trübe Aussicht auf einen einsamen Abend in Vorfreude auf ein paar Stunden mit meiner besten Freundin gewandelt hatte. Die übrigen Minuten bis Ladenschluss sorgte ich noch für Ordnung und wischte einmal durch, damit ich morgen früh keinen Stress hatte.

Als ich eine Dreiviertelstunde später zuhause ankam, lehnte Wiebke gerade ihr Fahrrad gegen die Hauswand und zog zwei Tüten aus ihrem Korb, auf dem Rücken hatte sie einen Rucksack, in dem vermutlich ihr Übernachtungsgepäck verstaut war. Ich kam mir fast vor, als wäre ich wieder im Teenageralter. Wie von selbst breitete sich ein Lächeln auf meinem Gesicht aus. »Lass mich dir was abnehmen«, sagte ich und ergriff die Tüten, mit der freien Hand schloss ich auf und knipste das Licht an, ehe ich ihr den Vortritt ließ.

Während Wiebke ihre Sachen nach oben ins Gästezimmer brachte, das ich auch als Büro benutzte, packte ich aus, was sie mitgebracht hatte. Sehr gut, viel Wein und Eis. Da war es sicher klug, dass wir als Hauptgericht erst mal was Gesundes zu uns nehmen würden. Ich wählte eine chillige Playlist von meinem Musikstreamingdienst aus und zündete ein paar Kerzen an, ehe ich damit loslegte, das Grünzeug zu schnippeln.

»Tataaa«, rief Wiebke, als sie im flauschigen Flanellpyjama in die Küche sprang, die Arme hatte sie ausgebreitet. An den Füßen trug sie dicke Wollsocken, auf denen sie über die Fliesen auf mich zuschlitterte, als wäre sie auf einer Eislaufbahn.

Ich musste lachen. »Welche Drogen hast du denn genommen?«

Wiebke zuckte nur lässig mit den Schultern, ging zum Kühlschrank und zog eine Flasche Weißwein heraus. »Oder lieber Rot?«

»Nein, das ist gut so.«

Während ich kochte, plauderten wir über dies und das. Es war einfach schön. Ungezwungen. Als das Curry fertig war, arrangierte ich zwei Portionen und setzte mich dann mit Wiebke an den Esstisch. Ich hatte mein zweites Glas Wein bereits geleert und fühlte mich leicht beschwipst. Normalerweise trank ich nicht an Wochentagen, vor allem nicht, wenn ich am nächsten Morgen raus musste. Ich entschied, dass ich heute mal nicht so vernünftig wie sonst sein sollte, und goss den Rest aus der Flasche in Wiebkes und mein Glas. Gerade als ich es erheben und auf unseren Mädelsabend anstoßen wollte, verkündete mein Handy, dass ich eine Nachricht erhalten hatte.

Aus Gewohnheit zog ich es zu mir heran. »Ich hoffe, das ist nicht Thore, weil er einen Notfall hat«, erklärte ich und sah nach. Die Nachricht löste Unruhe in mir aus. Sie war von Nils.

»Was ist?«, wollte Wiebke wissen. »Du siehst schockiert aus. Ist alles okay?«

Ich legte das Handy weg und trank einen großen Schluck Wein. »Ich bin mir nicht sicher.«

»Svantje, komm, rück mit der Sprache raus. Ist was mit Linus?«

»Nein, nein, das ist es nicht. Es ist … eine SMS von Nils.«

Wiebkes Augen wurden groß. »Von Nils? Aha. Was will er?«

Ich atmete durch und versuchte, die Gefühle, die in mir herumwirbelten, einzuordnen. Es gelang mir nicht. »Er hat geschrieben, einen Moment, ich sehe lieber noch einmal nach.« Ich entsperrte das Display erneut und las vor, nicht, dass ich was Falsches sagte. »Es tut mir leid, dass ich gegangen bin, ohne mich von dir zu verabschieden.«

»Das ist alles? Kein Hallo und Tschüss?«

Ich schüttelte den Kopf.

Wiebke schnaubte und nippte von ihrem Glas. »Männer! Ich sag es dir.«

»Vielleicht ist die Nachricht ja gar nicht für mich bestimmt«, schlug ich vor, obwohl mir dieser Gedanke nicht gefiel.

»So ein Unsinn.« Sie winkte ab. »Der ist doch nicht doof. Klar ist sie für dich bestimmt.«

»Und was will er mir sagen?«

Wiebke verzog ihre Lippen, ehe sie antwortete. »Er teilt dir mit, dass er Interesse an dir hat.«

Ich prustete los. »Das bringt mir so leider gar nichts. Er lebt in Berlin.«

»Das ist mir klar, aber Berlin ist auch nicht Hongkong.«

»Was soll das denn bedeuten? Du weißt doch sehr gut, dass ich schon alleine wegen Linus nicht so einfach von hier wegziehen könnte.«

Sie zuckte mit den Schultern. »Wovor hast du eigentlich Angst?«

Diese Frage brachte mich aus dem Gleichgewicht, ich war froh, dass ich bereits saß. Während ich einen Moment darüber nachdachte, merkte ich, dass meine Hände schwitzig wurden. Ich beschloss, ehrlich zu sein. »Ich habe Angst, dass ich mich in einen Mann verliebe, der mich dann doch nicht will. Ich meine, ich müsste ja von ihm erwarten, dass er sein ganzes Leben für mich umkrempelt, weil ich an Nortrum gebunden bin. Alles, was ich bisher von ihm weiß, sagt mir, dass das für ihn nicht infrage kommt. Also lasse ich mich lieber nicht auf ihn ein.«

Wiebkes Blick war mitfühlend, als sie eine Hand über den Tisch schob und sie auf meine legte. »Das kann ich gut verstehen, Süße.«

Plötzlich spürte ich ein Brennen hinter meinen Augen, dessen Heftigkeit mich so verwirrte, dass ich nach Luft japste. Meine Kehle war eng, und ich spürte ein Herzrasen, das mich an Panik erinnerte. »Ich habe keine Ahnung, warum ich so krass reagiere«, gab ich zu. »Es muss am Wein liegen, ich sollte nichts mehr trinken.«

Wiebke schüttelte den Kopf. »Wir beide brauchen uns doch nichts vormachen, Svantje. Es liegt nicht am Wein.«

»Woran dann?«, fragte ich in meiner Verzweiflung, weil ich einfach nur nach Antworten suchte.

»Hast du schon mal darüber nachgedacht, warum du dich auf Thore eingelassen hast, damals?«

»Ja, logisch.«

»Weil er die sichere Bank war. Keine tiefen Gefühle, kein Risiko, dass er dein Herz bricht. Ihr mochtet euch einfach gern.«

»Damit könntest du recht haben. Sein Herz war gebrochen und meins auch. Bei uns beiden bestand keine Gefahr, dass wir uns gegenseitig verletzen.«

»So ist es«, stimmte sie mir zu. »Und bei Nils ist es anders. Er löst was in dir aus.«

Ich schnaufte. »Und ob! Er löst eine Menge bei mir aus, und ich weiß nicht, ob das gut ist. Aber weißt du was, Wiebke? Nils ist nicht mehr hier, und deshalb muss ich mir darüber gar nicht mehr den Kopf zerbrechen.«

»Du kannst das jetzt wegschieben und so tun, als würdest du das ehrlich meinen, was du sagst, oder du stellst dich mal deinen Ängsten. Tut mir leid, wenn ich hier jetzt wie die Obermutti klinge, aber ich habe das im Sommer auch machen müssen. Es war schwer. Ich habe gedacht, dass es mich innerlich zerreißt. Ich wollte nur wegrennen und mich ablenken.«

Ich musste grinsen. »Liebes, du bist weggerannt. Muss ich dich daran erinnern, dass Thore dir mit Blaulicht hinterherfahren musste, um dich von der Fähre zu holen?«

Wiebke grinste. »Ups. Stimmt. Aber im Grunde weißt du doch, was ich meine. Es gibt einen Punkt im Leben, da müssen wir uns gewisse Fragen stellen, wenn wir weiterkommen wollen.«

Mir war völlig klar, dass sie absolut recht hatte. Trotzdem fiel es mir verdammt schwer, diese Box der Pandora – meine Gefühlswelt – zu öffnen. Ich trank zur Abwechslung einen Schluck Wasser, obwohl ich lieber noch eine Flasche Wein geöffnet hätte.

»Ja, das hast du gut erkannt. Ich bin irgendwo steckengeblieben.«

»Wer hat dein Herz so verletzt, dass du es niemandem mehr öffnen willst?«

Ich schluckte und biss die Zähne zusammen. »Das ist eigentlich ein Pfad, den ich nicht mehr beschreiten wollte.«

»Ich denke, dass du nur einen Weg finden kannst, wenn du das loswirst.«

»Denkst du nicht, dass ich das versucht habe?«

»Vielleicht war bislang nicht der richtige Zeitpunkt?«, schlug sie vor.

»Und jetzt schon?«, gab ich beinahe bissig zurück. Wiebke ließ sich davon jedoch nicht beeindrucken, noch ein Grund, warum ich sie so gern mochte. Bei ihr konnte ich alle Seiten von mir zeigen, ohne jemals verurteilt zu werden. Es war, schlicht gesagt, Balsam für mich und meine Seele, mit ihr über alles reden zu können, was mich wurmte.

»Ich denke, dass dir das Thema auf dem Silberteller präsentiert wird. Du musst dich damit auseinandersetzen, warum du so viel Angst davor hast, für jemanden Gefühle zu entwickeln. Und jetzt komm mir nicht damit, dass er in Berlin wohnt. Wir wissen beide, dass man solche Sachen regeln kann.«

Ich verzog mein Gesicht und fuhr mir mit der Hand über die Stirn. Dann seufzte ich tief. »Ich weiß.« Einen Augenblick schwieg ich, dann begann ich zu erzählen. »Meine erste große Liebe hat mir das Herz gebrochen, obwohl ich ihn verlassen habe.«

»Hat er dich betrogen?«

»Ja, aber nicht so, wie du denkst.«

»Das musst du mir erklären. Ist er schwul oder so?«

Ich schüttelte den Kopf. »Weißt du, die meisten haben das damals nicht verstanden. Wir waren ein Traumpaar. Nach außen hin. Wir haben uns im letzten Schuljahr kennengelernt und waren ewig zusammen. Er hat sein Studium in Schallgeschwindigkeit absolviert und gleich einen super Job bekommen. Ich habe ihn unterstützt, wir haben damals schon wie ein altes Ehepaar zusammengelebt. Versteh mich nicht falsch, ich habe mich wohlgefühlt. Ich bin ja eher der heimelige Typ, mir macht es Spaß, meine Lieben zu verwöhnen, mein Haus hübsch herzurichten. Nicht umsonst habe ich ja hier ein Café mit einem Dekoshop eröffnet.«

»Was war es dann?«

»Michael hat mich nie so geliebt wie ich ihn. Ich war immer für ihn da. Umgekehrt kann ich das nicht behaupten. Wenn ich ihn mal gebraucht habe, war immer etwas anderes wichtiger: die Arbeit, seine Termine, seine Verpflichtungen, seine Hobbys.«

»O je. Das klingt nicht gut.«

»Das war es auch nicht. Aber wie gesagt, nach außen hin wirkte alles okay, aber ich habe mich in dieser Beziehung so alleine gefühlt. Dabei habe ich ihn geliebt. Ich habe ihn so sehr geliebt. Aber irgendwann konnte ich nicht mehr drauf warten, dass er mich zurückliebt, dass er mir das gibt, was ich brauche. Und damit meine ich nicht, dass er seine Freunde, seine Hobbys oder seinen Job aufgeben sollte. Aber Michael war emotional einfach nicht zugänglich für mich. Wenn ich nicht die gute, liebe und fürsorgliche Partnerin für ihn war, hat er sich abgewendet und mir nichts von sich gegeben. Da kam einfach gar nichts. Und das nenne ich nicht bedingungslose Liebe. Als ich mir eingestanden habe, dass ich mich in der Beziehung ebenso allein gefühlt habe wie ohne ihn, habe ich mich von ihm getrennt. Weißt du, es hat mir das Herz gebrochen.«

»Ja, das kann ich sehen, dir geht es immer noch schlecht. Aber du liebst ihn nicht mehr?«

»Nein, das ist vorbei. Wirklich vorbei. Nur für die Zukunft bedeutet es Folgendes: Ich habe einfach Angst, dass ein neuer Mann mich auch nicht wirklich lieben könnte. Dass ich dann auch nur hübsches Beiwerk für ihn bin und dass ich eine Funktion erfüllen soll. Eine Frau an der Seite wie ein Schmuckstück, ein Statussymbol. Ich brauche mehr im Leben, Wiebke. Aber vielleicht kann mir das gar niemand geben? Ich weiß, das klingt verrückt.«

»Nein, ganz und gar nicht. Aber ich finde, du solltest Nils vielleicht nicht schon in eine Schublade stecken, du kennst ihn ja gar nicht.«

»Das stimmt. Nils ist auch wirklich ganz anders als Michael. Daran liegt es nicht. Was ist also dein Ratschlag?«

Wiebke zuckte die Schultern. »Du musst dich mal fragen, was du dir von einem Partner erhoffst und ob du dir das nicht in erster Linie selbst geben kannst.«

Ich hob eine Braue. »Du meinst, ich soll mir einen Vibrator besorgen? Süße, ich besitze bereits mehrere, und ich kann dir sagen, es ist nicht dasselbe wie ein Mann aus Fleisch und Blut.«

Wir fingen beide an zu lachen, bis Wiebke noch einmal ernst wurde. »Das ist nicht das, was ich sagen wollte.«

»Was dann?«

»Ich glaube, Svantje, dass wir in unserem Alter ruhig erkennen dürfen, dass wir keinen Mann brauchen, um glücklich zu sein. Dass das aber nicht heißt, dass wir Single bleiben müssen.«

»O je. Ich glaube, mein Kopf kommt da nicht mehr mit«, gab ich ehrlich zu. Es war ganz schön viel gewesen, vor allem über Michael hatte ich lange nicht mehr gesprochen, geschweige denn nachgedacht. »Ich kann nur sagen, dass ich das Gefühl habe, es fehlt was in meinem Leben.«

»Das verstehe ich. Trotzdem glaube ich, dass du das mit Michael erst wirklich verarbeiten musst. Du hast es nur verdrängt, oder?«

»Irgendwie schon.«

»Du kannst dich ja mal fragen, ob du heute noch genauso handeln würdest wie damals oder ob du eine ganz andere Svantje geworden bist.«

Tief in meinem Inneren war ich noch immer dieselbe, aber Wiebke hatte gleichzeitig auch recht. Das Muttersein hatte mich verändert, ich war daran gewachsen. Ich hatte gelernt, meine Grenzen zu erkennen und auch anderen mitzuteilen, wenn sie überschritten wurden. Heute würde ich mich nicht mehr den Bedürfnissen eines Mannes unterordnen, so wie früher bei Michael. Von der Seite hatte ich es tatsächlich nie betrachtet. Trotzdem war ich noch weit davon entfernt, mich Hals über Kopf in eine Chat-Romanze mit jemandem zu stürzen, der woanders lebte.

KAPITEL 11

Seit dem Abend mit Wiebke hatte ich eine Menge Zeit damit verbracht, mir über die Vergangenheit Gedanken zu machen. Sie hatte einen guten Punkt angesprochen, ich war nicht mehr dieselbe wie früher, und vermutlich würde ich mich in einer neuen Beziehung nicht mehr so verbiegen wie damals. Das hieß jedoch noch lange nicht, dass ich bereit war, mich auf jemanden einzulassen. In den letzten Tagen hatte ich ein paarmal mit Nils hin- und hergeschrieben, es war relativ unverbindlich geblieben, aber ich freute mich jedes Mal, wenn ich von ihm hörte. Ich hatte das Gefühl, dass es ihm auch so ging.

Wenn mich jemand darauf angesprochen hätte, hätte ich vermutlich geantwortet, dass ich das Flirten per Kurznachricht übte. Vielleicht war das kindisch, aber es war mir egal, denn es tat mir gut. Außerdem hatte ich aufgehört, ständig darüber nachzudenken, ob er für mich als Partner infrage käme – das stand derzeit ohnehin nicht zur Diskussion. Trotzdem taten mir die kurzen Unterhaltungen mit ihm gut, also ließ ich sie zu.

Weihnachten rückte in großen Schritten näher. Mein Laden lief endlich richtig gut, und meine Dekoaufträge hielten mich auf Trab. Tatsächlich sah ich zum ersten Mal seit dem Sommer eine schwarze Null auf meiner Abrechnung. Das stimmte mich milde hoffnungsvoll. Über den Januar wollte ich mir jetzt nicht den Kopf zerbrechen, deshalb schob ich aufkommende Sorgen sofort beiseite. Linus saß ihm Wohnzimmer, er hatte seinen Pyjama schon an. »Brauchst du noch was?«, rief ich ihm aus der Küche zu.

»Nee«, kam zurück.

»Willst du nicht noch was trinken? Noch ein paar Salzstangen zum Knabbern?«, schlug ich ihm vor.

Linus hatte eine üble Magen-Darm-Grippe gehabt, während er zuletzt bei Thore und Wiebke gewesen war. Ich hatte ihn vorhin abgeholt. Eigentlich wollte ich morgen zur Lesung im Leuchtturm gehen, aber ich war mir noch nicht so sicher, ob das wirklich so eine gute Idee war.

Was machst du am Wochenende?, schrieb Nils gerade.

Warum willst du das wissen?, dachte ich zuerst, dann beschloss ich, ihm einfach zu sagen, was Sache war. Wenn man nicht vorhatte, jemanden zu beeindrucken, musste man auch nichts beschönigen oder verdrehen.

Eigentlich hat Wiebke Karten für mich für eine Lesung, aber Linus war krank. Ich bin mir nicht sicher, ob ich ihn morgen bei Griet übernachten lassen möchte. Also vermutlich hänge ich zuhause und schaue einen Zeichentrickfilm mit ihm, anstatt mir einen gruseligen Thriller vorlesen zu lassen. Aber psst, sag es Wiebke nicht, die würde mich sonst an den Haaren aus meinem Haus ziehen, damit ich mal was erlebe.

Ich setzte noch einen zwinkernden Smiley dahinter, ehe ich die Nachricht absendete. An keinen anderen Mann – außer Thore – hätte ich diese Art von Text verfasst und abgeschickt. In dem Sinne war es dann doch ganz gut, dass Nils in Berlin lebte und ich nicht davon ausging, dass aus unserer Chat-Sache jemals etwas Ernstes werden könnte. Das nahm eine Menge Druck von mir, und es fühlte sich gut an. Richtig gut.

Es dauerte nicht lange, bis er antwortete.

Keine Sorge. Ich bin so verschwiegen wie ein Grab.

Er hatte einen Smiley mit einem zugenähten Mund dazugesetzt, und ich musste lachen. Dann legte ich das Handy weg und kümmerte mich um Linus.

A ls ich am nächsten Morgen aus dem geöffneten Fenster schaute, war es noch dunkel. Ich konnte sogar ein paar Sterne am Himmel erkennen. Ich nahm mir einen kurzen Augenblick und atmete tief ein. Die Luft war so kalt und klar, dass ich spürte, wie sie tief in meine Lungen strömte. Obwohl sich an meinem Leben nur wenig verändert hatte, fühlte ich mich derzeit richtig gut. Vielleicht hatte Wiebke wirklich recht gehabt: Ich brauchte keinen Mann, um glücklich zu sein. Das war eine Erkenntnis, die ich zum ersten Mal seit langer Zeit ohne Bitterkeit in mir aufkommen ließ. Bis dato hatte ich zwar immer gewusst, dass ich allein klarkam, aber es hatte mir auf eine gewisse Weise wehgetan.

Das war jetzt nicht mehr der Fall. Zwar wünschte ich mir nach wie vor einen Partner an meiner Seite, jedoch aus anderen Gründen.

Als ich merkte, dass es in meinem Schlafzimmer ganz schön kalt wurde, schloss ich das Fenster und rubbelte mir über die Arme. Dann sprang ich unter die Dusche und bereitete Frühstück für uns vor. Mein Sohn schlief noch, das war ein gutes Zeichen.

Den Tag verbrachte ich mit Linus. Zum Glück half mir Freyja heute im Café aus, wofür ich sehr dankbar war. Am frühen Mittag schaute ich trotzdem mit Linus bei ihr vorbei und bot meine Hilfe an.

Sie winkte nur ab. »Das kriege ich mit links hin, Svantje, bin doch keine Anfängerin.«

Ich grinste und nickte. »Ich weiß gar nicht, was ich ohne dich machen würde.«

»Nur am Sonntag kann ich nicht, aber das weißt du ja,

oder?«

»Klar, dafür habe ich ja Wiebke und Thore engagiert, Linus wird morgen mit Griet was unternehmen.«

In dieser Sekunde klingelte mein Handy. »Wenn man vom Teufel spricht«, sagte ich lachend und nahm ab. »Moin, Griet.«

»Moin, meine Liebe, ich wollte nur kurz fragen, wann du mir Linus bringst, oder soll ich ihn abholen?«

Mein schlechtes Gewissen brachte mich beinahe um. »Ähm, eigentlich habe ich mich gefragt, ob es nicht besser wäre, wenn er noch eine Nacht zuhause schläft.«

»Mama, nein!«, protestierte Linus neben mir und stampfte mit dem Stiefel auf den Boden. »Will zu Oma Griet.«

»Ich möchte«, verbesserte ich ihn ganz automatisch und seufzte.

Griet lachte am anderen Ende. »Da hörst du es, ich denke mal, dann ist die Sache entschieden. Ich kann ihn in einer Stunde abholen, wie klingt das?«

»Nein, ich bringe ihn, mach dir nicht auch noch Umstände.«

»Das sind keine Umstände, Svantje, es ist mir eine so große Freude, das kannst du dir gar nicht vorstellen.«

Mir ging das Herz bei ihren Worten auf. »Danke«, sagte ich ganz ergriffen. »Dann kann ich ja doch mit Wiebke zur Lesung gehen.«

»Oh. Du hast es noch nicht gehört? Wiebke kotzt sich, Entschuldigung, seit gestern Abend die Seele aus dem Leib. Sie hat wohl noch nicht dieselbe Abhärtung wie Thore. Der ist durch die Praxis ja einiges gewohnt und wird fast nie krank.«

»O nein, das ist ja schlimm. Das habe ich wirklich noch nicht mitbekommen.«

»Ja, kein Wunder. Ich weiß es nur, weil ich Thore vorhin beim Einkaufen getroffen habe. Da lagen nur noch mehr Tee und Laugenstangen im Korb, daher habe ich nachgefragt.«

»Die Arme!«

Nachdem wir unser Telefonat beendet hatten, ging ich mit Linus nach Hause, packte seine Sachen und brachte ihn zu Griet. Die wartete schon mit einer Nudelsuppe auf ihn, schob mich direkt wieder aus der Haustür und riet mir, dass ich mir ein wenig Zeit für mich nehmen sollte.

Weil ich gar nicht damit gerechnet hatte, wusste ich nichts mit mir anzufangen. Das Wetter war zwar herrlich und die Sonne strahlte von einem blassblauen Winterhimmel, aber für einen Spaziergang konnte ich mich gerade nicht erwärmen. Deshalb ging ich zurück zum Café und bereitete alles für den morgigen verkaufsoffenen Sonntag vor, so konnte ich etwas länger ausschlafen, was auch nicht schaden würde.

Als ich nach Hause kam, war es schon dunkel, was bei der Jahreszeit kein Wunder war. Ich ging zum Kühlschrank, an dem die Tickets mit einem Magnet befestigt waren, und überlegte, ob ich allein zur Lesung gehen sollte. Während ich noch darüber nachdachte, schickte ich eine SMS mit Genesungswünschen an Wiebke. Danach öffnete ich den Chat mit Nils, aber seit gestern hatte ich nichts mehr von ihm gehört. Ein Anflug von Enttäuschung machte sich in mir breit, dass er an einem Samstag anscheinend etwas Besseres zu tun hatte, als mir zu schreiben.

Sei nicht albern, sagte ich mir stumm und zog die Kühlschranktür auf, um zu sehen, ob ich etwas fand, worauf ich Lust hatte. Nicht wirklich. Ich seufzte.

Der Kühlschrank war noch nicht wieder zu, als es an meiner Haustür klingelte. Ich dachte nicht weiter darüber nach und öffnete. Als ich in Nils' Gesicht schaute, traf mich beinahe der Schlag. Ich stieß einen Laut des Erstaunens aus und war mir sicher, dass man den Aufschlag meines Kiefers auf dem Boden bis zum Leuchtturm hören konnte.

»Moin«, grüßte er mit einem schiefen Grinsen. Seine Hände hatte er in den Hosentaschen vergraben. Er wirkte ein wenig verlegen auf mich. Nervös vielleicht.

Ich war zu perplex, um es einordnen zu können.

»Nils!«, war alles, was ich hervorbrachte.

»Ja, ich weiß, ich hätte mich anmelden können, aber ich wusste nicht, ob du mich sehen willst.«

O Mann. So eine Logik konnten doch nur Kerle an den Tag legen. Zufällig freute ich mich aber über seinen Besuch. »Willst du reinkommen?«

»Tatsächlich wollte ich dich fragen, ob ich statt Wiebke mit dir zur Lesung gehen könnte?«

»Dann ist sie gar nicht krank?«

War das ein Komplott?

»Doch, das weiß ich von Thore. Wir haben gestern telefoniert, als Wiebke an ihm vorbei zum Klo gerannt ist. Und nachdem du mir geschrieben hattest, dass du mit ihr zur Lesung gehen wolltest, habe ich mir gedacht: Warum nutze ich nicht die Chance und biete mich als Ersatz an?«

Ich war fassungslos. Gleichzeitig merkte ich, wie es in meiner Magengrube flatterte. Die alberne Frage, ob das ein Date werden sollte, waberte durch mein Hirn, aber ich traute mich nicht, danach zu fragen. Würde es etwas ändern? Die Antwort lautete nein, also brauchte ich die Frage auch nicht stellen. »Ähm, okay, gut. Können wir machen. Zufällig habe ich Linus doch zu Griet gebracht, wusstest du das auch?«

Er hob abwehrend die Hände. »Ich bin kein crazy Stalker, Svantje. Ich hatte einfach gehofft, dass es vielleicht klappen würde, dabei war ich mir durchaus darüber bewusst, dass die Möglichkeit besteht, dass du entweder nicht mit mir gehen möchtest oder keine Zeit hast.«

»Das klingt witzig, mit mir gehen. Weißt du noch, früher in der Schule. Habt ihr das auch gemacht? Mit diesen Kästchen, ja, nein, vielleicht?« Ich musste grinsen.

Er erwiderte mein Lächeln, und mein Herz vollführte einen aufgeregten Hüpfer. »Ist das ein Ja?«

Ich nickte und war mir nicht sicher, worauf er es bezogen hatte. Gleichzeitig war ich schrecklich nervös. »Ich glaube, ich muss mich noch umziehen. Komm doch kurz rein, dann musst du nicht in der Kälte warten.«

Er ließ seinen Blick über meinen Körper gleiten, und mir wurde sehr warm dabei. Schließlich sagte er mit rauer Stimme: »Du siehst fantastisch aus, Svantje, meinetwegen kannst du gern so mitkommen.«

Ich bezweifelte, dass ich fantastisch aussah. Ich war ungeschminkt, mein naturfarbener Pullover hatte schon bessere Tage gesehen, und die Jeans war an den Knien vom vielen Tragen ausgebeult. Weil ich keine Lust hatte, meiner Eitelkeit irgendeinen Raum zu geben, entschied ich, dass ich tatsächlich so bleiben würde. Immerhin war das kein Date – das redete ich mir zumindest ein, weil ich sonst vor Nervosität gestorben wäre.

»Also gut«, erwiderte ich. »Gib mir drei Minuten.« Ich sprintete nach oben ins Bad, legte doch ein wenig Wimperntusche auf und verteilte Parfum auf den Handgelenken. Unten schlüpfte ich in die Jacke und setzte meine dicke, weiße Wollmütze auf. »Bist du mit dem Rad da?«, rief ich ihm zu.

»Ja, ist das okay für dich?«

»Auf alle Fälle, laufen dauert viel zu lange.«

Kurz darauf saßen wir auf unseren Drahteseln und waren auf dem Weg zum Leuchtturm. Zum Glück hatte ich noch daran gedacht, die Tickets vom Kühlschrank zu schnappen. »Wie geht es dir?«, wollte ich wissen, nachdem wir schweigend nebeneinander hergefahren waren. Es war wirklich kalt, aber da kein Wind wehte, konnte man es in dieser Dezembernacht gut aushalten. Die Nacht war sternenklar, und der Mond schien hell vom Himmel. Die Insellandschaft erstrahlte in einem beinahe magischen, silbrigen Glanz, der durch den Schnee nur noch intensiviert wurde.

»Obwohl sich in meinem Leben wenig verändert hat, ist es jetzt doch ganz anders. Ich weiß, das klingt komisch, es ist aber so.«

Ich konnte ihm anhören, mit wie viel Trauer er noch zu kämpfen hatte, und das tat mir leid.

»Ich wäre schon früher wieder hier gewesen, aber ich musste mich um meine Aufträge kümmern«, erklärte er mir jetzt. »Und es tut mir wirklich leid, dass ich einfach abgehauen bin, aber nach der Beerdigung wurde mir einfach alles zu viel. Ich musste weg.«

»Bitte mach dir meinetwegen keinen Kopf deswegen«, gab ich zurück und meinte es ernst. Im ersten Moment war mein Ego verletzt gewesen, aber Nils war mir weder Rechenschaft schuldig noch zu etwas verpflichtet. Außerdem glaubte ich ihm.

»Meine Mutter hält sich wacker, aber es gibt eine Menge zu regeln, und dann steht ja auch Weihnachten vor der Tür«, fuhr er fort. »Ich habe ihr vorgeschlagen, mit ihr zu verreisen, aber das möchte sie nicht. Der Tod meines Vaters war absehbar, aber dass er jetzt wirklich nicht mehr da ist, das müssen wir beide erst einmal realisieren. Im Gegensatz zu mir möchte sie nicht davonrennen. Meine Mutter wirkt zerbrechlich, aber in dieser Familie war sie immer der Fels in der Brandung, und gerade deshalb möchte ich jetzt auch für sie da sein. Ich bin nicht nur ihretwegen wieder hier«, erklärte er, und ich spürte seinen Blick auf mir.

O Mann. Ich wusste, dass Nils es nicht sagte, um mich zu beeindrucken, aber ich rechnete ihm seine Offenheit hoch an. In diesem Moment entschied ich für mich, dass ich alles auf mich zukommen lassen und einfach nicht mehr über ein »Was könnte später einmal sein« nachdenken würde. Ich spürte, dass er meine Nähe genoss, dass er mich mochte – ob sich daraus etwas anderes ergeben würde, stand in den Sternen, und für den Moment war das völlig in Ordnung. Als die Frage in meinem Kopf auftauchte, wie lange er bleiben würde, fegte ich sie direkt beiseite. Sie brachte mir rein gar nichts und erinnerte mich an das Gespräch mit Wiebke: Wovor hatte ich eigentlich Angst?

Die Sache war klar. Sich zu verlieben, bedeutete immer auch ein Risiko. Aber sollte ich mir deswegen die Möglichkeit auf Glück gar nicht erst erlauben?

»Ich bin froh, dass du wieder hier bist«, sagte ich ehrlich.

»Und ich hatte wirklich befürchtet, dass du mir die Tür vor der Nase zuknallst.«

Daraufhin musste ich lachen. »Ich glaube, das habe ich noch nie getan.«

»Auf jeden Fall freue ich mich wahnsinnig auf den Abend mit dir.«

Wir kamen dem Leuchtturm immer näher. Die Ersten waren wir nicht, ein paar Fahrräder waren bereits angeschlossen.

Wir gingen die unzähligen Stufen gemeinsam nach oben. Ich war ein wenig außer Atem, aber prustete zum Glück nicht wie eine Dampflok. Der Raum, in dem die Lesung stattfand, war nett hergerichtet. Viele Kerzen standen auf dem Sims unter dem Rundum-Fenster. Etwa fünfundzwanzig Stühle waren aufgereiht, und es gab ein kleines Podest, auf dem der Autor nachher Platz nehmen würde. Ich zeigte unsere Tickets vor, und Nils kümmerte sich um die Jacken. Kurz darauf kehrte er mit zwei Gläsern Wein zurück. »Ich hoffe, das ist okay?«, fragte er und hielt mir eines hin.

»Sehr okay«, erwiderte ich lächelnd.

Das Funkeln in seinem Blick gab mir zu verstehen, dass er sich auf die Zeit mit mir freute, und mir ging es genauso. Das Knistern zwischen uns bildete ich mir nicht ein, und ich glaubte, er fühlte es auch. »Auf einen schönen Abend«, sagte er, und der raue Tonfall in seiner Stimme löste eine Gänsehaut bei mir aus.

»Prost«, erwiderte ich. »Auf mutige Männer.« Damit spielte ich darauf an, dass er sich getraut hatte, einfach vor meiner Tür aufzutauchen. Ich fand es herrlich romantisch.

Nach und nach kamen mehr Gäste die Treppe hinauf, einige kannte ich. Gleich wurde ich in mehrere Gespräche über meine Dekorationsfähigkeiten verwickelt, so dass ich mich mit Blicken immer wieder bei Nils dafür entschuldigte, dass ich gar keine Zeit für ihn hatte. Natürlich wurde auch er von allen möglichen Leuten auf seinen Vater angesprochen. Was sie genau redeten, bekam ich jedoch nicht mit. Aber als wir von der örtlichen Buchhändlerin, die die Lesung organisiert hatte, aufgefordert wurden, unsere Plätze einzunehmen, sah ich, dass sich etwas in Nils verändert hatte. Wo er vorhin noch eine gelöste und beinahe fröhliche Aura gehabt hatte, lag jetzt wieder eine tiefe Schwere auf ihm.

Als wir saßen, beugte ich mich zu ihm und flüsterte: »Alles okay?«

Er sah mich an. »Ja, alles bestens. Bei dir auch?«

Es war eine Lüge. Seine Augen erzählten mir eine andere Geschichte. Mir war bewusst, dass ich nicht enttäuscht sein sollte, aber ich war es doch. Ich hatte so sehr gehofft, dass wir schon so eine vertrauensvolle Basis hätten, dass er mir einfach sagen könnte, dass ihn der Verlust seines Vaters noch sehr mitnahm. Vorhin auf dem Fahrrad hatte er es ja auch getan.

Nimm es nicht persönlich, sagte ich mir. Der Mann hatte seine eigenen Probleme.

Blöderweise war ich eine Frau, die gern redete, die gern für andere da war, und ich fühlte mich in diesem Moment von ihm zurückgesetzt. Ich ließ es kurz sacken, und vor allem zeigte ich es ihm nicht, sondern schenkte ihm ein aufmunterndes Lächeln.

Daraufhin nahm Nils meine Hand in seine, und ehe ich etwas sagen konnte, trat der Autor in den Raum, woraufhin es mucksmäuschenstill wurde. Die Buchhändlerin stellte ihn vor und pries seine zahlreichen Erfolge, ehe der Schriftsteller über den Thriller zu reden begann, aus dem er gleich vorlesen wollte. Ich hörte nur mit halbem Ohr hin, weil ich damit beschäftigt war, die Gefühle zu sortieren, die das Händchenhalten in mir auslöste. Nils' Haut war nicht weich und samtig, sie war rau und schwielig. Ich wusste, dass er jemand war, der viel und hart arbeitete. Der Gedanke, wie sich diese Hände wohl auf meinem nackten Körper anfühlen würden, ließ meinen Puls in die Höhe schnellen.

Ich wollte nicht an die Nacht nach der Lesung denken, aber tat es doch die ganze Zeit. Sollte ich? Sollte ich nicht? Was, wenn er gar nicht wollte?

Nils wirkte nicht wie ein Aufreißer auf mich, das war eine Eigenschaft, die ich bei Männern auch gar nicht leiden konnte. Aber ich war zu schüchtern, ich würde garantiert nicht den ersten Schritt machen. Bestimmt würde mir dabei mein Kopf in die Quere kommen. Ansonsten hätte ich ja vielleicht schon bei seiner Geburtstagsfeier, statt die Flucht zu ergreifen, die Gelegenheit genutzt, ihn näher kennenzulernen.

Ich musste es auf mich zukommen lassen. Genau.

Verdammt.

Darin war ich absolut nicht gut.

KAPITEL 12

»O mein Gott. Ich hab so eine Angst«, gab ich ehrlich zu und musste lachen, als wir nach der Veranstaltung aus dem Leuchtturm traten. »Ich hätte niemals zu dieser Lesung gehen dürfen!«

Nils lachte, seine melancholische Stimmung schien verflogen. Darüber freute ich mich, aber meine Angst war nicht gespielt, ich sah wirklich hinter jedem Schatten einen Killer. »Ich bin einfach zu zart besaitet für so gruselige Geschichten. Vor allem, wenn es sich bei diesem Thriller um eine mysteriöse Mordserie auf einer deutschen Nordseeinsel handelt, bei der bevorzugt Fahrradfahrer um die Ecke gebracht werden.«

»Du bist wirklich süß«, meinte er beiläufig, während wir zu unseren Drahteseln schlenderten.

Ich ging nicht darauf ein, was hätte ich auch sagen sollen?

Es stimmte zwar, dass ich ihn gern mochte, aber ich war immer noch vorsichtig.

Nachdem ich mein Rad aufgeschlossen hatte, sah ich zu ihm herüber. »Ich weiß echt nicht, ob das eine gute Idee war.«

Er neigte seinen Kopf. »Was meinst du?«

»Wir hätten zu einer Liebesromanlesung gehen sollen«, erklärte ich, während ich mich in der Dunkelheit umschaute.

»Keine Sorge, ich passe auf dich auf. Komm, lass uns losfahren!«

Keine Ahnung, wieso, doch seine Worte beruhigten mich. Natürlich war mir auch so klar, dass meine Angst übertrieben war. Meine Fantasie ging mit mir durch, aber meine Reaktion war vermutlich das größte Lob für den Autor.

Der Weg war nicht beleuchtet, was mich erst auf der Rückfahrt störte. Ich behielt es für mich, aber ich war froh, als ich etwas später mein Rad in die Garage schob. Dieses Mal war ich schneller wieder draußen als jemals zuvor. Nils stand mit seinem Rad vor der Haustür und lehnte es gerade gegen die Wand.

Auf einmal war meine Angst vergessen. Sie war einem nervösen Kribbeln gewichen, das sich in meinen Nervenenden ausbreitete. Sollte ich ihn zu mir hereinbitten? Mir schossen alle möglichen, komplett abgedroschenen Phrasen durch den Kopf.

Magst du noch was trinken, zum Beispiel. Aber es klang schon in Gedanken so lahm, dass ich es nicht über meine Lippen brachte. Außerdem hatte mich der Mut verlassen. Falls ich jemals welchen besessen hatte.

»Es war ein schöner Abend«, fing ich an und sah zu ihm auf.

Wir waren vielleicht einen Meter voneinander getrennt, unser Atem hinterließ kleine weiße Wölkchen in der Luft. Da ich mein Haus vorletzte Woche endlich geschmückt hatte, standen wir nicht in völliger Dunkelheit. Die Lichterketten in den Büschen und an der Regenrinne sorgten dafür, dass ich ungefähr erahnen konnte, was in seinem Gesicht los war. Nils lächelte leise. Es war schön anzusehen, und das leichte Flattern in meiner Magengrube verstärkte sich.

»Ich danke dir, dass du mich mitgenommen hast«, erwiderte Nils mit samtiger Stimme und trat einen Minischritt näher.

Ob er mich gleich küssen würde?

Wollte ich das überhaupt?

Diese Frage konnte ich mit einem klaren Ja beantworten, aber ob es eine gute Idee war, konnte ich nicht sagen. Eigentlich wollte ich keine Komplikationen in meinem Leben. Ich wollte nicht, dass ich mich morgen schlecht fühlte, weil ich etwas getan hatte, was womöglich zu Liebeskummer führen würde.

Ich war mit dem Sortieren meiner Gefühlswelt kein Stück weitergekommen.

»Wir können das jederzeit wiederholen«, sagte ich und hoffte, dass es nicht so angespannt klang, wie ich mich fühlte. »Falls du lange genug auf der Insel bist.«

Ja, genau. Das war mein Schutzmechanismus, der aus mir sprach. Es war mir bewusst, aber ich hatte es auch nicht verhindern können.

Nils schaute mich für einen Moment verdattert an, dann nickte er. »Das stimmt. Wenn ich lange genug hier bin.«

Es schien, als müsste er selbst darüber nachdenken. Eines war jedoch klar: Die aufregend knisternde Stimmung war dahin.

Ich bewegte mich nicht, wusste aber auch nicht, was ich zu ihm sagen sollte. »Manchmal wünsche ich mir die Leichtigkeit einer Zwanzigjährigen zurück, die nicht über alles und jeden Schritt nachdenkt«, purzelte aus meinem Mund.

Vermutlich verstand er nicht, was ich damit ausdrücken wollte, aber es war egal. Es war so tief aus mir herausgekommen, dass ich nicht bedauerte, es gesagt zu haben. Ich war nun mal eine Frau mit Verpflichtungen, einem Kind – und einer Vorgeschichte. In meinem Alter war kaum jemand nicht schon einmal verletzt worden, was die Sache nicht einfacher machte. Mir fehlte diese gewisse Naivität, wie sie Jugendliche an den Tag legten. Dafür war bei mir kein Platz mehr. Ich bedauerte es in diesem Moment.

Nils wirkte nicht vor den Kopf gestoßen, sondern betrachtete mich mit einer seltsamen Mischung aus Verständnis und Respekt. Und was dann kam, verblüffte mich. Er kam noch näher und nahm meine Hand in seine. »Das ist genau der Grund, warum ich dich so anziehend finde.«

Was?

Moment mal!

Das hatte er gerade nicht gesagt, oder?

Ich kam mit einem Killerstatement, und er lobte mich dafür?

Das konnte nicht sein.

Aber anscheinend doch. Vermutlich spiegelte sich auf meinem Gesicht meine Überraschung, weil er plötzlich lächelte. »Ich bin nicht besonders gut darin, über Gefühle oder sowas zu sprechen«, erklärte er mir jetzt.

»Klar, du bist ja auch ein Mann«, scherzte ich, weil ich mir so sehr wünschte, dass er und ich uns gut verstanden.

Tief in mir drin war ich sehr unsicher, was richtig und was falsch war. Kopf und Herz waren sich nicht einig. Das alte Problem also.

Er strich mit dem Daumen über meinen Handrücken, und ich musste mir auf die Lippe beißen, um keinen wohligen Seufzer von mir zu geben. Es fühlte sich einfach so verdammt gut an.

Ich knipste meinen Verstand aus und schaute ihm tief in die Augen, die in der Dunkelheit beinahe schwarz auf mich wirkten. Verheißungsvoll. Ich erschauderte leicht und hoffte, dass er es nicht bemerkte – und wollte es irgendwie doch.

»Svantje«, murmelte er, seinen Blick heftete er dabei auf meine Lippen.

Sei es drum. Ich würde es tun. Ich schloss meine Lider und bereitete mich auf den Kuss vor, als plötzlich eine Sirene losging und ich schreiend zusammenzuckte.

Es dauerte ein paar Sekunden, bis ich kapiert hatte, dass eine Autoalarmanlage heulte. Meine war es jedenfalls nicht.

Ich hielt mir eine Hand auf den Brustkorb und versuchte, wieder zu Atem zu kommen, dann musste ich lachen. »Sorry, ich bin sonst nicht so schreckhaft.«

Seine Mundwinkel zuckten verräterisch. »Das macht mir überhaupt nichts aus.«

So sehr ich es auch bedauerte, aber die Spannung war verflogen. Endlich stellte jemand die Alarmanlage aus, und die Stille zwischen uns wurde ein wenig unangenehm.

»Also, ich sollte dann mal. Morgen ist der Weihnachtsmarkt mit verkaufsoffenem Sonntag, und ich habe wirklich viel zu tun. Eigentlich sollte Wiebke mir helfen, aber die fällt ja jetzt aus.«

»Ich könnte einspringen«, schlug er vor, und zuerst dachte ich, dass er womöglich Witze machte, aber als er nicht lachte, begriff ich, dass er es ernst meinte.

»Das würdest du echt machen?«

»Klar, solange ich keine Geschenke einpacken muss?«

»Nee, aber vielleicht kannst du Thore beim Glühweinausschenken helfen.«

»Das könnte gefährlich werden«, scherzte er.

»Ich bin mir sicher, du verträgst einiges.«

»Bin ein wenig aus der Übung«, gestand er mir, und ein Schatten huschte über sein Gesicht.

Mist. Jetzt hatte ich die Stimmung endgültig ruiniert, weil er an seinen Vater denken musste.

Er kam mir zuvor. »Wann soll ich da sein? Du schuldest mir ja auch noch einen Kaffee.«

Dazu konnte ich nicht Nein sagen, und ich wollte es auch gar nicht. »Um zehn. Ist das zu früh?«

»Nein, keineswegs. Dann gute Nacht, Svantje und danke nochmal. Ich hatte wirklich einen sehr schönen Abend mit dir.«

»Ich auch.«

Hach. Mein Herz mochte ihn. Vielleicht ein bisschen zu sehr.

Ehe ich mich dazu hinreißen ließ, drehte ich mich um und ging zu meiner Haustür. Ich rief ihm über die Schulter zu: »Gute Nacht, Nils.« Dann trat ich ein und lehnte mich von innen gegen die verschlossene Tür. Kurz war ich versucht, sie wieder zu öffnen und ihn doch hereinzubitten.

KAPITEL 13

»*W*ie geht es Wiebke?«, wollte ich von Thore wissen, als er am Sonntagmorgen wie verabredet um halb zehn bei mir im Café aufschlug. Dunkle Wolken zogen über den Nortrumer Winterhimmel, und ich konnte nur hoffen, dass das kein Omen für den bevorstehenden verkaufsoffenen Sonntag war.

»Es geht ihr heute viel besser, aber natürlich muss sie sich noch erholen. Das war ein heftiger Virus«, erklärte er, nachdem er mich kurz umarmt hatte.

»Das kann ich mir vorstellen. Ich hoffe ja, dass der Kelch an mir vorübergeht.«

»Ganz bestimmt, sonst würdest du längst flachliegen. Dass du dich nicht woanders noch ansteckst, ist natürlich nicht auszuschließen, wenn es einmal die Runde macht, aber das weißt du ja selbst.« Er lächelte mich verschwörerisch an, und ich wusste nicht, ob er auf den gestrigen Abend anspielte oder nicht.

Ich beschloss, nichts davon zu erwähnen – ich hätte auch gar nicht gewusst, was ich ihm dazu sagen sollte. Obwohl Thore so etwas wie mein bester Freund war, wollte ich die aktuellen Entwicklungen meines Liebeslebens nicht mit ihm diskutieren. Deshalb erwiderte ich: »Dein Immunsystem ist ja anscheinend gegen jede Krankheit gefeit, da hast du echt Glück.«

Er zuckte die Schultern und krempelte die Ärmel seines Flanellhemdes hoch. »Glück würde ich das nicht nennen, aber ich weiß, was du meinst. Ich bin durch die Praxis einfach abgehärtet. So, wo soll ich mit anpacken?«

»Wir müssten noch die Tische raustragen, da kommen dann die Heizbehälter für den Glühwein mit drauf. Wir haben einen mit Alkohol und einen Früchtepunsch ohne. Es ist echt wichtig, dass du dir merkst, was in welchem ist.« Ich zwinkerte ihm zu. »Wir wollen ja nicht, dass Linus' Kindergartengruppe aus Versehen einen Schwips bekommt.« Mir war klar, dass so etwas Schreckliches niemals passieren würde, aber ihn auf die zwei Glühweinvarianten hinzuweisen, war doch nötig.

Er guckte mich gespielt beleidigt an. »Das war jetzt aber nicht nett.«

Ich knuffte ihm in die Wange und lachte. »Du bist so süß, wenn du dich aufregst. Hat Wiebke das auch schon bemerkt?«

Er wollte gerade etwas erwidern, als Nils zur Tür hereinkam. Mir blieb für eine Sekunde das Herz stehen, um dann im doppelten Tempo weiterzuschlagen. Natürlich hatte ich gewusst, dass er heute kommen wollte, um mir zu helfen. Trotzdem war ich erstens positiv überrascht, dass er wirklich aufgetaucht war, und zweitens freute ich mich wie verrückt, ihn zu sehen.

Ich spürte Thores Blick zwischen mir und ihm hin und her gleiten, aber er sagte nichts außer: »Moin, Nils. Du bist also die Vertretung für meine bessere Hälfte?«

Er und Nils umarmten sich männlich und klopften sich dabei so fest auf die Schultern, dass ich bei dem Geräusch beinahe zusammenzuckte.

Dann kam ich an die Reihe. »Moin«, sagte er zu mir, und ich bildete mir zumindest ein, dass ein sanfter, liebevoller Unterton in diesem kurzen Gruß steckte.

»Moin«, erwiderte ich wenig geistreich, aber es war okay. Zum einen war es früh, und zum anderen hatten wir heute keine Verabredung, sondern viel Arbeit vor uns.

In mir regte sich eine gewisse Vorfreude auf den Tag, und ich hoffte wirklich, dass zumindest ein Teil meiner Verkaufserwartungen erfüllt werden würde. Ich konnte jedes Plus in der Kasse gebrauchen.

»So ihr beiden, dann wollen wir mal loslegen. Also«, begann ich, und meine Nervosität verflog, während ich den Männern erklärte, was sie zu tun hatten und wo was zu finden war. Ehe wir uns versahen, war es zehn Uhr und der Wintermarkt offiziell geöffnet. Mein Café lag bedauerlicherweise nicht direkt im Zentrum, aber ich hoffte trotzdem, dass die Leute die paar Meter zu mir herüber fanden. Zwei Straßen weiter gab es verschiedene Stände vor dem kleinen Rathaus, natürlich wurde auch dort Glühwein und alles Mögliche verkauft. Die Fressbuden stellten ja meistens die größte Attraktion dar, überlegte ich und ärgerte mich, dass ich nicht noch einen Grill für Bratwurst besorgt hatte.

»Hey, was ist los?«, sprach mich Nils an, der gerade in die Küche trat, wo ich eine Großpackung Servietten aus dem Schrank holte. Er kam näher und hob seine Hand.

Ich hielt kurz den Atem an. Er streichelte mit dem Zeigefinger die kleine Stelle zwischen meinen Augenbrauen. »Du hast hier eine ganz tiefe Sorgenfalte. Stimmt etwas nicht?«

Es war seltsam, aber diese zarte Geste entspannte mich augenblicklich. Ich schloss für eine Sekunde die Lider und stellte mir vor, wie es wäre, meine Stirn gegen seine starke Schulter lehnen zu können. Wie schön es wäre, einen Partner zu haben, mit dem ich meine Sorgen teilen könnte. Einen Menschen, bei dem ich mir alles von der Seele reden konnte, der einfach nur für mich da war, wenn ich jemanden brauchte. Ob er dieser Mensch sein könnte? Ich wusste es nicht, doch gerade gefiel mir der Gedanke sehr.

Nils roch fantastisch nach einem dezenten, aber sehr

würzigen Rasierwasser. Er trug einen hellen Rollkragenpullover mit grob gestricktem Muster zu einer dunklen Jeans und braunen Boots. Ein simpler Look, auf den ich total abfuhr. Deutlicher hätte er »Naturbursche« nicht ausstrahlen können, was ich sehr attraktiv fand. Ich hob meinen Blick und begegnete seinem. Auf seinen Wangen lag wieder ein Bartschatten, und die Versuchung, meine Finger über sein markantes Kinn gleiten zu lassen, war groß. Mir fiel auf, dass ich ihm noch nicht geantwortet hatte.

»Ich bin nur aufgeregt«, spielte ich herunter, was wirklich in mir vor sich ging. Niemals wäre ich in der Lage gewesen, ihm direkt mitzuteilen, was ich dachte und was ich mir wünschte. Dafür waren meine Ängste nach wie vor viel zu groß, dass er erstens nicht auch so für mich empfand, und zweitens, dass er nicht lange genug bleiben würde, um das herauszufinden.

Er hatte noch nicht geantwortet, als ich Schritte näherkommen hörte. Weil ich nicht wollte, dass Thore uns in einer zweifelhaften Situation erwischte, die man als Flirt interpretieren könnte, machte ich einen Satz nach hinten. Ich verhedderte mich und wäre dabei fast gestolpert, aber konnte mich gerade noch fangen. Ich sah, wie Nils die Stirn runzelte, seine Gesichtszüge entspannten sich jedoch, als Thore eintrat. Er hatte meinen Ex offenbar nicht kommen gehört und verstand jetzt, warum ich so hektisch Abstand gesucht hatte.

»Haben wir alles?«, wollte Thore wissen und guckte ein bisschen treudoof aus der Wäsche. Er hatte nichts mitbekommen, darüber war ich erleichtert. Andererseits war es ja auch nicht so, dass ich Nils geküsst hätte.

»Ja, ich denke schon. Jeder weiß, was er zu tun hat?«, erwiderte ich, und meine Stimme klang ein wenig atemlos.

Die beiden Männer sahen sich an, grinsten und salutierten dann vor mir. »Aye, Ma'm. Alles geklärt, alles bereit.«

Ich schmunzelte. »Danke, ihr seid die besten. Wenn ihr was braucht, fragt mich einfach. Ich habe keine Ahnung, ob heute überhaupt was los sein wird, aber hoffe natürlich, dass die Kasse ordentlich klingelt.«

»Das wird schon«, meinte Thore und verschwand dann wieder aus der Küche.

Nils schenkte mir noch einen langen, sehr intensiven Blick, der mir durch Mark und Bein ging. Ich wollte gerade fragen, ob ich etwas im Gesicht hängen hatte, als er sagte: »Ich mag dich wirklich.«

Ohne mir die Gelegenheit zu einer Antwort zu geben, machte er auf dem Absatz kehrt und folgte Thore hinaus zum Glühweinstand. Zu dieser Tageszeit wollte natürlich noch niemand Alkohol trinken, deshalb gab es dort auch Krabbenbrötchen und Filterkaffee zum Mitnehmen. Zusätzlich hatte ich Muffins und Pizzaschnecken organisiert, die meine Konditorin ausnahmsweise für mich gebacken hatte, obwohl sowas normalerweise unter ihrer Würde war. Ich hatte tatsächlich für ein paar Tage mit Engelszungen auf sie einreden müssen, aber am Ende hatte ich bekommen, was ich wollte.

D er Wintermarkt wurde ein voller Erfolg, und entgegen Nils' Witzeleien vom Abend vorher tranken Thore und er nur Kinderpunsch und blieben stocknüchtern während ihrer Dienstzeit.

Als sich der Tag dem Ende entgegen neigte, brannten meine Fußsohlen, und ich war erschöpft, aber auch sehr zufrieden mit dem Ergebnis. Nach so einem Event fühlte ich mich einerseits aufgeputscht, aber auch wie durch den Wolf gedreht. Ich hatte so viel reden, beraten und verpacken müssen, dass mir schwindelig war, weil ich so viele Eindrücke zu verarbeiten hatte. Zwei weitere Damen aus Nortrum hatten mich außerdem um Unterstützung für ihre Weihnachtsdeko gebeten und auch angefragt, ob ich bereit wäre, am Vierundzwanzigsten die Festtafel für sie zu arrangieren. Zuerst war ich überrumpelt, dann aber euphorisch gewesen. Klar bedeutete es, dass ich am Heiligen Abend selbst etwas weniger Zeit mit meiner Familie hatte, allerdings war ich mir sicher, dass ich das irgendwie hinbekam. Ewigkeiten würde es ja auch nicht dauern, einen Tisch zu decken, die Dekoration dafür konnte ich schon in den Tagen vor dem Fest vorbereiten und dann nur noch ausliefern. Ich spürte, wie mir die Vorfreude auf diese neue, spannende Aufgabe Kraft verlieh.

Weil sich Aufträge dieser Art allmählich häuften, hatte ich mir einen Terminkalender aus meinem eigenen Angebot gegriffen und alles fein säuberlich eingetragen, damit ich nichts durcheinanderbrachte. Als es nur Griet und Marieke gewesen waren, die meine Hilfe in Anspruch genommen hatten, hatte keinerlei Gefahr bestanden. Jetzt, wo sich schon mehrere Nortrumer für meine Art zu arbeiten interessierten, sah das natürlich anders aus.

Die Männer räumten die Tische zurück ins Lager und brachten die Behälter mit dem übrigen Glühwein in die Küche. Muffins und Pizzaschnecken waren schon um fünfzehn Uhr aus gewesen, was zwar einerseits schade war, aber andererseits hieß, dass der Tag richtig gut gelaufen war. Nachdem alles erledigt war, verabschiedete sich Thore mit einer freundschaftlichen Umarmung von mir.

»Grüß bitte Wiebke noch mal von mir«, trug ich ihm auf. »Ich weiß gar nicht, wie ich dir danken soll. Du warst mir echt eine große Hilfe.«

»Immer gern, Svantje, das weißt du doch. Tschüss, jetzt muss ich wirklich los und nach meiner Patientin sehen.« Er hob die Hand zum Gruß, dann verschwand er, und ich blieb allein mit Nils zurück, der gerade von draußen hereinkam und seine Hände aneinander rieb.

Über den Tag hatten wir uns immer wieder mit Blicken verständigt, aber kaum Zeit zum Reden gehabt. Irgendwie war es prickelnd, ihn in meiner Nähe zu wissen. Und manchmal, wenn ich gerade mal ein paar Minuten Verschnaufpause gehabt hatte, hatte ich ihn heimlich beobachtet. Ich liebte es, wie geschmeidig er sich bewegte. Wie er lachte, wenn er und Thore miteinander scherzten. Aber da waren auch Momente gewesen, in denen er abwesend und traurig auf mich gewirkt hatte, allerdings immer nur dann, wenn er glaubte, dass niemand hinsah.

Ich wusste, dass Nils der Tod seines Vaters naheging, hatte aber keine Ahnung, ob und wie ich ihm helfen konnte. Daraus ergab sich die nächste Frage, über die ich jetzt keinesfalls nachdenken wollte: Wie lange würde er überhaupt bleiben?

Bis Weihnachten mindestens, vermutete ich. Vielleicht bis Silvester.

Für immer?

Vermutlich nicht.

Es war heftig, wie wenig mir diese Vorstellung gefiel, aber ich mochte mich jetzt nicht damit befassen. Ein Schritt nach dem anderen. Außerdem spürte ich Nils' fragenden Blick auf mir, und ich wollte keinesfalls am Ende eines langen Tages mit Fragen dieser Art ankommen. Ich sollte dankbar sein für das, was ich heute erlebt hatte, und das war ich. Alles Weitere würde sich zeigen – oder auch nicht.

Plötzlich war ich wieder sehr schüchtern. »Danke für deine Unterstützung, und es ist wirklich nett, dass du für Wiebke eingesprungen bist. Ich weiß gar nicht, wie ich mich bei dir bedanken kann.«

Oh. Mir würde da schon etwas einfallen, wie ich mich erkenntlich zeigen könnte. Allein der Gedanke daran genügte, dass mein Herz schneller schlug und sich ein Kribbeln in meinem Bauch regte. Ich musste meine Lippen öffnen, weil ich das Gefühl hatte, dass sich der Sauerstoff im Raum verflüchtigte. Ich brauchte mir nicht länger etwas vormachen: Ich war sowas von in Nils verknallt.

»Ich habe das gern gemacht und hatte echt Spaß heute. Hast du noch was vor?«, entgegnete er, und ich freute mich über seine Frage.

»Ich weiß nicht. Meine Füße bringen mich um.« Ich

dachte daran, dass ich mir vermutlich ein heißes Bad einlassen würde, wenn ich alleine wäre, aber ich wollte es nicht sagen, weil er es falsch hätte auffassen können.

Ich wollte ihn ja auf keinen Fall aus dem Haus komplimentieren. Im Gegenteil: Ich hätte mir sogar gut vorstellen können, zusammen mit ihm in die Wanne zu steigen, andererseits wollte ich vermeiden, dass er sich zu etwas gedrängt fühlte.

O Mann.

Ich stand mir mal wieder selbst im Weg. Das war ja unerträglich.

Ich schob es auf den langen Tag und versuchte meine Schultern ein wenig zu entspannen.

»Wenn du noch Lust auf Gesellschaft hast, dann habe ich eine Idee. Magst du verrückte Sachen?«, wollte er jetzt von mir wissen.

»Äh, hallo? Ja, natürlich.« Ich war bereit für ein Abenteuer.

»Darf ich?«, fragte er in der Küche und zeigte auf die wiederverwendbaren Coffee-to-go-Becher.

»Klar«, entgegnete ich, obwohl ich keine Ahnung hatte, was er damit wollte.

Ich war erstaunt, als er den restlichen heißen Glühwein einfüllte. »Jetzt kann's losgehen. Schaffst du es mit deinen wunden Füßen noch ein paar Meter, oder soll ich eine Schubkarre holen?«, neckte er mich.

Ich konnte nicht anders, als ihm einen spielerischen Klaps gegen den Oberarm zu verpassen. »Wo geht die Reise hin?« Gemeinsam verließen wir die Küche, ich schaltete das Licht aus und schnappte mir meine Handtasche, in der sich Schlüssel und Handy befanden.

»Kannst du mir einfach vertrauen?«

O je. Das mochte eine Fangfrage sein, aber als ich in mich hineinhorchte, konnte ich die Antwort spüren, deshalb sagte ich: »Ja. Ja, das kann ich.«

Ich schloss die Tür ab und merkte, dass meine Finger ein wenig zitterten. Weil ich zwar keine Ahnung hatte, was er unternehmen wollte, mir aber die Idee einer Überraschung gefiel, ließ ich mich einfach von ihm mitnehmen. Nach ein paar hundert Metern verstand ich, wo die Reise hinging, und freute mich. Wir waren in Richtung Strand unterwegs. Es war eine sternenklare Nacht, in der zum Glück kein Lüftchen wehte; der Wind um diese Jahreszeit konnte mörderisch sein. Ich grinste in mich hinein, während wir gemeinsam schwiegen. Es war angenehm, wie schon neulich, als wir uns zufällig begegnet waren. Nach dem anstrengenden Tag, an dem ich so viel hatte reden und erklären müssen, tat es gut, einmal durchzuatmen und dabei trotzdem nicht alleine zu sein. Die eiskalte und klare Luft erfüllte meine Lungen und belebte nicht nur meinen Geist. Meine Müdigkeit war wie weggeblasen, als wir über die Holzbohlen liefen. Der im Mondlicht glitzernde Schnee auf dem sonst weißen Sand verlieh der Umgebung ein magisches Flair. Wir gingen nicht bis zum Ufer, hinter den Dünen führte er mich nach rechts. Da stand etwas in der Dunkelheit, es sah wie eine Kiste aus. Gerade wollte ich mich erkundigen, ob er wüsste, was es ist, als ich beim Näherkommen erkannte, dass es ein Strandkorb war. Das war ungewöhnlich, denn im Winter waren die sonst abgebaut und in ihrem Lager verstaut.

»Nils?« Verlegen schielte ich zu ihm.

Ich sah, dass er grinste. »Kann sein, dass ich schon den ganzen Tag Hintergedanken hatte«, gab er zu, und ich hörte seinem Tonfall an, dass er gespannt auf meine Reaktion war. War er womöglich auch so unsicher wie ich?

»Die stehen normalerweise nicht hier«, stellte ich fest, weil ich noch nicht darauf kam, was er mir mitteilen wollte.

»Ich habe heute Morgen etwas vorbereitet in der Hoffnung, dass du nach dem Wintermarkt noch Lust hast, Zeit mit mir zu verbringen«, gab er zu, während er alles so herrichtete, dass wir uns setzen konnten. Dann begriff ich: Nils hatte den

Strandkorb heute extra hierhergebracht, für uns. Ich konnte nicht anders, als es ein romantisches Date zu nennen.

Diese Erkenntnis löste etwas in mir aus. Ich freute mich so sehr über diese Geste, dass ich ihn am liebsten direkt geküsst hätte. Aber so gern ich es auch wollte, ich konnte nicht über meinen Schatten springen. Gerade verfluchte ich mich dafür, es nicht einfach zu wagen, denn ich war mir fast sicher, dass er nicht abgeneigt war. Doch die Sorge vor dem, was danach kam oder nicht kam, hielt mich zurück.

»Dann hast du das also von langer Hand geplant?«, neckte ich ihn und ließ ihn meine Freude durch meine Worte spüren. »Das ist so cool. Genau das, was ich jetzt brauche. Danke, das war wirklich eine super Idee. Ich finde es großartig, Nils.«

»Ich hatte gehofft, dass wir vielleicht etwas Zeit miteinander finden würden nach dem verkaufsoffenen Sonntag. Bitte, setz dich doch!«

Beinahe schon ritterlich lud er mich in den Strandkorb ein, dann stellte er den Glühwein auf dem kleinen Ausklapptisch ab, zog eine Decke aus einem versteckten Fach und breitete sie über meinen Beinen aus. Der Clou an der Sache war, dass es eine batteriebetriebene Heizdecke war und ich augenblicklich nicht mehr fror. Ich wollte gerade sagen, dass er einen Teil davon abhaben konnte, als er auch schon zu mir kam und näher rückte. Ich spürte seinen muskulösen Oberschenkel an meinem, roch den zarten Duft seines Rasierwassers, gepaart mit seiner ganz eigenen Note. Für einen Moment schloss ich die Augen und holte einfach nur tief Luft, um es zu genießen.

»Schön hier, nicht?«, murmelte er und griff nach meiner Hand, um seine Finger mit meinen zu verschränken.

»Wunderschön«, stimmte ich ihm zu und legte meinen Kopf auf seine Schulter.

Für ein paar Minuten sagten wir nichts, lauschten nur dem stetigen Heranrollen der Wellen und schauten in den Sternenhimmel.

»Mist, wir haben den Glühwein vergessen, ich habe sowas lange nicht gemacht«, durchbrach er irgendwann die Stille.

Er hielt mir den Becher hin, ich richtete mich auf und wandte mich ihm zu. »Prost«, sagte er. »Auf einen wunderschönen Tag und einen noch besseren Abend.«

Er schien ebenfalls zu hoffen, dass er nicht so bald endete, was mich freute – und nervös machte. Keine Ahnung, wozu das führen könnte. Es war jedenfalls Lichtjahre her, dass ich mit einem Mann im Bett gewesen war, und ich war dementsprechend aufgeregt. Darüber wollte ich jetzt nicht nachdenken. Sorgen, dass er sich womöglich ungeschickt anstellen könnte, machte ich mir auch keine. Ich war sowas von aus der Übung … O Gott. Vielleicht war das hier doch keine so gute Idee.

»Ja, Prost, vielen Dank, dass du das organisiert hast«, erwiderte ich, als ich begriff, dass ich noch gar nichts gesagt hatte. Als ich vom Glühwein nippte, hoffte ich, dass er die Variante mit Alkohol und nicht den Kinderpunsch genommen hatte. Er war nurmehr lauwarm, aber das war egal.

»Was meintest du damit, *ich habe sowas lange nicht gemacht?*«, wollte ich wissen, weil mir das Schweigen gerade zu viel wurde mit meiner Nervosität.

»Keine Ahnung. Ist eine Weile her, dass ich zuletzt jemanden gedatet habe.«

»Ach, wirklich?« Ich wusste nur wenig über ihn und war dementsprechend gespannt.

»Ist das so ungewöhnlich?«

»Na ja, du siehst gut aus, du bist …«

»Du findest mich gut aussehend?« Ich hörte das Lächeln aus seiner Stimme.

Ich knuffte ihm mit dem Ellenbogen in die Seite. »Ja, so ist es.«

Auf einmal wurde er ernst und sah mir tief in die Augen. Er war mir so nah, dass ich seinen heißen Atem auf meinem Gesicht spüren konnte. Ein wohliger Schauer überlief meinen

Körper. »Ich bin ewig nicht mit jemandem ausgegangen«, kam er zum Thema zurück, und seine Stimme klang heiser. »Weil mir seit langer Zeit keine Frau begegnet ist, die mich so fasziniert hat wie du.«

Ich glaubte zu träumen. Das ging runter wie Öl. Und ich war mir sicher, dass es kein blöder Anmachspruch war, ich fühlte, dass es von Herzen kam. Ich hörte jedoch auch ein Aber heraus, traute mich allerdings nicht, es auszusprechen. Diesen Moment wollte ich nicht durch zu viel Reden verderben. Manchmal musste man die Klappe halten. Vielleicht war es auch die Angst vor dem, was er womöglich sagen könnte, die mich dazu veranlasste, meinen Mund auf seinen zu pressen. Der erste Augenblick fühlte sich für mich an, als wäre ich wieder ein Teenager. Aber nur für eine halbe Sekunde, bis ich seine Lippen fühlen konnte, die so perfekt zu meinen passten. Ein heißes Prickeln schoss durch meinen Körper. Ich hatte keine Ahnung, was er mit seinem Glühwein gemacht hatte, und es war mir auch egal. Als sich seine Hände um mein Gesicht legten und er den Kuss vertiefte, entfuhr mir ein Seufzen, weil es so wundervoll war. Sinnlich. Zärtlich. Und unglaublich erotisch.

Das hier war so viel besser, als ich es mir ausgemalt hatte.

Ich ließ meinen Becher fallen und drehte mich noch ein wenig mehr in seine Richtung, weil ich gar nicht genug von ihm bekommen konnte. Unsere Münder verschmolzen, und schon bald wurde aus einem zaghaften Spiel tiefe Leidenschaft. Mir wurde an Körperstellen heiß, die seit langer Zeit in einem Dornröschenschlaf geschlummert hatten.

Irgendwann löste er sich von mir und lehnte seine Stirn gegen meine. Sein Atem kam schwer, genauso wie meiner. »Was machst du nur mit mir?«, flüsterte er mit belegter Stimme.

Das sehnsüchtige Ziehen in meiner Mitte verstärkte sich. Verdammt, ich wollte ihn. Ich wollte ihn wirklich. »Komm mit zu mir«, bat ich ihn, und auch ich klang rau.

Ich musste schmunzeln, als er sofort auf die Beine sprang, die Decke achtlos zur Seite warf und mir seine Hand reichte. Ich ließ mir aufhelfen, und dann küssten wir uns noch einmal im Mondlicht. Es konnten Minuten oder Stunden sein, ich bekam nicht genug von ihm und hatte das Gefühl für die Zeit verloren. Zum Glück musste ich nicht reden, an nichts denken, außer an die Empfindungen, die das Zusammensein mit ihm in mir hervorrief. Ich konnte zum ersten Mal seit langer Zeit einfach sein. Den Moment genießen als das, was er war: perfekt.

KAPITEL 14

Nach unserer gemeinsamen Nacht ging es mir großartig. Ich war auf eine herrliche Weise erschöpft und fühlte mich gleichzeitig lebendig. Wir hatten uns geliebt, hatten geredet und miteinander gescherzt, ehe wir irgendwann eingeschlafen waren. Mein Kopf ruhte auf Nils' Schulter, die ich als Kissen benutzte. Obwohl er kein Gramm Fett zu viel auf den Rippen hatte, lag ich bequem. Es passte einfach perfekt zwischen uns, und ich wollte nie wieder aus dieser Umarmung aufstehen.

Gleichzeitig war es merkwürdig, nach der langen Zeit, in der ich allein gelebt hatte, einen echten Mann neben mir liegen zu haben. Ich musste in mich hineingrinsen.

»Guten Morgen, Schlafmütze«, hörte ich seine dunkle Stimme, während sein Brustkorb unter mir beim Reden vibrierte. Meine Hand ruhte auf seinem Herzen, das ruhig und gleichmäßig schlug.

»Selber Schlafmütze«, erwiderte ich gut gelaunt.

Ich war unglaublich froh, dass sich über Nacht keine peinliche Stimmung zwischen uns entwickelt hatte. Das Gegenteil war sogar der Fall, ich fühlte mich ihm jetzt viel näher. Nils kam mir so vertraut vor, als ob wir uns seit Ewigkeiten kennen würden. Das machte mir aber auch ein wenig Angst, weil ich nicht wusste, ob es ihm genauso ging.

Da sollte noch mal einer sagen, dass man als erwachsene Frau wüsste, was los war. Gerade fühlte ich mich eher wie ein Teenager, der keine Ahnung von nichts hatte. Es war aber auch irgendwie schön, dieses Kribbeln im Bauch so intensiv erleben zu dürfen, als wäre es das erste Mal.

»Wie wäre es, wenn du dich noch ein bisschen ausruhst, und ich mache uns in der Zwischenzeit Frühstück?«, schlug er vor.

Hatte er das gerade wirklich gesagt, oder hatte ich das geträumt?

Dieses Angebot verblüffte mich so sehr, dass ich mich ruckartig aufsetzte und ihn schockiert anschaute. Sein Haar war nach dem Schlaf und unseren nächtlichen Aktivitäten verwuschelt und sein Gesicht etwas zerknautscht, was daran lag, dass wir nur wenig geschlafen hatten. Aus Gründen …

Er hatte nie attraktiver ausgesehen.

»Was ist?«, wollte Nils wissen. »Hab ich was Falsches gesagt?« Seine Stirn legte sich in Falten.

Ich fing mich wieder und kniff ihm federleicht in die Wange. »Autsch!«, kommentierte er. »Wofür war das denn?«

Mir war zwar bewusst, dass ich nackt vor ihm saß, denn die Decke war heruntergerutscht, aber das war mir egal. Mit einem schiefen Grinsen erklärte ich: »Sorry, aber ich musste sichergehen, dass du auch wirklich echt bist und dich nicht auflöst wie eine Fata Morgana.«

»Hä? Das verstehe ich nicht.«

O je. Vermutlich hielt er mich jetzt für verrückt, womöglich stimmte es sogar – aber im positiven Sinne. Ich war zum ersten Mal seit langer Zeit verknallt. Deshalb versuchte ich, es ihm zu erklären. »Ich kann gar nicht glauben, wie schön es ist, mit dir zusammen zu sein. Außerdem hat schon seit eintausend Jahren niemand Frühstück für mich gemacht.«

Er stützte sich auf die Ellenbogen und betrachtete mich

mit glühendem Blick. »Wenn du noch länger so aufreizend vor mir sitzt, wird es kein Rührei geben, mein Schatz.«

Ich zuckte zwar nicht direkt zusammen, aber dass er mich »Schatz« nannte, überraschte mich dann doch. Gleichzeitig merkte ich, wie sich etwas in mir löste. Mein Herz öffnete sich noch ein Stück weiter für ihn. Ich zog die Decke vor meinen Busen, damit wir uns nicht gegenseitig ablenkten, denn ich hatte wirklich Hunger. »Das können wir natürlich nicht riskieren«, witzelte ich.

Eigentlich fand ich den Gedanken jedoch nicht schlecht, dass wir erst einmal eine andere Art von Hunger stillen würden, ehe wir uns dem Essen widmeten, so verrückt war ich nach diesem Kerl. In seinen Augen konnte ich lesen, dass es ihm mit mir genauso ging, und das war einfach nur wunderschön.

Er setzte sich vollständig auf und gab mir einen Kuss auf die Stirn. »Ruh dich noch ein bisschen aus, ich lasse dich auch nicht zu lange allein.«

»Heißt das, ich bekomme das Frühstück ans Bett geliefert?« Mein Mund stand vermutlich offen, denn er grinste spitzbübisch.

»Das hast du ganz richtig erkannt, weißt du auch wieso?«

Ich schüttelte den Kopf und schaute ihn unter halb gesenkten Lidern an. »Nein? Erklär es mir.« Ich konnte mir natürlich meinen Teil denken, aber ich wollte es von ihm hören. Mir gefiel diese Art von erotischem Smalltalk sehr, die nicht plump war, aber doch so, dass wir beide wussten, worum es ging. Er beugte sich noch einmal zu mir und raunte mir ins Ohr. »Ich bringe uns das Frühstück hier rauf, damit du gar nicht erst auf die Idee kommst, das Bett zu verlassen.«

Eine Gänsehaut überzog meinen Körper, und das sehnsüchtige Ziehen in meiner Mitte verstärkte sich. Ich hatte geahnt, dass es das war, worum es ihm ging. Aber es so direkt aus seinem Mund zu hören, intensivierte das Pulsieren zwischen meinen Schenkeln. Jetzt war ich mir gar nicht sicher, ob ich wirklich wollte, dass er in die Küche verschwand …

Aber Nils war schneller als ich, und ehe ich noch etwas erwidern konnte, war er aufgestanden und schlüpfte in Jeans und Pulli, bevor er ins Bad huschte. Ich hatte ihm gestern noch eine original verpackte Zahnbürste gegeben, was der einzig peinliche Moment gewesen war. Heute fühlte es sich aber gar nicht mehr komisch an, sondern richtig gut, als wäre er bereits ein Teil meines Lebens. Ich träumte davon, ihm einen eigenen Becher zu besorgen, in dem er sie in Zukunft aufbewahren konnte.

Mach mal halblang, sagte das Stimmchen der Vernunft in meinem Kopf.

Weil ich keine Lust hatte, mir schon wieder zu viele Gedanken zu machen, ließ ich mich in die Kissen zurücksinken, die nicht halb so bequem wie Nils' Schultern waren, die für den Moment aber ausreichen mussten. Ich döste ein wenig vor mich hin, bis ich ihn wieder die Treppen heraufkommen hörte.

Mit Nils wehte der Duft von Kaffee, Rührei und Toast ins Schlafzimmer. Er balancierte alles auf einem Tablett und sah dabei absolut fantastisch aus, wie er da mit nackten Füßen, unserer Verpflegung und einem zufriedenen Lächeln auf mich zukam.

»Ah, sehr gut, du bist noch nicht angezogen«, stellte er dann fest, während er das Frühstück auf dem Nachttisch abstellte. »Das hatte ich gehofft.«

»Schade, dass ich nicht so ein Tischchen habe, das man auf die Matratze stellen kann«, sprach ich aus, was mir gerade durch den Kopf schoss. »Das muss ich wohl auf meine Einkaufsliste setzen.«

»Das solltest du unbedingt tun.«

Ich freute mich, dass er seine Sachen wieder auf einen Haufen warf, ehe er zu mir zurückkam.

Da hatte ich erst so alt werden müssen, um mit einem

sexy Mann nackt im Bett zu frühstücken. Es war herrlich, und ich kam mir vor wie auf einer rosaroten Wolke. Das änderte sich auch in den folgenden Stunden nicht, bis mich die Realität wieder einholte, als ich auf mein Handy schaute. »Ich muss gleich Linus abholen«, erklärte ich und sah ihn verstohlen an. Wir hatten echt den ganzen Tag im Bett verbummelt, es war an der Zeit, meinen Sohn aus dem Kindergarten abzuholen, wo Griet ihn heute Morgen abgegeben hatte.

Ich wollte Nils nicht direkt rauswerfen, aber ich hielt es noch für ein bisschen früh, ihn meinem Sohn als − ich wusste ja nicht mal als was − vorzustellen.

»Klar, verstehe ich. Meine Mutter wird vermutlich auch schon eine Suchanzeige nach mir aufgegeben haben.«

Ich merkte, wie ich knallrot anlief. Mir war urplötzlich heiß geworden. »Stimmt ja. Du wohnst bei ihr.«

»Wohnen würde ich es nicht nennen. Glaub mir, mein altes Kinderzimmer ist jetzt nicht so der Hit, aber ich weiß, was du meinst.«

»Denkst du, sie macht sich Sorgen?«

»Ich habe ihr geschrieben, dass ich bei einem Freund versackt bin und dort übernachtet habe. Sie macht sich keine Sorgen, nein.«

Puh. Jetzt war er da, der Moment, vor dem ich mich gefürchtet hatte. Ich kletterte aus dem Bett und angelte mir etwas zum Anziehen aus dem Schrank, das ich gar nicht richtig anschaute. Ich schlüpfte verlegen in frische Sachen und hörte, dass er sich ebenfalls ankleidete.

Auf einmal spürte ich, wie sich Nils' Arme von hinten um mich legten. Er raunte mir ins Ohr: »Ich werde den ganzen Tag an dich denken.«

Ich schloss für eine Sekunde die Lider, während ein köstlicher Schauer an meiner Wirbelsäule entlanglief. »Und ich an dich«, gab ich zurück und drehte mich zu ihm um.

Wir küssten uns noch einmal, lange und sinnlich, bis ich

mich von ihm löste. »Es war sehr schön mit dir«, war alles, was ich hervorbrachte.

Ich hatte viele Fragen, aber wollte nicht diejenige sein, die sie stellte. Obwohl es sich nicht wie ein One-Night-Stand für mich angefühlt hatte, konnte ich natürlich nicht für Nils sprechen.

Er kämmte sich die Haare mit den Fingern. »Das fand ich auch«, war alles, was er erwiderte. »Bis bald, Svantje.«

Dann drehte er sich um und ging nach unten. Ich überlegte, ob ich ihm nachlaufen sollte, aber ließ es sein.

Den restlichen Nachmittag und Abend dachte ich immer wieder an Nils und die sinnlichen Stunden, die wir miteinander verbracht hatten. Ich hatte nicht direkt ein schlechtes Gewissen, weil ich dabei mit Linus Plätzchen backte, aber wunderte mich über die Intensität, mit der Nils meine Gedanken beherrschte.

»Du hattest eine schöne Zeit bei Griet?«, wollte ich irgendwann von Linus wissen, während er Streusel über die ausgestochenen Formen verteilte, die ich danach in den Ofen schieben wollte. Mir war klar, dass manche Leute die Streusel erst nach dem Backen auf die Kekse gaben, bei uns war es anders – unsere Familieneigenart sozusagen.

»Hab ich doch schon alles gesa-hagt«, erklärte er mir in seiner kindlichen Ungeduld, woraufhin ich ihm einen Kuss auf den Scheitel drückte.

»Okay, ich nerv dich nicht mehr mit Fragen«, gab ich lächelnd zurück.

»Kannst du den Rest allein machen?«, wollte er dann von mir wissen – sein Interesse an der Weihnachtsbäckerei hatte in den letzten Minuten merklich abgenommen. Ich fand es zwar schade, dass er nicht so Feuer und Flamme dafür war, aber konnte das natürlich akzeptieren. »Logisch, jetzt müssen sie sowieso nur noch ins Rohr und die restlichen kann ich auch ohne dich ausstechen. Was willst du machen?«

»Kann ich fernsehen?«

»Nee, mein Lieber, ich bin mir sicher, dass du bei Griet auch schon was gucken durftest, oder?«

Er guckte mich aus großen, unschuldigen Augen an. »Bitteeeee.«

Es war echt nicht leicht für mich, ihm zu widerstehen, aber in diesem Fall musste ich es tun. »Du kannst dir ein Hörspiel anhören«, schlug ich vor. »Und dann geht's ja auch schon bald ins Bett. Morgen musst du wieder in den Kindergarten, da willst du doch ausgeschlafen sein.«

»Nö.« Er guckte böse, was so lustig aussah, dass ich Mühe hatte, mir ein Grinsen zu verkneifen. »Ich will was schauen.«

»Linus, Schatz, ich möchte nicht, dass du so viel vor dem Fernseher sitzt, das weißt du doch. Also, du kannst dir eine Geschichte anhören und dabei vielleicht mit deinen Autos spielen oder puzzeln, oder du kannst dich auch schon bettfertig machen.« Ich wusste, dass er das nicht tun würde, weil er nie freiwillig schlafen ging.

»O Mann, Mama. Du bist so gemein.« Er machte auf dem Absatz kehrt und stapfte ins Wohnzimmer. Ich seufzte, während ich die Kekse in den Ofen schob und die Zeitschaltuhr stellte. Obwohl ich stolz auf mich sein sollte, dass ich meinem Kind nicht erlaubte, sinnloses Zeug in der Glotze anzusehen, fühlte ich mich irgendwie schlecht, weil er so enttäuscht war.

Um mich von meinen destruktiven Rabenmutter-Gedanken abzulenken, griff ich nach meinem Handy.

Da war nichts.

Keine Nachricht.

Ich verzog die Lippen und kratzte mich am Hals.

Jetzt ging das also los. Die Warterei, ob er sich melden würde.

So eine Frau wollte ich nicht sein, und doch stand ich in meiner Küche und fragte mich, ob er an mich dachte. Mit jeder Minute, die ich auf das schwarze Display glotzte, wog das Handy schwerer in meiner Hand. Ich wollte es gerade weglegen, als es an der Haustür klingelte.

Selbstverständlich dachte ich daran, dass er es sein könnte, hoffte aber auch, dass er nicht einfach unangemeldet vorbeikam. Was sollte ich Linus sagen?

Ich war mit wenigen Schritten bei der Tür und riss sie schwungvoll auf. Es war natürlich nicht Nils, der vor mir stand. An Wiebkes Gesichtsausdruck konnte ich erkennen, dass sie meine Enttäuschung – die sich vermutlich in meiner Mimik spiegelte – nicht nachvollziehen konnte. Aber ich würde es ihr gleich erklären, tatsächlich war ich froh, sie zu sehen, damit ich mit ihr bequatschen konnte, was ich erlebt hatte.

»Äh, hallo? Komme ich ungelegen?«, wollte sie wissen.

Sie war noch ein bisschen blass um die Nase, aber sah sonst gut aus. »Quatsch, komm rein! Geht's dir wieder gut?«

»Nein, ich bin noch voll ansteckend, deshalb bin ich ja hier, damit du morgen auch reihernd über der Schüssel hängst.«

Ich schnaubte. »Okay, sorry. Dann frage ich anders: Fühlst du dich nach deiner Genesung einigermaßen wohl?«

Wiebke gab mir ein Küsschen. »Ja, aber das war echt eine Runde durch die Waschmaschine. Mein lieber Scholli, ging es mir dreckig.«

»Das klingt echt nicht gut. Komm rein«, bat ich sie und bot ihr an, ihr die Jacke abzunehmen.

»Lass mal, ich häng sie selbst auf. Hmmm. Hier riecht es ja gut.«

»Ach du liebe Zeit. Die Kekse!«, stieß ich hervor. Sie hatten eben nur noch kurz zu backen gehabt, als es geklingelt hatte. Hoffentlich kam ich nicht zu spät. Ich rannte los.

»Sch-eibenkleister«, rief ich, als ich sah, dass ich den Moment natürlich verpasst hatte. Ich holte das Blech aus dem Ofen und begutachtete die Butterkekse, die statt in einem hellen Gelb jetzt in einem dunklen Braunton auf dem Backpapier lagen. Sie waren zwar nicht direkt verbrannt, lecker sah allerdings anders aus.

Wiebkes Blick sprach Bände, sie war jedoch schlau genug, sich ein Grinsen zu verkneifen. Sonst hätte ich ihr womöglich eins mit dem Nudelholz übergebraten.

Hätte ich natürlich nicht, aber ich hasste es, wenn mir so etwas Simples wie Plätzchenbacken misslang.

»Welche Laus ist dir denn über die Leber gelaufen?«, wollte sie wissen, während sie sich setzte.

»Gar keine.«

»Komm, ich kenne dich gut genug, Süße. Schieß los!«

»Willst du was trinken?«

»Weich mir nicht aus. Ich bin nicht gekommen, damit du mich betüdelst. Wenn ich das wollte, dann würde ich zu Oma radeln«, scherzte sie.

»Na gut.« Ich goss uns beiden dennoch ein Glas Wasser ein.

»Also, wie war der Wintermarkt?«

»Ein voller Erfolg«, erklärte ich, während ich mich zu ihr an den Tisch setzte.

»Das freut mich. Und?«

»Und was?« Ihr bohrender Blick schien mich zu durchleuchten.

»Ni-hiels«, raunte sie lang gezogen, wobei sie die Augen aufriss und wild gestikulierte.

»Wieso? Hat Thore was gesagt?«

Ich merkte, dass das die falsche Antwort gewesen war, denn Wiebke streckte einen Finger triumphierend in die Höhe. »Ha! Wusste ich es doch. Er hat nichts gesagt.« Sie schnupperte in die Luft. »Aber ich habe es neulich ja schon gerochen, dass sich da was anbahnt. Zwischen euch läuft also endlich was?«

»Endlich? Hörst du dir mal zu?« Ich musste gegen meinen Willen lachen.

»Na komm, jetzt spann mich nicht auf die Folter. Was geht bei euch ab?«

Ich atmete hörbar aus, dann gab ich mich geschlagen. Außerdem würde es mir guttun, ihre Meinung einzuholen. »Wir waren bei der Lesenacht.«

»Ja, das ist mir zu Ohren gekommen.«

»Es war schön.« Ich zuckte mit den Schultern.

»M-mh«, machte sie und forderte mich mit einer Handbewegung auf weiterzuerzählen.

»Wir hätten uns fast geküsst, aber es kam nicht dazu.« Ich merkte, wie Wärme über meinen Hals in meine Wangen kroch, als ich an die letzte Nacht dachte. Letztendlich war viel mehr passiert als nur ein paar harmlose Küsse.

»Sorry, aber wem willst du das weismachen? Du siehst aus, als hättest du …«

Ich unterbrach sie. »Ich war ja noch nicht fertig. Meine Güte, bist du ungeduldig. Du bist ja fast schlimmer als Linus, und der ist fünf!« Ich lachte, und sie stimmte mit ein.

»Komm nicht vom Thema ab.«

»Nein, keine Sorge. Also. Nach dem Wintermarkt gestern hat er mich gefragt, ob ich noch was vorhabe. Daraufhin hat er mich an den Strand geführt, wo er einen Korb mit Decke vorbereitet hatte. Es war ziemlich romantisch. Dort haben wir uns geküsst.«

Sie klatschte begeistert in die Hände. »Wusste ich es doch!«

»Er hat bei mir übernachtet.« Die Erinnerung an den Sex mit ihm trieb mir erneut die Röte ins Gesicht.

»Und?«

»Ich will nicht übertreiben, aber es war fantastisch. Gar nicht unangenehm oder peinlich oder sowas. Es war so vertraut. Und leidenschaftlich. Sehr sogar.« Ich hielt mir die Hände gegen meine brennenden Wangen.

»Okay, und weiter?«

»Ja, das ist der Punkt. Ich weiß es nicht.«

»Wie habt ihr euch denn verabschiedet?«

»Ich habe gesagt, dass ich Linus abholen muss, und daraufhin ist er gegangen.«

»Ohne ein Wort?«

»Nein, aber viel hat er auch nicht gesagt.«

»Süße, was erwartest du: Er ist ein Mann! Natürlich sagt er nicht viel.«

Von der Seite hatte ich es noch nicht betrachtet. »Vielleicht hast du recht.«

»Du bist verliebt, oder?«

Ich seufzte. »Sieht man das so deutlich?«

»Ich fürchte ja.«

»Was gibt es da zu befürchten?« Ich trank einen Schluck Wasser, während mein Herz immer schneller pochte.

»Es muss nichts bedeuten, aber ich habe von Marieke gehört – hab sie beim Bäcker getroffen –, dass Nils' Mutter ein Kaufangebot für die Manufaktur bekommen hat. Das klingt für mich so, als ob Nils sich wohl nicht ums Strandkorb-Business kümmern möchte.«

Obwohl ich mir diesen Gedanken bislang nie wirklich erlaubt hatte, irritierte mich die Heftigkeit der Enttäuschung, die jetzt über mich hinwegspülte. Natürlich hatte ich mir ausgemalt, dass Nils kommen würde, um das Erbe seiner Familie fortzuführen. Aber nein, er hatte ja seinen eigenen Betrieb. Ich seufzte leise.

»Er hat mir nichts versprochen, vielleicht war das mit uns ja auch eine einmalige Sache. Aber ich habe auf mehr gehofft. Das ist albern, nicht wahr?«

»Ist es gar nicht, Süße. Und es muss ja auch nichts heißen, was Marieke erzählt. Du weißt, dass sie auch manchmal übertreibt.«

»Es war illusorisch, mir einzubilden, dass er seine Werkstatt in Berlin aufgeben könnte, um hier zu leben. Wir kennen uns ja kaum.«

»Eben. Lass das doch erst mal auf dich zukommen.«

In diesem Moment bimmelte mein Handy und verkündete

damit den Eingang einer WhatsApp. Ich sah, dass sie von ihm war. »Es ist, als hätte ein Teufelchen auf seiner Schulter gesessen und gemerkt, dass wir über ihn reden«, murmelte ich.

»Was will er?«

»Moment, ich lese mal vor: Denke an dich. Dahinter ist ein Kuss-Smiley.«

»Das ist doch ein guter Anfang.«

»Keine Ahnung.«

»Entspann dich, und lass es auf dich zukommen.«

»Das ist leichter gesagt als getan.«

»Ich weiß!«

Wir plauderten ein wenig, dann verabschiedete Wiebke sich, und ich brachte Linus ins Bett. Nachdem er eingeschlafen war, ging ich nach unten, um die Lichter zu löschen, als eine weitere Nachricht eintrudelte. Sie war wieder von Nils. Mein Herz klopfte schneller. Ich freute mich sehr, denn das hieß, das zwischen uns war nicht vorbei, sondern hatte gerade erst angefangen.

KAPITEL 15

Zarte Schneeflocken wirbelten durch die Winterluft. Der Himmel war grau, und es war heute nicht einmal richtig hell geworden, es war einfach nur ungemütlich. In meinem Laden duftete es nach winterlichen Gewürzen. Weihnachtsmusik dudelte durch die Räumlichkeiten des *Letj Dekopot*. Ich war gerade dabei, die letzten Tortenstücke zusammenzuschieben und wieder in die Kühlung zu stellen, obwohl ich nicht davon ausging, dass heute noch jemand kam. Aber da ich es nicht mit Sicherheit sagen konnte, tat ich es doch. In einer halben Stunde hatte ich Feierabend, und ich freute mich darauf.

In den letzten Tagen hatte sich eine gewisse Routine zwischen Nils und mir eingespielt. Wir hatten häufig Kontakt über das Telefon, so dass ich das Gefühl hatte, ihn mittlerweile ganz gut zu kennen. Aber wir trafen uns nur, wenn ich alleine war oder wenn Linus schlief.

Es fühlte sich großartig an, mit Nils zusammen zu sein, bis auf eine Sache. Die Ungewissheit nagte an mir. Immer wieder stellte ich mir die Frage, wie es mit uns weitergehen könnte. Bislang hatten wir kein Wort über eine mögliche Zukunft gesprochen. In den Momenten, die wir miteinander verbrachten, gab es jedoch keinen einzigen Grund für mich, daran zu zweifeln, dass er ernsthaft an mir interessiert war. Er war aufmerksam, liebevoll und wollte so viel von mir wissen. Wir konnten tiefgreifende Gespräche führen oder einfach nur schweigen. Für mich war das nah an perfekt. Aber was wusste ich schon?

Männer sahen Dinge in Liebesangelegenheiten bekanntlich oftmals anders als Frauen. Sonst gäbe es ja nicht so viele Beziehungsprobleme. Die Frage, welche Rolle ich in seinem Leben spielte, wurmte mich zunehmend. Dabei war mir natürlich bewusst, dass wir uns noch nicht lange kannten. Ich war jedoch zu skeptisch, als dass ich mir keine Gedanken über eine mögliche Zukunft mit ihm machen würde, denn das war es, wovon ich träumte. Wenn ich die praktischen Fragen außer Acht ließ, könnte ich mir sehr gut vorstellen, meinen weiteren Lebensweg mit ihm zu gestalten.

Hach. Ich unterdrückte ein Seufzen.

Das Türglöckchen kündigte indes eine Kundin an, und ich schob meine Träumereien beiseite. Als ich den Blick hob, stand Ebba vor mir. Mir stockte der Atem. Was wollte Nils' Mutter in meinem Laden? Natürlich lag es nahe, dass sie etwas kaufen wollte, aber sie war nicht gerade ein häufig gesehener Gast. Vielleicht hatte er ja auch etwas zu ihr gesagt?

»Moin«, grüßte sie mich mit einem höflichen Lächeln, das eher geschäftsmäßig aussah. Ich war irgendwie erleichtert und auch wieder nicht.

»Guten Abend«, erwiderte ich, noch immer unsicher.

Sie sah sich nicht um, sondern trat direkt zu mir an den Tresen. Obwohl sie sehr schmal war, waren ihre Wangen nicht mehr ganz so eingefallen, und die wächserne Blässe war einem gesunden Hautton gewichen. Ihr Mann war zwar noch nicht lange verstorben, aber neben der Trauer sah man ihr auch eine gewisse Erleichterung darüber an, dass er nicht mehr länger leiden musste. Ich mochte mir nicht vorstellen, wie schlimm es sein musste, den geliebten Partner beim Sterben zu begleiten.

Meine Kehle wurde eng, aber ich hoffte, dass sie es mir nicht anmerkte.

»Ich habe gehört, dass Sie auch bei Familien zuhause dekorieren?«, wollte sie jetzt von mir wissen.

Ich musste kurz blinzeln, denn mit dieser Frage hatte ich nicht gerechnet.

»Ja, genau.« Ich hatte keine Ahnung, warum ich so hibbelig war, aber es fiel mir schwer, mich zu konzentrieren. Immer wieder kehrte meine Aufmerksamkeit zu dem einen Thema zurück, das mich wirklich interessierte: Hatte Nils ihr von uns erzählt?

Ahnte sie etwas?

Wollte sie mich »auschecken«?

Das und noch ein paar andere Fragen schossen mir durch den Kopf. Ebba war eine liebenswürdige und offene Frau. Bei ihr hatte ich keine Bedenken, dass sie mich nicht mögen könnte, sollte ich mit Nils zusammenkommen. Ebenso wenig fürchtete ich, dass es ein Problem für sie sein könnte, dass ich bereits ein Kind hatte. Auch Nils war ja in dieser Hinsicht total entspannt. Er hatte bisher immer sehr verständnisvoll reagiert, wenn ich über Linus sprach. Und er hatte ihn ja auch schon kennengelernt – aber für Linus galt er natürlich auch nicht gleich als mein möglicher Partner.

»Marieke schwärmt in den höchsten Tönen von Ihrer Arbeit, und ich habe auch von einigen anderen gehört, dass sie sehr zufrieden waren.«

Das Lob tat mir gut, und ich lächelte. »Das freut mich.«

»Ich habe mich gefragt, ob Sie vielleicht noch ein bisschen Luft haben? Bei uns zuhause ist es ganz schön trostlos momentan, gar nicht festlich oder weihnachtlich. Ich brauche nicht viel Deko, aber am vierundzwanzigsten möchte ich es schon ein bisschen gemütlich haben. Nils und ich werden zu zweit feiern, ich koche etwas für uns. Denken Sie, Sie könnten mir damit unter die Arme greifen?«

O je. Eigentlich war mein Auftragsbuch bis zum Heiligen Abend komplett voll, denn das ganze Projekt hatte eine Art Eigendynamik angenommen. Aber ich konnte ihr diesen Wunsch nicht abschlagen. Und ich wollte es auch gar nicht. Nach allem, was sie durchgemacht hatte, würde ich mir ein Bein ausreißen, um diesen Auftrag zu erfüllen. Dabei spielte es nicht mal eine Rolle, dass sie die Mutter des Mannes war, für den mein Herz schlug.

»Lassen Sie mich mal sehen«, wich ich aus und zog mein Buch heran. Jetzt war ich wieder voll in meinem Element, und meine Unsicherheit war meiner professionellen Konzentration gewichen. Bis ich sah, wie wenig Zeit ich wirklich hatte. Ich unterdrückte ein Seufzen. Verflixt und zugenäht, schoss es mir durch den Kopf. Am Vierundzwanzigsten standen schon vier andere Kundinnen für eine festliche Tischdekoration im Kalender. Ich hob meinen Blick und rang mir ein Lächeln ab, weil ich diesen Auftrag trotzdem nicht ablehnen wollte. »Klar, ich bekomme das hin. Woran haben Sie denn gedacht?«

Der Anflug eines Schmunzelns huschte über Ebbas Gesicht. »Danke, es freut mich sehr, dass es klappt. Ich kann mir vorstellen, dass Sie gut zu tun haben, und hatte schon befürchtet, dass ich zu spät dran bin. Aber bis gestern habe ich noch nicht einmal über Weihnachten nachdenken können, ohne gleich loszuheulen. Dann habe ich mich aber mit dem Gedanken befasst, was mein Mann gewollt hätte, und das hilft mir. Er ist zwar nicht mehr bei uns, aber dafür habe ich Nils an meiner Seite, und auch wenn er längst erwachsen ist, so ist er doch mein Kind. Für uns beide möchte ich es schön haben, und ich bin deswegen sehr erleichtert, dass Sie mir behilflich sein werden. Das ist wahnsinnig nett von Ihnen. Marieke hatte mich nämlich schon gewarnt und gesagt, dass Sie sehr beschäftigt sind.«

Ich winkte verlegen ab. »Ich kann es einrichten, und ich

freue mich darüber, dass Sie den Weg zu mir gefunden haben.«

»Ich kann mir vorstellen, dass Sie jetzt zu jedem Fest gebucht werden. Sicher wollen viele der Kunden, dass Sie auch die Deko für Ostern und den Herbst übernehmen?«

Daran hatte ich noch gar nicht gedacht, aber der Gedanke gefiel mir. »Ich weiß nicht, das werden wir sehen.«

»Ich finde es bewundernswert, wie Sie das alles meistern, und einen Sohn haben Sie ja auch, der ist so niedlich.«

»Danke.« Ich wusste nicht, was ich sonst sagen sollte. Dann besann ich mich darauf, sie wie jede andere Kundin zu behandeln, und fragte nach den Einzelheiten für den Auftrag. »Wann kann ich mir ansehen, was Sie an Deko haben? Und wie, äh, üppig soll es ausfallen? Haben Sie schon einen Baum, oder soll ich den für Sie besorgen?«

»Das mit der Tanne lasse ich Nils erledigen, aber gut, dass Sie das erwähnen. Sie können jederzeit vorbeikommen, ich bin fast immer zuhause. Momentan habe ich nicht viel zu tun. Im Winter ist es immer ruhig bei uns. Im Sommer sieht das anders aus, es sah anders aus, meine ich. Jetzt weiß ich ja gar nicht, wie es weitergeht. Wissen Sie, ich habe immer die Buchhaltung für die Manufaktur gemacht. Mein Mann hat sich um das Handwerkliche gekümmert und alles Weitere. Ich muss mich immer noch an den Gedanken gewöhnen, dass das alles nicht mehr ist.« Sie stockte, und ich sah, dass sie mit ihren Emotionen rang. Dann straffte sie sich und lächelte mechanisch. »Also, kommen Sie, wann auch immer Sie es einrichten können. Ich freue mich auf Ihren Besuch.«

»Natürlich, das mache ich gern. Vielleicht klappt es ja gleich heute nach Feierabend?« Mir war ein bisschen komisch zumute, denn ich hatte keine Ahnung, ob ich dann womöglich Nils über den Weg laufen würde. Das könnte ein peinlicher Moment werden. Oder auch nicht.

Da wir noch nicht darüber geredet hatten, ob das mit uns jetzt eine Beziehung oder nur eine Affäre war, wusste ich nicht, wie ich ihm vor seiner Mutter gegenübertreten sollte. Vielleicht war er ja auch gar nicht zuhause.

Ich konnte nicht mit Sicherheit sagen, worauf ich hoffte, aber merkte, dass es mir fast schon zu kompliziert war. Für Geheimnisse war ich nicht gemacht.

Als ich eine Stunde später in Ebbas Haus stand, hatte sie bereits die Deko ins Wohnzimmer getragen. Es war zwar nicht viel, aber das, was sie in ihrer Weihnachtskiste aufbewahrte, war zeitlos und elegant. Damit konnte ich arbeiten. »Das sieht hervorragend aus. Lassen Sie mich mal machen«, beruhigte ich sie. »Das bekommen wir hin.«

»Das klingt wunderbar. Mir steht irgendwie nicht der Sinn danach, in diesem Jahr selbst Hand anzulegen, aber ganz ohne finde ich auch zu deprimierend. Deswegen bin ich froh, dass das mit Ihnen klappt. Mögen Sie vielleicht einen Tee?«

»Machen Sie sich keine Umstände«, erwiderte ich freundlich und legte meine Jacke über die Sofalehne.

»Das lassen Sie mal meine Sorge sein«, erklärte sie mir. »Bitte, fühlen Sie sich wie zuhause, und scheuen Sie sich nicht, in diesem Zimmer etwas zu ändern.«

»Danke.«

Danach ließ sie mich allein, und ich begann mit meiner Arbeit. Linus war heute bei Thore, um ihn brauchte ich mir also keine Gedanken machen. So konzentrierte ich mich voll und ganz auf die Aufgabe. Ich war in meinem Element, arrangierte neu, packte aus, probierte hier und da etwas, bis ich die richtige Stelle für die einzelnen Dekoartikel gefunden hatte. Die Tanne war noch nicht aufgestellt, aber das Schmücken konnte ich auch an einem anderen Tag nachholen.

Als ich fast fertig war, spürte ich, wie sich eine Zufriedenheit über mich legte, die etwas von der Anspannung in meinen Schultern löste.

Ich war immer wieder erstaunt, wie viel Stimmung man mit Kerzen und Lichterketten erzeugen konnte, ohne dass es übertrieben oder kitschig wirkte. Ebba hatte mir den Tee vor ein paar Minuten gebracht und sich dann zurückgezogen, um mich in Ruhe werkeln zu lassen.

Irgendwann spürte ich, dass ich nicht mehr allein war. Vermutlich wollte sie sehen, wie weit ich gekommen war. »Ich bin fast fer…« Die letzte Silbe blieb mir im Halse stecken, als ich statt Ebba Nils im Türrahmen stehen sah. Er lehnte lässig mit der Schulter dagegen und hatte die Arme vor der Brust verschränkt. Sein Anblick war mir so vertraut, dass ich unvermittelt lächeln musste. Normalerweise wäre ich auf ihn zugegangen, um ihm einen Kuss zu geben. Da wir im Haus seiner Mutter waren, zögerte ich.

Da er nicht auf mich zukam, blieb ich, wo ich war. Sein Blick war freundlich, aber ich erkannte auch eine gewisse Skepsis darin. »Was machst du da?«, schien mir sein Ausdruck zu sagen. Ich fühlte mich vor den Kopf gestoßen. »Deine Mutter hat mich gebeten, die Weihnachtsdeko für euch zu übernehmen.«

Hilfe! Das war so ein Wassermelonen-Moment. Ich kam mir dämlich vor.

»Wirklich?«

Mein Gott. Was dachte er denn? Dass ich mich ihr aufgedrängt hatte?

Obwohl ich es nicht persönlich nehmen wollte, tat ich es doch. »Ja, es hat sich wohl herumgesprochen, dass ich meine Sache ganz gut mache.« Weil ich beleidigt war, sah ich ihn nicht mehr an, sondern machte weiter. »Ich bin bald fertig. Dann habt ihr wieder eure Ruhe.«

Mir war bewusst, dass es vielleicht ein bisschen kindisch war oder zickig, doch gerade konnte ich nicht anders.

Ich hörte, wie er leise ausatmete, aber schaute ihn nicht noch einmal an. Irgendwann sagte er: »Es sieht schön aus.«

Jetzt kam ein Lob? Ich hielt inne. Auf seinem Gesicht spiegelten sich verschiedene Emotionen wider, er wirkte zerknirscht, aber auch unentschlossen. Seine Reaktion hatte mich verletzt, deshalb sagte ich nur: »Danke, es freut mich, wenn es dir gefällt. So, ich bin durch mit allem. Dann komme ich nur noch am Heiligen Abend, um die Tischdeko zu arrangieren und den Baum zu schmücken. Aber keine Angst, ich werde natürlich nicht mit euch essen, ich habe schon Pläne.« Mein Lachen klang zu hoch und viel zu künstlich. Ich hatte keine Ahnung, warum ich das eben überhaupt gesagt hatte. Doch, ich wusste es: Ich wollte nicht, dass er glaubte, dass ich mich Ebba aufgedrängt hatte – oder ihm. Das hatte ich gar nicht nötig. Allein der Gedanke daran brachte mein Blut in Wallung, und das nicht im positiven Sinne.

Ich packte die restlichen Artikel in die Kisten zurück, meine Bewegungen waren ein wenig fahrig, aber ich konnte es nicht ändern und hoffte, dass es ihm nicht auffiel. Nils rührte sich nicht von der Stelle, was mich noch nervöser machte.

»So, das war es«, verkündete ich kurz darauf und zog meine Jacke von der Sofalehne, um sie wieder anzuziehen. »Ist deine Mutter in der Küche? Ich würde ihr gern zeigen, was ich alles gemacht habe.«

Er trat einen Schritt näher und sagte leise: »Sehen wir uns nachher noch?«

Zuerst war ich irritiert und erwiderte gar nichts.

Ich war sauer auf ihn. Aber ich wollte ihn treffen, und sei es nur, um ihm an den Kopf zu werfen, wie ätzend ich seinen Kommentar gefunden hatte. Das war natürlich noch längst nicht alles. Ich wollte ihn auch küssen. Ihm nahe sein. Ich unterdrückte ein Seufzen und schaute ihm in die Augen.

Es war so blöde, wenn Kopf und Herz sich nicht einig waren. Ich hatte keine Ahnung, was richtig oder falsch war. Deshalb zuckte ich lässig mit den Schultern. »Linus ist heute bei Thore«, erklärte ich ihm. Das war weder ein Ja noch ein Nein auf seine Frage. Was er daraus machte, musste er selbst entscheiden.

In diesem Moment trat Ebba zu uns ins Wohnzimmer. Nils ging zur Seite und ließ seine Mutter näherkommen. Neben ihm wirkte sie noch schmaler und kleiner.

»Das sieht fantastisch aus. Alleine hätte ich das nie so hingekriegt. Die Frauen im Ort haben nicht übertrieben, als sie von Ihrer Arbeit geschwärmt haben. Ich danke Ihnen vielmals.« Sie kam auf mich zu, nahm meine Hände und schaute mich ergriffen an.

Meine Kehle wurde eng. »Es hat mir Freude gemacht, Sie haben ein sehr schönes Haus.«

Ich spürte Nils' Blick auf mir, aber ich sah ihn nicht an, sondern konzentrierte mich auf Ebba. »Kann ich sonst noch etwas für Sie tun?«, wollte ich von ihr wissen.

»Wenn Sie mir, wie besprochen, am Heiligen Abend noch den Tisch eindecken und mit dem Baum helfen, bin ich mehr als glücklich.«

»Das mache ich gern und habe mir auch schon alles notiert, was ich noch mitbringen möchte.«

»Vielen Dank. Sie sind ein Engel.«

Jetzt wusste ich vor Verlegenheit gar nicht, wohin mit mir. Ebba ließ meine Hände in diesem Moment los und lächelte mich an, dann wandte sie sich an Nils. »Das hat sie toll gemacht, nicht?«

Er nickte. »Sehr schön, ja.«

O Mann. Das war echt unangenehm. Nils ließ mit keiner Faser seines Seins erkennen, dass wir schon so oft miteinander geschlafen hatten. Das schmerzte auf eine Weise, die ich nicht näher definieren konnte.

»So wird es doch noch ein halbwegs schönes Weihnachtsfest. Sag mal, Nils: Wie war es denn vorhin? Machst du es?«, erkundigte Ebba sich bei ihrem Sohn.

Ich begriff nicht, worum es ging, aber fühlte mich allmählich fehl am Platz. Ich sollte gehen. Gerade als ich mich verabschieden wollte, wandte sich Ebba an mich. »Er bringt sich etwas mehr in die Dorfgemeinschaft ein.« Sie hatte vermutlich bemerkt, dass ich mich von dem Gespräch ausgeschlossen gefühlt hatte. Frauen waren in solchen Angelegenheiten einfach feinfühliger als Männer, das spürte ich gerade wieder sehr deutlich.

»Na ja, du übertreibst. Ich habe mich nur bereiterklärt, beim Krippenspiel mit der Technik zu helfen«, widersprach er und vergrub die Hände in den Hosentaschen seiner Jeans.

Krippenspiel? Da klingelte etwas bei mir.

»Mein Sohn spielt die Hauptrolle«, warf ich in die Runde, weil ich nicht wusste, was ich sonst sagen sollte, aber auch nicht nur schweigen wollte. »Die Generalprobe ist ja schon nächste Woche.«

»Ja, die Zeit rast. Bald ist Weihnachten.«

Stille. Es lag Spannung im Raum, und es war gut möglich, dass einiges davon von mir ausging. Die Situation wurde jedenfalls zunehmend unangenehm für mich, und ich wollte nur noch eines: verschwinden. Deshalb verabschiedete ich mich jetzt höflich von beiden und machte mich vom Acker.

Nils brachte mich zwar zur Tür, aber ich ließ ihm nicht die Gelegenheit, noch etwas zu sagen. Ich musste durchatmen und es sacken lassen.

KAPITEL 16

»Ich hab dich vermisst heute«, raunte Nils, als er zwei Stunden später in meinem Hausflur stand, und bedeckte meinen Hals mit Küssen. Seine Jacke hatte er bereits ausgezogen, die Schuhe auch.

Nachdem ich vorhin gegangen war, hatte ich einen ausgiebigen Spaziergang gemacht, um einen klaren Kopf zu bekommen. Der frische Seewind hatte geholfen, außerdem konnte ich sowieso niemandem lange böse sein. Deshalb hatte ich zugestimmt, als er per WhatsApp gefragt hatte, ob wir uns bei mir treffen wollten. Insgeheim hoffte ich jedoch auf eine Erklärung. Ich war vielleicht nicht mehr sauer, aber doch noch ein wenig gekränkt.

»Ach ja?«, war deswegen alles, was ich erwiderte.

Er hielt inne. »Was ist denn los, Svantje? Stimmt was nicht?«

Dass er keinen blassen Schimmer hatte, warum ich verstimmt war, sagte mir eigentlich genug. Meine Hoffnung bröckelte. Bis dato hatte ich noch davon geträumt, dass er auch in mich verliebt war. Dass er mehr wollte.

Gerade wünschte ich mir, er wäre nicht hergekommen.

Aber ich wollte auch nicht mit einer abgedroschenen

Ausrede ankommen. Mein Stolz war verletzt. Ich fühlte mich zurückgesetzt, dabei wusste ich noch nicht einmal genau wieso.

Oder doch.

Ein Teil von mir hatte gehofft, dass er seiner Mutter erzählen würde, dass wir uns trafen. Dass ihm etwas an mir lag.

Dass er vorhin nichts dergleichen getan hatte, ließ mich vermuten, dass er und ich nicht dasselbe wollten. Natürlich war mir klar, dass das mit uns sehr frisch war. Dass wir uns erst einmal kennenlernen mussten, ehe wir aller Welt erzählten, dass wir das Bett teilten. Neuigkeiten dieser Art verbreiteten sich auf Nortrum schneller als der Schall.

Trotzdem. Dieses Grummeln in meiner Magengrube wollte einfach nicht verschwinden, denn ich wusste, dass für mich alles passte. Ich hätte gar kein Problem damit gehabt, in die Welt hinauszuposaunen, dass Nils mein Freund war. Dass ich mich verliebt hatte.

Okay, vielleicht sollte ich damit anfangen, es ihm zu sagen?

Aber ich traute mich nicht. Was, wenn er nicht dasselbe wollte wie ich? Männer und Gefühle waren ohnehin immer ein schwieriges Thema.

Ich hatte schon einmal erlebt, wie es war, wenn ich einen Mann mehr liebte als er mich, und das wollte ich kein zweites Mal mitmachen. Etwas in mir machte dicht.

»Es ist alles bestens«, log ich, aber meine Körperhaltung sagte natürlich etwas anderes, das merkte sogar Nils.

Er nahm meine Hand in seine und schaute mir tief in die Augen. »Wie war dein Tag?«

Diese simple Frage hatte eine merkwürdige Wirkung auf mich, denn ich fühlte, dass er es ernst meinte, dass er sich wirklich dafür interessierte. Vielleicht war er einfach noch nicht so weit, mich mit der Welt zu teilen. Das machte mir ein wenig Hoffnung. Und womöglich hatte ich zu schnell zu viel gewollt.

Geduld war nicht meine Stärke. Ich nahm mir vor, ihm noch ein wenig Zeit zu geben – und mir auch.

Im Grunde wollte ich nicht, dass ganz Nortrum in diesem frühen Stadium unserer Beziehung davon erfuhr. Ehe ich ihn Linus als meinen Freund vorstellen würde, wollte ich sicher sein, dass wir auch wirklich zusammenblieben. Das hatte ich mir vorgenommen, denn mein Sohn sollte nicht mit unzähligen Männern Bekanntschaft machen, die dann doch nicht in seinem (und meinem) Leben verweilten.

Ich lehnte meine Stirn gegen Nils' Schulter und schloss die Augen, atmete seinen vertrauten Duft ein und schlang meine Arme um seine schmalen Hüften. »Ich bin wirklich erledigt, die Vorweihnachtszeit schafft mich.«

Er hielt mich und strich mir mit einer Hand über den Rücken. »Was hältst du davon, wenn ich dir ein wenig den Nacken massiere?«

Ich hob meinen Blick und schaute ihn überrascht an. »Echt?«

Nils lachte. »Du schaust mich an, als wäre ich ein Alien!«

Jetzt musste ich selbst lachen, und vergessen waren meine Zweifel. Kein Mann, der nur auf Sex aus war, würde sich so liebevoll um mich bemühen. Ich hatte meine alten Ängste überhand gewinnen lassen. Nun, da es mir bewusst geworden war, konnte ich erleichtert ausatmen. »Sorry, damit habe ich nicht gerechnet, aber ich nehme das Angebot an.«

Er grinste anzüglich und zog mich mit sich nach oben. »Wunderbar«, schwärmte er, während er mich sanft aufs Bett schob. »Mach es dir schon mal bequem, ich hole noch ein paar Sachen.«

Ich stellte keine weiteren Fragen, sondern ließ mich auf die Matratze fallen. Kurze Zeit später kehrte er mit Kerzen, Massageöl und seinem Handy zurück. Er spielte eine ruhige Playlist ab und zauberte im Nullkommanichts eine wundervolle romantische Stimmung in mein sonst eher nüchternes Schlafzimmer. »Du kannst gern bei mir im Betrieb mit einsteigen«, scherzte ich. »Du scheinst ein Händchen dafür zu haben.«

Er grinste und zog sich den Pullover mit einer geschmeidigen Bewegung über den Kopf. Mir stockte der Atem, als ich seinen sexy Oberkörper betrachtete, und mein Herz schlug sofort schneller. Unter dem Bauchnabel verlief eine Spur dunkler Haare, die sich im Bund der Jeans verlor.

»So, mein Schatz, dann lass mich mal machen. Du wirst sehen, in ein paar Minuten hast du vergessen, wie anstrengend dein Tag war.« Während er mich so hinrückte, wie er mich haben wollte und anfing, meine Nackenmuskulatur zu kneten, sprach er weiter. »Du hast meine Mutter übrigens sehr glücklich gemacht, sofern ich das Wort momentan benutzen kann. Ich habe sie lange nicht so entspannt gesehen, dafür danke ich dir.«

Ich überlegte, ob ich das ansprechen sollte, was mich vorhin bedrückt hatte, entschied mich aber dagegen. Einerseits wollte ich nicht die Stimmung ruinieren, und zweitens konnte ich gar nicht reden – es war viel zu gut, was er da mit seinen Händen auf meinem Rücken anstellte, deswegen gab ich nur ein »M-mh« von mir und seufzte genüsslich.

* * *

»So, mein Süßer, du siehst toll aus«, sagte ich zu Linus, der in seinem Josef-Kostüm so knuddelig war, dass ich ihn immerzu drücken wollte. Heute fand die Generalprobe in der Turnhalle statt. Wir standen im Seitenbereich der extra dafür aufgebauten Bühne.

Linus antwortete nur einsilbig, weil er aufgeregt war, was ich gut nachvollziehen konnte. Im Zuschauerraum hatte man schon Stühle aufgestellt, auf denen zwar nur vereinzelt einige der Eltern saßen, aber mich würde es auch einschüchtern an seiner Stelle. Bis eben war ihm vermutlich nicht so bewusst gewesen, dass er das Krippenspiel heute nicht nur vor seiner

Kindergartengruppe aufführen würde. »Du schaffst das«, sprach ich ihm Mut zu.

»Ja, klar. Ich schaffe das«, erwiderte er und schenkte mir ein kindliches Lächeln, das mein Mutterherz höherschlagen ließ.

Eva, die für das Krippenspiel verantwortlich war, rief Linus zu sich und bedeutete mir mit einem Blick, dass ich mich jetzt gern zurückziehen dürfte.

Ich winkte ihr zu und schob Linus dann in ihre Richtung. »Na los, wir sehen uns dann später. Ich gehe nicht weg, sondern warte auf dich.«

Er achtete nicht weiter auf mich, woraufhin ich mich abwendete. Nachdem ich den Bühnenbereich verlassen hatte, wusste ich nicht, wohin mit mir.

»Psst, hierher«, hörte ich ein Flüstern.

Ich hob meinen Kopf und entdeckte Nils etwas abseits neben einer Art Mischpult. Dann erinnerte ich mich, dass er sich ja bereiterklärt hatte, bei der Beleuchtung und der Technik mitzuarbeiten. Meine Mundwinkel hoben sich wie von selbst, während ich zu ihm lief. Er nahm mich in seine Arme und küsste mich stürmisch. Das kam so unvorbereitet, dass mir im ersten Moment die Luft wegblieb.

»Hui«, stieß ich kurz darauf hervor, als er meine Lippen wieder freigegeben hatte. »Das nenne ich mal eine Begrüßung.«

»Du bist so heiß, wenn du diese Stiefel trägst«, gab er zurück und ließ seinen Blick anerkennend über meinen Körper gleiten, woraufhin mir noch wärmer wurde als ohnehin schon. Mit meinem Outfit hatte ich mir nicht einmal besondere Mühe gegeben, ich trug ein einfaches Strickkleid mit schwarzen Boots, die mir bis zum Knie reichten. Umso mehr freute ich mich, dass ich offenbar diese Wirkung auf ihn hatte.

Ich beugte mich zu ihm. »Du bist auch heiß – egal was du trägst.«

Für einen Moment verschmolzen unsere Blicke ineinander, bis er sich daran erinnerte, warum er hier war, und sich wieder um den Ton kümmerte. »Bleibst du bei mir?«, wollte er wissen.

Wir waren hier ganz alleine, er hatte freie Sicht auf die Bühne, aber vom Zuschauerraum aus konnte man das Mischpult – und uns – nicht sehen. Es rief die Illusion in mir hervor, dass wir ungestört wären. Trotzdem behielt ich meine Finger bei mir, auch wenn es mir schwerfiel. Ich war wirklich vernarrt in diesen Mann, und so, wie es ausschaute, ging es ihm genauso.

Ich wollte gerade etwas sagen, als jemand um die Ecke kam. Es war nicht klar, ob es bewusst oder unbewusst war, aber Nils rückte beinahe einen halben Meter von mir ab und tat plötzlich ganz beschäftigt. Obwohl ich mich nicht davon irritieren lassen wollte, brachte es mich doch durcheinander. Mir vermittelte er damit den Eindruck, dass er um jeden Preis geheim halten wollte, dass er und ich etwas miteinander hatten.

Ich runzelte die Stirn und lehnte mich mit dem Rücken gegen die Wand. Dabei fragte ich mich, wann wir wohl das Thema ansprechen sollten, wie und ob es mit uns weiterging. Immer, wenn ich es in den letzten Tagen versucht hatte, war er mir auf die ein oder andere Weise ausgewichen. Es war jedoch so subtil gewesen, dass es mir eben erst klargeworden war. Bis dahin hatte ich mir keine Gedanken darüber gemacht, weil zwischen uns alles so perfekt war, wenn wir zusammen waren.

»Nils?«

Er wandte sich mir zu, und auf seinem Gesicht spiegelte sich so etwas wie Bedauern wider. Ich spürte einen Stich in der Magengrube und erstarrte.

»Ich, ähm, ich denke, ich setze mich mal zur Bühne, dann kann ich schon mal was vom Krippenspiel sehen«, murmelte ich.

Zuerst sagte er nichts, aber als ich gehen wollte, hielt er mich am Handgelenk fest und zog mich zu sich heran. »Du bist mir wichtig«, wisperte er an meinem Mund, was den kompletten Widerspruch zu seinem eben gezeigten Verhalten darstellte.

Was bin ich für dich?, schoss es mir durch den Kopf, aber ich brachte kein Wort mehr über meine Lippen. Ich konnte nur nicken.

Er küsste mich kurz, dann ließ er mich los. »Na dann, du willst doch Linus sehen.« Er lächelte mich an, und ich fragte mich, ob ich mir das eben nur eingebildet hatte.

»Ja, das mache ich mal. Bis später.« Ich sah mich nicht noch einmal zu ihm um, aber ich spürte, dass mir sein Blick folgte.

Als ich mich gerade in der dritten Reihe auf einen Stuhl gesetzt hatte, brummte mein Telefon in der Jackentasche. Ich zog es heraus und las Nils' Nachricht.

Hast du heute Abend Zeit?

Mein erster Impuls war, ihm zu schreiben, dass er gegen neun kommen konnte, wenn Linus eingeschlafen war. Während meine Finger über dem Display schwebten, fragte ich mich, ob ich damit zufrieden wäre. Weil ich mir nicht sicher war, steckte ich das Smartphone wieder weg, ohne ihm zu antworten. Ich musste erst einmal darüber nachdenken und mich fragen, was ich selbst wollte. Ganz klar konnte ich für mich sagen, dass mir diese Heimlichtuerei allmählich auf die Nerven ging, aber ich fühlte mich noch nicht bereit, dieses Gespräch mit Nils zu führen. Ich wollte keinen Druck machen. Zumindest heute würde ich dem aus dem Weg gehen und einen Abend mit meinem Sohn allein verbringen.

KAPITEL 17

*L*ange hatte ich es nicht ausgehalten, mich von Nils fernzuhalten. Das war auch gar nicht meine Absicht gewesen, denn ich verbrachte ja gern Zeit mit ihm. Trotzdem waren wir nicht weitergekommen, denn obwohl wir uns trafen, hatte sich an der Art und Weise, wie wir kommunizierten, wenig verändert. Er hatte öfter gesagt, dass er mir nicht im Weg stehen wollte, weil ich ja so viel zu tun hätte mit dem Geschäft und Linus, aber ich hatte manchmal das Gefühl, dass es eine Ausrede war. Es war nicht so, dass ich mit unserem Zusammensein unzufrieden war, es war jedoch auch nicht das, was ich mir von einer Beziehung erträumte. Womöglich war es ja gar keine Partnerschaft und würde auch niemals eine werden.

Ich verzog meine Lippen und kratzte mich am Kopf. Es brachte mich nicht weiter, immer wieder darüber nachzudenken, aber dann im entscheidenden Moment den Mut nicht aufzubringen, das auszusprechen, was in mir vor sich ging. Vielleicht würde sich das ja heute ändern. Nils wollte für uns kochen, Linus war bei Thore und Wiebke, wir hatten sozusagen sturmfreie Bude.

Es klingelte, und ich öffnete die Tür. Da stand er mit Wollmütze auf dem Kopf und zwei vollen Einkaufstüten in der Hand. Mein Herz ging auf, und ich freute mich sehr, ihn zu sehen. Statt ihm die Lebensmittel abzunehmen, drückte ich ihm einen sinnlichen Kuss auf die Lippen, der einen Vorgeschmack für den Abend darstellen sollte. Nils reagierte mit einem Seufzen und sagte: »Wow, so werde ich gerne begrüßt.«

»Kannst du immer so haben«, erwiderte ich leichthin, bis ich merkte, dass er stockte. Ich hob meinen Blick und sah, dass seine Lippen schmal geworden waren.

»Was ist?«

Es war, als ob er eine Maske aufsetzen würde, er lächelte, als wäre nichts gewesen. »Zuerst werde ich das leckerste Steak für dich braten, das du je auf dem Teller hattest«, verkündete er, schlüpfte aus den Schuhen und brachte alles in die Küche.

Ich guckte ihm nachdenklich hinterher und schob mir eine Strähne aus der Stirn. Es gab definitiv einige Dinge, die weder er noch ich aussprachen. Das komische Gefühl in meiner Magengrube verstärkte sich.

»Svaaantje«, rief er mir aus der Küche zu und riss mich damit aus meinen Gedanken.

»Komme ja schon«, murrte ich und hoffte, dass es nicht zu angespannt klang. Ich lief über den Flur in die Küche, dort hatte ich bereits ein paar Kerzen angezündet, und es dudelte leise Weihnachtsmusik im Hintergrund.

»Kann ich dir helfen?«, bot ich ihm an, während ich dabei zuschaute, was er alles auspackte und auf die Arbeitsfläche legte. Die Ärmel seines Pullovers hatte er bis zu den Ellenbogen zurückgeschoben. Seine leicht gebräunten, sehnigen Unterarme konnte ich immerzu anstarren. Ich unterdrückte ein sehnsuchtsvolles Seufzen. Ja, ich hatte immer davon geträumt, mit einem Mann zusammen zu sein, auf den ich mich verlassen konnte, und irgendeinen Urinstinkt sprach Nils bei mir an. Ich wusste nicht, ob es gut oder schlecht war, dass mich eine so banale Sache wie muskelbepackte Arme beeindruckten …

»Du kannst dich entspannen und mich dabei ein wenig unterhalten«, schlug er mir gerade gut gelaunt vor, als ob eben kein seltsamer Moment zwischen uns stattgefunden hätte. Er entkorkte eine Rotweinflasche, goss in zwei Gläser ein und reichte mir eines davon. »Auf uns!«

Ich hob eine Braue und wunderte mich über diese Worte. »Auf uns«, gab ich leicht irritiert zurück und wartete, ob da noch mehr käme. Als das nicht der Fall war, trank ich einen Schluck und beobachtete, wie er die Zutaten ordnete, Töpfe und Pfannen bereitstellte und ein Schneidebrett aus dem Schrank zog. Er kannte sich mittlerweile gut aus bei mir, was mich einerseits freute, andererseits ratlos zurückließ.

»Fragt sich deine Mutter nicht, wo du immer steckst?« Ich hatte gar nicht groß über die Frage nachgedacht, bis ich sah, wie er für den Bruchteil einer Sekunde erstarrte und mich dann anschaute, als wäre nichts gewesen. Schon wieder so eine Irritation.

»Ich bin ein erwachsener Mann und kann mich frei bewegen.« Er zuckte mit der linken Achsel, und ich begriff, dass er mir auswich. Das war eine Antwort, die zwar sachlich richtig war, bei der ich aber spürte, dass ihn das Thema auch beschäftigte – ich konnte nur nicht sagen, in welche Richtung er dachte, und das wurmte mich.

Nils hielt erneut mitten in der Bewegung inne und schaute mich an. Zwischen uns lagen in etwa zwei Meter, ich saß am Küchentisch, ihm zugewandt, und er stand mit dem Rücken zur Arbeitsfläche. Er verschränkte die Arme vor der Brust. Mir war klar, dass das vielleicht keine bewusste Geste war, aber mir vermittelte seine Körperhaltung, dass er sich verteidigen wollte oder dass er etwas vor mir zu verbergen hatte.

In mir regte sich Widerstand. Sollte ein so simpler Satz genügen, dass er sich von mir emotional bedrängt fühlte? Falls mein Eindruck richtig war, war das definitiv kein gutes Zeichen. Überhaupt nicht. Ich setzte mich etwas aufrechter hin und umklammerte mein Glas mit beiden Händen, was bei einer Teetasse vielleicht okay gewirkt hätte, bei einem Weinglas aber verkrampft ausschaute. Ich änderte trotzdem nichts an meiner Haltung, sollte er doch denken, was er wollte.

»Du, sorry, ich wollte dir nicht zu nahetreten«, gab ich dennoch zurück, meine Stimme klang angespannt. Ich war keine gute Schauspielerin und wollte auch keine sein. Er konnte ruhig spüren, was in mir vor sich ging und worüber ich mir Gedanken machte. Seine Reaktion verriet mir, dass wir beide vermutlich nicht dasselbe dachten, und das machte mich wütend.

Er verzog seine Lippen, dann atmete er aus und sah mich direkt an. »Es ist momentan nicht leicht für mich. Da ist so vieles, worauf ich keine Antwort habe«, erklärte er mit rauer Stimme, und mir wurde wieder bewusst, wie viel auf ihm lastete. Dass er alles, was in den letzten Wochen geschehen war, längst nicht verarbeitet hatte. Wie denn auch? Etwas von meinem Unmut verpuffte, und ich ließ meine Schultern ein wenig sinken.

Natürlich ging es ihm noch nicht wieder gut. Für einen Moment hatte ich vergessen, dass er nicht hier war, weil er Nortrum so toll fand, sondern weil sein Vater gestorben war. Ich sollte mehr Geduld mit ihm haben, gleichzeitig fragte ich mich zum ersten Mal, ob ich vielleicht nur eine Art sinnliche Ablenkung für ihn darstellte. Ein Zeitvertreib, während er seine Trauer verarbeitete und seiner Mutter beistand. Ich schluckte trocken.

»Was bin ich für dich?« Endlich wagte ich es, das Thema anzusprechen.

Mir war bewusst, dass ich ihm damit vielleicht eine Art Messer auf die Brust setzte, aber ich hatte keine Lust mehr, in Gedanken immer wieder um diese Frage zu kreisen. Wenn er kein ernsthaftes Interesse an mir hatte, konnten wir das Pflaster auch direkt abreißen. Ich hatte keinen Bedarf, meine Zeit mit jemandem zu verschwenden, der es nicht ernst mit mir meinte.

»Es ist nicht so einfach. Ich weiß nicht, was ich wegen der Strandkorbmanufaktur tun soll, ich weiß nicht, wie es damit weitergehen soll oder eben auch nicht.« Er wirkte zerrissen, und ich spürte, dass das nicht gespielt war.

Das konnte ich nachvollziehen, trotzdem war er meiner Frage ausgewichen. Mal wieder. Mein Puls schnellte in die Höhe, während ich begriff, dass ich mit meiner Geduld am Ende war. Ich fand, dass ich lange genug gewartet hatte – es war mir gegenüber nicht fair, was er da abzog. Wenn er nur Sex ohne Verpflichtungen suchte, sollte er es mir mitteilen, alles andere war nicht okay.

»Du kannst es ruhig sagen, Nils«, forderte ich selbstbewusst. Ich reckte mein Kinn ein wenig nach vorn und kam mir sogleich albern dabei vor, so war ich normalerweise nicht. Ich war verletzt, dass er nicht einmal den Versuch einer Erklärung für mich übrighatte.

»Was meinst du?«, fragte er.

Gott. Mir platzte gleich der Kragen. Stellte der Mann sich absichtlich ahnungslos, oder begriff er es wirklich nicht? Letztlich brauchte er keine Antwort mehr zu formulieren, ich hatte es endlich auch so begriffen: Er wollte nicht dasselbe wie ich, sonst hätte er längst etwas gesagt. Das musste ich akzeptieren.

Ich konnte seine Aussagen oder nicht gemachte Aussagen für mich interpretieren, vielleicht hatte ich es bis eben nicht wahrhaben wollen: Nils mochte meine Nähe, aber für mehr war er nicht bereit.

Ich versuchte mir einzureden, dass ich mich damit arrangieren könnte, denn zumindest die dunklen Winternächte versüßte er mir. Wie lange wir Zeit haben würden, bis er abreiste, wusste ich nicht.

Würde mir das genügen? Es war auf jeden Fall besser zu wissen, woran ich war. Trotzdem rumorte es in meinem Brustkorb.

Bevor ich mir selbst eine Antwort geben konnte, kam Nils auf mich zu. Er nahm meine Hände in seine und suchte meinen Blick. »Du bist mir wichtig, Svantje. Sehr wichtig. Aber ich brauche Zeit. Momentan ist es einfach so viel.«

Zuerst war ich verblüfft, denn das klang doch nicht nach nur unverbindlichem Sex. Es hörte sich sehr danach an, dass er auch eine Beziehung wollte, etwas für immer. Meine Wut verpuffte augenblicklich.

Ich fühlte seine Zerrissenheit, ich konnte sie auch auf seinen Zügen erkennen. Etwas in mir gab nach, ich merkte, dass ich nur noch ein wenig mehr Geduld für ihn aufbringen musste. Immerhin kannten wir uns erst ein paar Wochen, und er machte eine schwierige Zeit durch. Vielleicht war ich wirklich zu ungeduldig gewesen. »Du bist mir auch wichtig«, erwiderte ich und hörte, wie rau meine Stimme klang. Er hatte mir endlich etwas gegeben, wonach ich mich schon eine Weile sehnte.

Seine Augen leuchteten auf, er zog mich auf die Beine und küsste mich lange und innig. Es war ein intensiver Kuss, bei dem ich spürte, wie erleichtert er war. Er brauchte mich in diesem Moment mindestens so sehr wie ich ihn. Das genügte mir für einen ersten Schritt in Richtung Zukunft. In Nils' Armen fühlte ich mich sicher. Geborgen. Unsere Körper verstanden sich blind, auch wenn wir es mit Worten vielleicht noch nicht so gut hinbekamen. Ich sah jedoch den Hoffnungsschimmer am Horizont, dass wir auf einem guten Weg dahin waren. Und das genügte mir in diesem Augenblick.

KAPITEL 18

*W*eihnachten rückte mit großen Schritten näher. Im Café hatte ich alle Hände voll zu tun. Gestern hatte es noch einmal geschneit, und die Insellandschaft war mit einer glitzernden weißen Decke überzogen, die alles in ein magisches Licht tauchte. Kein Wölkchen trübte den blauen Winterhimmel. Eigentlich hätte ich glücklich und zufrieden sein müssen, doch ich erwischte mich immer häufiger dabei, dass ich es nicht war. Ich hatte mir eingeredet, dass ich nach Nils' Geständnis, dass ich ihm wichtig war, Geduld aufbringen sollte, aber mit jedem Tag, der verstrich, merkte ich, dass es mir nicht reichte. Dass ich mehr von ihm brauchte.

Morgen war der vierundzwanzigste, und ich hatte so sehr gehofft, dass Nils bis dahin noch ein wenig mehr aus seinem Schneckenhaus kommen würde. Bis heute war nichts dergleichen passiert, über sein einmaliges »Du bist mir wichtig« waren wir nicht hinausgekommen.

Leider.

Ich fühlte mich nicht gut damit, denn für mich genügte es nicht. Gleichzeitig wollte ich die Möglichkeit, dass er nach den Feiertagen auf Nimmerwiedersehen verschwand, auch nicht in

Betracht ziehen, obwohl die Wahrscheinlichkeit dafür nicht gerade gering war. Den Gerüchten zufolge war der Verkaufsprozess der Strandkorbmanufaktur in vollem Gange.

Das war ein Punkt, der mich innerlich rasend machte.

Er hatte in meiner Gegenwart kein Wort darüber verloren. Es kam mir so vor, als redeten wir nur um den heißen Brei herum. Klar, der Sex funktionierte. Smalltalk über dies und das auch. Aber sobald ich das Gespräch auf ernstere Themen lenkte, sah ich, wie er buchstäblich eine Mauer um sich errichtete. Daran kam ich einfach nicht vorbei, und allmählich verlor ich den Willen, es zu versuchen. Ich würde niemanden dazu zwingen, mit mir zusammen zu sein. Aber ich wollte meine Zeit auch nicht mehr länger mit einem Mann verbringen, der nur an gewissen Vorzügen interessiert war.

Das hatte ich mir vielleicht anfangs einreden können, aber heute, einen Tag vor dem Heiligen Abend, musste ich mir eingestehen, dass ich es nicht konnte. Und nein, es war keine Gefühlsduselei, weil ich bei diesem so wichtigen Fest als Single unter dem Baum hocken würde, es machte mir nur klar, dass ich mehr von einem Mann brauchte, als Nils mir anbot.

Sobald ich daran dachte, was das bedeutete, wurde mein Herz schwer. Ich konnte mir gut vorstellen, wie Nils reagieren würde, wenn ich ihn darauf ansprach. So gut kannte ich ihn mittlerweile. Themen, über die er nicht reden wollte, ging er aus dem Weg. Lieber gar nichts sagen als etwas Unerfreuliches.

Gerade empfand ich das als sehr anstrengend, weil wir so niemals weiterkamen.

Weil er gar nicht weiterkommen will, sagte das Stimmchen in meinem Kopf.

Ja, das war eine bittere Pille, die ich schlucken musste. Gleichzeitig konnte ich ihm keinen Vorwurf daraus machen. Den Traum von einer Zukunft hatte ich mir ganz allein ins Herz gepflanzt, er hatte mir niemals auch nur einen Hauch von Glück versprochen. Nicht ein einziges Mal.

»Gott, ich war so dumm«, entfuhr es mir, während ich mit einem Lappen über die Theke im Café wischte.

Das Türglöckchen verkündete, dass jemand im Weihnachtsstress eine kleine Verschnaufpause brauchte oder noch ein Last-Minute-Geschenk suchte. »Moin«, rief Wiebke mit einem breiten Lächeln im Gesicht. Während sie mich musterte, verblasste es ein wenig. »Was ist denn mit dir los? Du schaust ja, als wäre morgen nicht Weihnachten, sondern ein Termin zur Darmspiegelung.«

Ihr Satz ließ mich ein wenig schmunzeln. »Moin Wiebke. Wie sieht's aus?« Ich ging ihrer Frage bewusst aus dem Weg, weil ich das Thema nicht erneut durchkauen wollte. Ich nervte mich damit ja schon selbst und wollte meine Freundin nicht auch noch in mein inneres Drama reinziehen.

Sie hängte ihre Jacke über eine Stuhllehne. »Stress mit Nils?«

Ich machte große Augen. »Ist das so deutlich?«

»Süße, ich habe das alles selbst durch. Also was ist los?«

»Ich mach dir erst mal einen Latte macchiato«, antwortete ich.

Sie nickte. »Das ist lieb. Also schieß los! Was bedrückt dich?«

Ich seufzte und schmiss den Lappen ins Waschbecken. Dann drehte ich mich zu ihr und sagte: »Wir kommen nicht weiter. Die Zeit mit ihm ist super, und ich mag ihn. Vielleicht ist das mein Problem. Ich will mehr von ihm, als er mir geben kann.«

»Hat er das so gesagt?« Sie hob eine Braue.

»Nicht wirklich, aber dass er mir jedes Mal ausweicht, wenn ich über uns reden will, spricht doch Bände.«

»Hm. Ich weiß nicht. Mir ist noch kein Mann begegnet, der Gefühle analysieren und besprechen will. Nimm mal Thore. Er ist jetzt echt kein Macho oder sowas, aber bei dem brauch ich auch nicht mit Beziehungstalk ankommen. Da ist er so schnell weg, dass ich nur noch eine Staubwolke von ihm sehe.«

Ich musste grinsen. »Du bist so witzig, weißt du das?«

Wiebke zwinkerte mir zu. »Hast du Nils mal erzählt, was du für ihn empfindest?«

Allein die Vorstellung, ihm zu sagen, dass ich mich in ihn verliebt hatte, ließ mich in Schnappatmung verfallen. »Es ist doch ganz offensichtlich, dass er nicht so für mich fühlt«, wich ich aus. Meine Handflächen waren feucht geworden, so sehr stresste mich das alles.

»Wieso?«

»Sonst würde er mir nicht immer ausweichen, wenn ich über die Zukunft sprechen will.«

»Da kann ich nur aus dem Nähkästchen plaudern, das muss gar nichts heißen. Nils ist ein Mann! Ich habe den Eindruck, dass er selbst gerade ein großes Päckchen zu tragen hat. Er weiß nicht, wie es mit der Manufaktur weitergeht, und das beschäftigt ihn sicher auch. Bestimmt will er zuerst alles mit sich selbst ausmachen, bevor er sich wirklich öffnet.«

»Aber das sollte man doch in einer Beziehung tun: miteinander sprechen. Er redet aber gar nicht mit mir über wesentliche Dinge. Ich finde, du schlägst dich ein bisschen zu sehr auf seine Seite, Wiebke.«

»Unsinn, mache ich nicht. Aber hast du schon mal daran gedacht, dass er dich womöglich nicht mit seinen Themen belasten möchte?«

Ich runzelte die Stirn. »Was meinst du? Er kann mit mir über alles sprechen.«

»Süße, du bist voll beschäftigt, Mutter und Geschäftsfrau. Klar kann das auf einen Typen erst mal einschüchternd wirken. Vielleicht möchte er nicht, dass du noch mehr aufgeladen bekommst wie in etwa … seine Probleme.«

Darüber musste ich kurz nachdenken. Ich begann an der Siebträgermaschine herumzuhantieren. »So habe ich das nie gesehen.«

»Du musst mit ihm reden, so geht's ja nicht weiter. Sag ihm, was du willst und was du für ihn empfindest.«

Ich fuhr mir mit der Hand über die Stirn und stöhnte. »Scheiße, ich hab so eine Angst davor.«

Wiebke guckte mich mitfühlend an. »Das kann ich gut verstehen. Aber sieh es doch mal so: Dein Herz hat er doch sowieso schon erobert, ob du es ihm nun sagst oder nicht. Du kannst in dem Fall nur gewinnen.«

»Ich wünschte, ich könnte so denken wie du.«

»Du hast keine Wahl, oder?«

»Warum?«

»Weil Nils kein Typ ist, der von alleine draufkommt. Schon gar nicht in seiner Situation. Vielleicht denkt er ja auch, dass *er* für dich nur ein Zeitvertreib ist.«

»So ein Quatsch!«

»Dann erkläre es ihm.«

»O je, ich bekomme schon beim Gedanken daran Schweißausbrüche!« Und das war nicht gelogen. Ich fühlte mich nicht wohl damit, den ersten Schritt zu machen, das würde mir so vorkommen, als ob ich ihn davon überzeugen müsste, mich zu lieben. Nein. Mit Kompromissen dieser Art konnte ich nicht mehr leben. Ich wollte nicht noch einmal dieselben Fehler begehen wie früher: Mich selbst aufzugeben, weil ich Angst hatte, nicht für das geliebt zu werden, was ich war. Ich würde mich nicht mehr auf faule Kompromisse einlassen und schon gar nicht damit einverstanden sein, dass meine Bedürfnisse nicht gesehen wurden. Wenn Nils so ein Mann war, dann hatten wir tatsächlich keine gemeinsame Zukunft vor uns. Wiebke hatte recht: Ich musste über meinen Schatten springen und das Risiko eingehen, zurückgewiesen zu werden.

* * *

Natürlich hatte ich mich wieder nicht getraut, mit der Sprache rauszurücken, als Nils und ich uns gestern Abend bei mir getroffen hatten. Der Moment hatte sich nicht ergeben.

Lügnerin, schimpfte das Stimmchen in meinem Kopf.

Ja, vielleicht war ich auch einfach nur zu feige gewesen. Möglicherweise hatte ich aber auch nichts gesagt, weil mir ohnehin klar war, dass er und ich nicht dasselbe wollten. Aus diesem Grund wollte ich ihm mein Herz auch nicht auf dem Präsentierteller servieren. Ich musste keine Psychologin sein, um zu verstehen, dass ich in gewisser Weise immer noch an den Wunden meiner Vergangenheit herumdokterte.

Heute hatte ich viel zu tun und zum Glück wenig Zeit, über mein Privatleben zu grübeln. Ich war dabei, die Tischdeko-Aufträge abzuarbeiten, bevor ich später mit meiner Familie feiern konnte. Als ich gegen halb vier vor Ebbas Haus stand, war mir schon heiß, ehe ich klingelte. Einerseits hoffte ich, dass Nils mir die Tür öffnen würde, dass es vielleicht zu Weihnachten doch ein romantisches Happy End für uns geben könnte, andererseits fürchtete ich, dass es nie dazu kommen würde.

»Moin Svantje«, grüßte Ebba mich nur einige Sekunden, nachdem ich die Klingel betätigt hatte. Wir waren seit meinem letzten Besuch vor wenigen Tagen per Du, als ich nach Feierabend die Tanne für sie geschmückt hatte.

»Moin Ebba«, erwiderte ich und trat ein, als sie mich mit einer Geste dazu einlud.

Sie nahm mir die Jacke ab und begleitete mich ins Wohnzimmer, wo auch der Esstisch stand. Im Haus duftete es nach Braten und Gewürzen, die Lichterketten und Kerzen verbreiteten ein stimmungsvolles Ambiente. Ich konnte stolz auf mich und meine Arbeit sein. Tatsächlich hatte sich meine finanzielle Situation durch die zusätzlichen Aufträge so deutlich gebessert, dass ich sogar den Januar nicht mehr fürchten musste. Das waren gute Nachrichten, aber ich war trotzdem irgendwie niedergeschlagen.

»Was kochst du heute?«, wollte ich wissen, auch um überhaupt etwas zu sagen. Ebba sollte nicht mitbekommen, dass ich mit mir haderte. Die Frau hatte in letzter Zeit weiß Gott genug mitgemacht, und ich würde den Teufel tun und sie mit meinen Problemen belasten.

Geschirr, Besteck und Gläser hatte Ebba bereits auf dem Tisch bereitgestellt, auf dem sie außerdem ein gestärktes, weißes Damasttuch ausgebreitet hatte – darum hatte ich sie kürzlich gebeten.

»Ich dachte, ich mache mal was anderes, deshalb habe ich ein Roastbeef im Ofen. Früher gab es bei uns traditionell Karpfen, aber irgendwie konnte ich mir das als Hauptgericht in diesem Jahr nicht vorstellen.«

»Das verstehe ich.« Ich schenkte ihr einen mitfühlenden Blick und wartete, ob sie noch etwas sagen wollte. Als das nicht der Fall war, machte ich weiter, ehe sich ein peinliches Schweigen ausbreiten konnte.

»Kann ich dir was bringen? Kaffee? Tee?«, erkundigte sie sich schließlich.

»Nein, danke. Ich muss mich ein wenig beeilen, sonst verpasse ich noch unser eigenes Weihnachtsfest«, scherzte ich. Aber es stimmte wirklich, ich war spät dran. Es war fast dunkel, und ich wusste, dass Linus sehr aufgeregt war und es kaum abwarten konnte, die Geschenke auszupacken.

»Mit Kindern zu feiern, ist etwas ganz Besonderes«, meinte Ebba, als hätte sie meine Gedanken gelesen. »Ich hatte ja auch gehofft, dass ich mal Enkelkinder bekommen würde. Aber bisher sieht es nicht so aus.«

Mir stockte der Atem. Ich wagte nicht, sie anzusehen. Meine Bewegungen wurden ein wenig fahrig. Ich wusste nicht, was ich sagen sollte, deswegen hielt ich den Schnabel.

Ebba schien es nicht aufzufallen, sie plauderte einfach weiter. »Mich macht es traurig zu sehen, dass Nils nicht auf

Nortrum bleiben will. Seine Möbel könnte er doch überall bauen. Wir haben einen Notartermin für den Verkauf der Manufaktur vereinbart. Irgendwie hatte ich so sehr gehofft, dass er sich doch noch anders entscheiden würde. Na ja, ich kann es zum Teil schon verstehen, da er ja jetzt seine eigene Firma hat. Aber die Strandkörbe haben seit Generationen zur Familie gehört. Und jetzt soll das alles vorbei sein?«

Mein Mund wurde trocken.

Verdammt.

Die Neuigkeiten trafen mich vielleicht nicht gänzlich unerwartet, aber doch im falschen Moment. Ich legte die Serviette beiseite, die ich gerade falten wollte, und schaute Ebba an. »Das tut mir leid.« Meine Stimme klang tonlos.

Ihr trauriger Blick ging mir durch Mark und Bein.

Vielleicht weiß sie doch etwas über uns, schoss es mir durch den Kopf.

Ich konnte nicht sprechen und sie auch nicht weiter ansehen, denn dann hätte ich angefangen zu heulen. Deshalb konzentrierte ich mich wieder auf die Serviette, aber vor meinem Blickfeld verschwamm alles.

Ich fühlte mich von Nils betrogen, obwohl er mir ja keine Lügen aufgetischt, sondern einfach gar nichts gesagt hatte. Das machte für mich in diesem Moment jedoch keinen Unterschied.

»Wenn es in Ordnung für dich ist, lasse ich dich allein. Ich muss noch etwas erledigen«, erklärte sie mir jetzt. »Kann ich nächste Woche vorbeikommen und alles im Laden bezahlen?«

»Natürlich, Ebba. Ich wünsche dir ein frohes Fest.« Meine Stimme glich einem Krächzen. Ich räusperte mich.

»Frohe Weihnachten«, sagte sie noch, drückte meinen Arm und verschwand dann aus dem Wohnzimmer. Kurz darauf hörte ich, wie die Haustür ins Schloss fiel, und ich ließ mich erst einmal auf einen Stuhl sinken, um das Gehörte zu verdauen.

Ich hatte mich noch nicht wieder gefasst, als Nils durch die Tür kam.

Scheiße.

Er war zuhause? Ich hatte angenommen, dass er unterwegs wäre.

Ich konnte nichts sagen, sondern ihn nur anstarren.

Für meine Enttäuschung hatte ich keine Worte.

Ich kam mir hintergangen vor. Meine Emotionen waren schneller als meine Gedanken, ich fühlte mich überrollt.

»Svantje?« Er kam auf mich zu, und sein Blick war sorgenvoll. Ich hob die Hand, um ihn aufzuhalten.

»Nicht«, murmelte ich.

»Was ist denn?«

Diese Frage brachte mich direkt von Null auf Hundert. Ich sprang auf und funkelte ihn wütend an. »Was ist? Sag mal, hältst du mich für total blöd?«

Er kniff die Brauen zusammen, und ich sah, dass er verstand, was ich meinte. Er versteifte sich und wich einen halben Schritt zurück.

Diese Reaktion regte mich nur noch mehr auf. »Wann wolltest du mir sagen, dass du in Kürze von hier verschwindest? Nachdem du das nächste Mal mit mir geschlafen hast oder davor?«

»Was willst du? Welche Rechenschaft bin ich dir schuldig?«

Ich holte zischend Luft. Jetzt war es passiert. Das, wovor ich die ganze Zeit Angst gehabt hatte. Diese Antwort hatte mir nun den letzten Schlag versetzt. Ich war fassungslos, aber nicht so sehr, dass ich nicht darauf reagieren konnte.

»Stimmt. Gar keine. Es ist mein Problem, dass ich mich in dich verliebt habe. Nicht deins.«

Ach du liebe Zeit!

Wieso musste ich das gerade jetzt ausplaudern? Einen blöderen Moment hätte ich mir dafür nicht aussuchen können.

Auf diese Weise hatte ich es schon gar nicht herausposaunen wollen.

Nach dem, was ich eben erfahren hatte, hätte ich es sowieso niemals aussprechen sollen. Jetzt stand ich noch bescheuerter da.

Nils sah so schockiert aus, dass ich nichts anderes tun konnte, als resigniert auszuatmen.

Ich hob meine Hand, ehe er etwas sagen konnte. »Lass es gut sein. Erspare uns die üblichen Floskeln. Vergessen wir einfach alles, Nils. Ich wünsche dir frohe Weihnachten und ein schönes Leben in Berlin. Ich bereue nicht, was wir hatten, aber für mich ist es an der Stelle vorbei. Eine Affäre ohne Perspektive ist nichts für mich. Ich hatte mir eingeredet, dass wir beide etwas füreinander empfinden. Hatte mir gewünscht, dass wir uns ein gemeinsames Leben aufbauen könnten. Aber ich war wohl blind, die buchstäbliche rosarote Brille hat mir den Blick versperrt. Ich habe wohl zu oft Dirty Dancing gesehen, wo der männliche Held seinem Baby am Ende die Hand reicht, um mit ihr durchs Leben zu tanzen. Ich bin einfach eine hoffnungslose Romantikerin, die davon träumt, den einen Mann zu finden, der allen Umständen trotzt und sich zu ihr bekennt. Das ist wohl naiv, klar. Ich bin einfach verdammt blöd, weil ich gedacht habe, dass du der eine wärst, auf den ich so lange gewartet habe. Im Grunde ist das alles meine eigene Schuld. Schließlich hast du mir nie auch nur ein einziges Mal gesagt, dass du dasselbe suchst wie ich. Deswegen brauchst du auch nichts sagen, ich hab's endlich kapiert.«

Danach ließ ich ihn stehen, sah mich nicht mehr um und verließ das Haus seiner Mutter mit tränenüberströmtem Gesicht. Zum Glück dachte ich noch daran, meine Jacke mitzunehmen, denn in den Taschen befanden sich Schlüssel und Handy.

Das hier entwickelte sich definitiv zum schlimmsten Weihnachtsfest aller Zeiten.

KAPITEL 19

Zwei Stunden später waren wir alle bei Griet eingeladen, Linus, Thore, Wiebke, ihre Mutter Okka und ich. Die Geschenke hatten wir schon vor ein paar Tagen bei ihr vorbeigebracht, denn Linus glaubte ja noch immer an den Weihnachtsmann. Überall funkelte und glitzerte es, es duftete nach Orangenöl und Braten. Unzählige Kerzen brannten auf den Fensterbänken und auf dem Esstisch. Alle hatten sich extra fein angezogen. Es war das perfekte Familienfest. Nur nicht für mich.

Ich hoffte, dass man mir nicht ansah, dass ich eben noch geheult hatte wie ein Schlosshund. Vermutlich konnte aber weder Schminke noch mein aufgesetztes Lächeln verbergen, dass ich nicht gut drauf war. Nachdem wir uns alle begrüßt hatten, gab es ein Glas Sekt. Griet hielt eine kleine Rede und schwärmte, wie froh sie darüber wäre, dass wir dieses Jahr alle zusammen feierten, aber ich konnte ihr nicht ganz folgen. Meine Gedanken wanderten immer wieder zu Nils. Wenn ich gerade nicht an ihn dachte, fragte ich mich, an welcher Stelle ich etwas so falsch interpretiert hatte, dass ich mir die Zukunft mit ihm so lebendig hatte ausmalen können. Eine komplette Fehleinschätzung meinerseits.

Das machte mich fertig.

Wie hatte mir das nur passieren können?

Ich war doch immer so vorsichtig mit Gefühlen.

Nils hatte mein Herz gewonnen, ohne dass ich mich dagegen hätte wehren können. Er hatte es bekommen, ohne es zu wollen, und da lag das Problem.

Damit musste ich irgendwie klarkommen. Doch während alle strahlten, »Stille Nacht« durch die Lautsprecher dudelte und ich mich an einem Glas Sekt festhielt, konnte ich mich kaum beherrschen und kämpfte gegen weitere Tränen an. Alle außer mir schienen glücklich zu sein.

Mein Leben war sowas von verkorkst.

Hör auf, mahnte ich mich. Ich wollte jetzt nicht im Selbstmitleid versinken, vor allem, weil ich meinem Sohn das Fest nicht verderben wollte – und auch allen anderen nicht. Deshalb lächelte ich mechanisch und nippte weiter von meinem Sekt, obwohl mir klar war, dass Alkohol natürlich nichts nützen würde.

Endlich schaffte ich es, meine eigenen Probleme zur Seite zu schieben, und beobachtete meinen Sohn, wie er mit glitzernden Augen vor dem Baum stand und die Geschenke bestaunte. Die Tanne, die mit Griets bunten Kugeln, einer blinkenden Lichterkette und selbst gebackenen Pfeffernüssen dekoriert war, machte dem Fest alle Ehre. Mein Herz weitete sich, und ich musste vor Ergriffenheit schlucken. Linus bekam heute einen Bagger von mir (er dachte natürlich, der Weihnachtsmann hätte ihn gebracht), auf den er sich draufsetzen konnte, um damit Sand zu schaufeln. Davon hatte er schon immer geträumt, ich war irre gespannt, wie sehr er sich darüber freuen würde.

Nachdem wir uns alle noch einmal umarmt und uns frohe Weihnachten gewünscht hatten, wurde die Bescherung mit einem Glöckchen von Griet eingeleitet. Linus kam natürlich als erster dran. Wir hatten uns dazu entschieden, dass wir ihm die Geschenke vor dem Essen gaben, damit wir nachher in Ruhe am Tisch sitzen konnten.

Mein Sohn freute sich wie ein Schneekönig, und das ließ mich zum ersten Mal an diesem Tag ehrliche Freude verspüren und mein eigenes Dilemma vergessen. Ich war so stolz auf meinen Jungen, ich liebte ihn abgöttisch, und die Dankbarkeit, die mich in diesem Moment durchflutete, ließ nun doch ein paar Tränen der Rührung über meine Wangen rollen.

Nachdem er den Bagger ausgepackt hatte, lief er strahlend auf mich zu und zog mich mit sich zum Baum, um mir alles zu zeigen. Ich kniete mich mit ihm auf den Boden und genoss es, ihn dabei zu beobachten, wie er alle Features dieses Super-Baggers entdeckte. Gleich danach schaufelte er Geschenkpapier, als wäre es Sand.

»Das ist aber wirklich klasse«, sagte ich zu ihm und verwuschelte liebevoll sein Haar.

»Ist er nicht süß?«, meinte ich zu Wiebke und schniefte, während ich nach einem Taschentuch in meiner Handtasche suchte. Mein Blick fiel dabei aufs Handy, ich hatte ein paar Nachrichten erhalten. Kurz überlegte ich, ob ich nachsehen sollte, entschied mich jedoch dagegen.

Das Stimmchen in meinem Kopf wies mich darauf hin, dass auch etwas von Nils dabei sein könnte, aber ich ignorierte es. Keine WhatsApp konnte mir das geben, was ich mir gewünscht hatte. Er würde nicht vor der Tür auftauchen und mir seine Liebe gestehen. Sowas passierte nur im Film, und wie es ausschaute, spielte ich nicht in einer romantischen Komödie die Hauptrolle, sondern in einem Drama ohne Happy End.

Wiebke legte mir eine Hand auf die Schulter und drückte sie aufmunternd.

Ich versuchte vor allen zu verbergen, wie schlecht es mir ging. Aber Wiebke schaute mich mit diesem gewissen Blick an. Sie ahnte, dass etwas los war. Ich gab ihr stumm zu verstehen, dass ich jetzt nicht darüber reden wollte, und schüttelte den Kopf.

Sie nickte. Mir war klar, dass sie mich später drauf ansprechen würde, aber jetzt wollten wir uns alle auf die Bescherung konzentrieren.

Die dauerte tatsächlich eine Weile, und als die Geschenke schließlich ausgepackt waren, bat Griet uns zu Tisch – den ich gestern schon eingedeckt hatte. Sie goss Rotwein und Limo ein, und dann halfen wir ihr, die vorbereiteten Speisen ins Esszimmer zu schaffen. Es gab Ente, Rotkohl, Kartoffelklöße, braune Soße und für Linus zur Sicherheit noch ein paar Hähnchennuggets, weil er den Braten womöglich nicht mochte.

»Nicht so traditionell für den Heiligen Abend, aber ich hoffe, es schmeckt euch trotzdem«, erklärte Griet mit geröteten Wangen und strahlenden Augen. »Thore, könntest du bitte die Ente tranchieren?«

»Klar, mache ich.« Thore stand auf und griff nicht zur Schere, sondern zog etwas aus seiner Hosentasche. »Aber vorher möchte ich noch etwas anderes tun.«

Mein Atem stockte, weil ich ahnte, was er vorhatte.

Griet ebenso, denn sie grinste noch breiter. Okka, Wiebkes Mama, schlug sich die Hände vor den Mund in freudiger Erwartung.

Wiebkes Augen wurden untertassengroß, als Thore auf sie zukam und vor ihr auf ein Knie ging. Er nahm ihre Hand in seine. »Liebe Wiebke, ich habe mir viele Worte zurechtgelegt, aber ich bin so aufgeregt, dass ich gar nicht weiß, was ich alles sagen wollte. Ich liebe dich – und meinen Sohn – mehr als alles andere auf der Welt. Ich habe lange versucht, dich zu vergessen, aber es ist mir nie gelungen. Ich kann gar nicht sagen, wie froh ich bin, dass das Pech deiner Oma dich wieder auf unsere schöne Insel gespült hat. Mit dir ist auch die Liebe in mein Leben zurückgekommen, und ich kann dir nicht sagen, wie glücklich ich bin, weil keine Worte das ausdrücken können, was ich mit dir und für dich empfinde. Du bist alles, was ich jemals wollte und wovon ich immer geträumt habe. Ich liebe dich dafür, dass du Linus ins Herz geschlossen hast, ich liebe dich dafür, dass du unser Familienmodell jeden Tag aufs Neue bereicherst, ich liebe dich dafür, dass du hier auf diesem Stuhl sitzt und bei mir bist. Wiebke, willst du meine Frau werden und den Rest deines Lebens mit mir verbringen?«

Während Thore diese kleine, sehr emotionale Rede gehalten hatte, hatte Wiebke zuerst geschluckt und dann angefangen zu schniefen, dabei grinste sie so breit, dass der ganze Raum erstrahlte. Ich freute mich wahnsinnig für die beiden, und es kam für mich auch nicht wirklich überraschend, dass bei ihnen der nächste Schritt anstand. Ich hätte schon früher damit gerechnet, dass sie sich verlobten. Für einen Augenblick konnte ich mich einfach für sie freuen, was ich als sehr erlösend empfand, da ich kurz nicht über mein eigenes Dilemma nachdenken musste.

»Ja!«, rief Wiebke. »Ja, natürlich! Ich will! Ich liebe dich.«

Thore stand auf und küsste sie stürmisch. »Ich liebe dich.«

»Der Ring!«, erinnerte Griet, die sich mit einer Serviette Luft zufächelte.

Linus schien die Ergriffenheit der Erwachsenen nicht zu teilen, er verlor die Geduld und spießte einen Kloß mit der Gabel auf, um ihn auf seinen Teller zu balancieren. Natürlich rollte das Ding über den Tisch, und alle mussten lachen.

Während ich Linus half, steckte Thore Wiebke einen bezaubernden, aber dezenten Ring mit einem kleinen Diamanten an den linken Ringfinger.

»Er passt wie angegossen!«, trällerte Wiebke und fiel ihrem Verlobten erneut um den Hals. Dann sprang Griet auf und holte mehr Sekt, damit wir auf das Brautpaar anstoßen konnten.

Der Abend zog sich danach ein wenig – für mich jedenfalls.

Klar freute ich mich für die beiden, aber zu sehen, wie

glücklich das junge Paar war, ließ mich, je länger das Essen dauerte, nur noch einsamer zurück. Beinahe war ich erleichtert, als Linus irgendwann so müde war, dass er freiwillig ins Bett wollte.

»Mama, können wir nach Hause?«, murmelte er und ließ sich auf meinen Schoß sinken.

»Soll ich dir helfen, ihn nach Hause zu bringen?«, bot Thore an.

Ich lächelte ihn an. »Ich denke, du solltest dich heute Nacht um deine Braut kümmern. Wir sehen uns dann morgen beim Krippenspiel.«

Die Verabschiedungszeremonie hielten wir simpel, wofür ich dankbar war. Ich setzte Linus in den Kindersitz auf meinem Fahrrad und radelte nach Hause. Auf dem kurzen Weg war er eingeschlafen, und ich trug ihn in sein Bettchen. Dort zog ich ihm den Schlafanzug an. Aufs Zähneputzen verzichteten wir heute ausnahmsweise, das machte mich hoffentlich nicht zur schlechtesten Mutter des Jahres.

Ich betrachtete meinen schlafenden Sohn. »Also sind es weiter nur wir beide«, flüsterte ich.

Der Satz machte mich so traurig, dass ich nicht verhindern konnte, dass noch ein paar bittere Tränen aus meinen Augenwinkeln rollten.

Als ich ins Bett ging, hatte ich mehrere verpasste Anrufe von Nils auf meinem Handy. Ich hatte keine Kraft, um ihn zurückzurufen. Für mich war an der Stelle auch alles gesagt. Ich löschte seine Nummer und den Chat, in dem ich die letzten Nachrichten, die er mir seit dem Nachmittag geschickt hatte, nicht einmal gelesen hatte.

KAPITEL 20

Obwohl ich mich auf das Krippenspiel mit Linus in der Hauptrolle freute, merkte ich, dass ich gleichzeitig noch immer diese Leere in mir spürte. Ich vermisste Nils. Ich vermisste ihn sehr. Ich konnte nicht einmal mehr wütend auf ihn sein.

Sicher würde ich irgendwann an den Punkt kommen, dass ich mit einem guten Gefühl im Bauch an die Zeit mit ihm zurückdenken konnte. Momentan war das nicht der Fall. Im Gegenteil.

Aber davon wollte ich mich nicht ablenken lassen, als wir die Turnhalle betraten, wo ich Linus an die Erzieherinnen übergab, damit er vor der Aufführung geschminkt werden konnte. Eltern waren dabei nicht erwünscht, so blieb mir etwas Zeit, ehe ich meinen Platz im Publikum einnehmen konnte.

Ich trat vor die Turnhalle und genoss das schöne Wetter. Eigentlich war alles perfekt.

Na ja. Zumindest beinahe.

Sonnenstrahlen zauberten Millionen von Lichtreflexen auf die Schneedecke, der Himmel strahlte in einem so hellen und reinen Blau, dass ich sentimental wurde. Es war klirrend kalt, mein Atem hinterließ kleine weiße Wölkchen in der Luft. Ich zog meinen Schal ein wenig enger um den Hals und spazierte für ein paar Minuten umher. Einige Möwen kreisten am Himmel. Ich liebte diese Insel und auch mein Leben hier. Deshalb bedauerte ich, dass der Mann, mit dem ich mich in meinen Träumen gesehen hatte, es nicht so sah. Aber das konnte und sollte ich akzeptieren.

Vielleicht war für mich einfach kein Happy End vorgesehen. Damit musste ich leben. Immerhin hatte ich wenigstens meine finanziellen Schwierigkeiten überwunden, mein Sohn war gesund, und ich hatte eine tolle Familie. Das Modell Patchwork funktionierte für uns sehr gut. Damit konnte ich mich zufriedengeben, es würde nur ein paar Tage – oder Wochen – dauern, bis ich den Liebeskummer hinter mir gelassen hatte. Aber auch das würde ich hinbekommen, natürlich. Ich war eine starke, unabhängige Frau.

»Gott, wie ich das manchmal hasse«, murmelte ich mit einem tiefen Seufzer.

Ja, ein bisschen versank ich gerade im Selbstmitleid, aber da niemand etwas davon mitbekam, ließ ich es zu. Meine Probleme machte ich mit mir selbst aus, das war mir in der Vergangenheit gelungen, und das würde ich auch in der Zukunft schaffen.

Als es an der Zeit war, kehrte ich zur Turnhalle zurück, gab meine Jacke an der Garderobe ab und setzte mich.

Ich hatte am Morgen eine dicke Schicht Make-up aufgetragen, damit niemand sah, wie tief meine Augenringe waren. Ich hatte kaum geschlafen. Genügend Übung hatte ich, deshalb gelang es mir, dass ich vermutlich auf die anderen Gäste wirkte wie immer. Ich plauderte hier und da und wünschte allen frohe Weihnachten.

Erst als Eva auf die Bühne trat und es still im Saal wurde, ließ ich auch zu, dass ich innerlich ein wenig zur Ruhe kam.

Liebeskummer fühlte sich scheiße an. Ich konnte daran nichts beschönigen.

Ich wusste, dass Nils auch hier war, aber ich vermied jeden

Blick in die Richtung des Mischpults. Ebba hatte ich vorhin im Vorbeigehen zugenickt. Nils hatte zu tun, und das war gut so. Ich würde ihm aus dem Weg gehen und ihn hoffentlich nicht sehen, denn dann konnte ich nicht garantieren, dass ich nicht doch eine Dummheit beging. Natürlich sehnte ich mich immer noch nach ihm.

Gefühle konnte ich nicht einfach ausknipsen, nur weil er keine für mich hatte.

Eva verkündete, dass es losging, und als Musik erklang und der Vorhang aufging, konzentrierte ich mich auf das Geschehen. Ich bibberte mit, ob alles klappen würde oder ob Linus vielleicht doch seinen Text vergaß oder was auch immer. Er war ja erst fünf!

Als die kleinen Schauspieler auf die Bühne traten, musste wieder mein Taschentuch herhalten. Ich war so unfassbar stolz auf ihn, dass ich meine Tränen nicht zurückhalten konnte. Linus sah ein wenig ängstlich aus, während er sich umblickte. Als er mich unter den Zuschauern entdeckte, hielt ich den Daumen hoch und signalisierte ihm, dass alles okay war. Er schien sich daraufhin zu fassen, und auf einmal war es, als hätte sich ein Schalter in ihm umgelegt. In meinem Sohn steckte also doch eine kleine Rampensau.

Ich war so begeistert, dass ich am liebsten die ganze Zeit alle auf ihn aufmerksam machen wollte, was ich natürlich nicht tat. Linus meisterte seine Rolle als Josef mit Bravour, er hatte keinen einzigen Hänger oder Versprecher.

Nach einer guten halben Stunde war der erste Teil vorbei, ich sprang auf die Beine und applaudierte wild. Nach ein paar Minuten und vielen Verbeugungen der süßen Kleinen wurde die Bühne freigegeben, jetzt kamen die Grundschüler an die Reihe, die auch etwas vorbereitet hatten.

Ich klatschte noch immer für die Kleinsten, dann setzte ich mich wieder und freute mich wie wahnsinnig, dass Linus seine Rolle so perfekt gespielt hatte.

Statt der Grundschullehrerin trat jetzt jemand anderes auf

die Bühne ans Mikrofon. Ich erstarrte mitten in der Bewegung, als ich erkannte, dass es Nils war.

Meine Knie wurden weich, und ich war froh, dass ich schon saß. Bedauerlicherweise hatte er nach wie vor diese Wirkung auf mich. Mein Mund wurde trocken, und ich versuchte wegzusehen, aber ich konnte nicht. Wie gebannt starrte ich ihn an.

Er sah so gut aus.

Natürlich. Ich hatte nicht erwartet, dass er über Nacht zu einer hässlichen, verschrumpelten Zitrone werden würde. Trotzdem tat es weh, ihn zu sehen. Seine Haare waren ein wenig zerzaust, er war nicht rasiert. Er trug einen dunkelblauen Rollkragenpullover zu einer Jeans und den derben Stiefeln, die ich schon so oft an ihm gesehen hatte. Mein Herz wurde schwer. Ich sehnte mich so sehr nach ihm.

Er räusperte sich und ließ den Blick über das Publikum schweifen. Er hatte mich noch nicht entdeckt, und ich versuchte mich kleinzumachen. »Entschuldigt bitte die kurze Unterbrechung«, fing er an und räusperte sich erneut. Täuschte ich mich oder war er nervös?

»Ich habe etwas zu verkünden«, erklärte er und fand endlich meinen Blick.

Mir stockte der Atem, und mein Herz setzte einen Schlag aus, um dann im doppelten Tempo weiter zu hämmern.

»Ah, da bist du ja, Svantje.«

Heilige Mutter Maria!

Dabei war ich nicht mal gläubig, doch wie er meinen Namen sagte, löste etwas in mir aus. Mir wurde heiß und kalt gleichzeitig.

»Ich will, dass es alle wissen. Sorry, wenn du das jetzt peinlich findest, aber ich denke, es ist an der Zeit, dass ich mal den Mund aufmache.«

Ein Raunen wanderte durch den Saal, die Leute kapierten natürlich nicht, worum es ging. Ich war mir selbst nicht sicher, was er vorhatte.

Meine Hände waren eiskalt und fühlten sich klamm an, ich merkte es kaum, denn ich hatte mit meiner flachen Atmung genug zu tun.

»Svantje, ich habe keine Ahnung, ob du der Typ für sowas bist. Aber ich muss das Risiko jetzt eingehen, obwohl ich mir vor Aufregung fast in die Hose mache.«

Im Publikum gab es ein paar Lacher, aber die meisten Nortrumer hingen an seinen Lippen. »Gestern habe ich mir zusammen mit meiner Mutter Dirty Dancing angeschaut, ich dachte, vielleicht wäre das ja was, um unsere Stimmung zu heben, und ich glaube, dass ich jetzt kapiert habe, was du meinst. Deshalb stehe ich auf der Bühne und erzähle allen hier, dass du alles bist, was ich mir wünsche. Ich habe mich in dich verliebt, und weil Neuigkeiten in Nortrum sowieso nicht lange geheim bleiben, will ich es direkt öffentlich machen, damit gar kein Anlass besteht, Gerüchte in die Welt zu setzen.« Er straffte sich. »Also, es ist so: Svantje gehört zu mir.« Er machte noch eine Pause. »Jedenfalls, wenn sie das auch will.«

Er atmete aus und schaute mich erwartungsvoll an. Ich sah aus dem Augenwinkel, wie Ebba sich ergriffen in ein Taschentuch schnäuzte.

Alle Köpfe schienen sich in meine Richtung zu drehen.

Ich war sowas von überfordert mit der Situation.

Die Frau neben mir beugte sich herüber. »Du solltest jetzt zu ihm gehen, außer du willst ihn nicht.«

O Mann. Ich schwitzte wie verrückt.

Dabei konnte ich mich nicht mal beschweren, denn jetzt hatte ich ihn bekommen, meinen Helden, der in aller Öffentlichkeit zu mir stand. *Svantje gehört zu mir.*

Der Satz ließ mich schmunzeln. Ich stand auf und war froh, dass mich meine Beine trugen. Als Nils sah, dass ich zu ihm kommen wollte, sprang er von der Bühne und lief mir entgegen. Er rannte, riss mich in seine Arme und küsste mich vor allen Leuten, dass mir Hören und Sehen verging.

Erst als die Menge anfing zu johlen und zu klatschen,

wurde mir bewusst, dass ich ihn ebenso hungrig geküsst hatte wie er mich.

Als wir uns voneinander lösten, strahlte er. »Sorry, dass ich so lange gebraucht habe, bis endlich der Groschen gefallen ist.«

Ich erhaschte einen Blick auf Wiebke, die rechts von uns saß. Sie streckte den Daumen in die Luft.

»Es ist okay, du bist ja ein Mann«, erwiderte ich mit einem Grinsen im Gesicht.

Das Gemurmel im Publikum nahm nicht ab, ich wünschte mir einen Moment der Ruhe mit ihm. Alleinsein.

Zum Glück sprach jetzt die Lehrerin ins Mikrofon und verkündete, dass es nun endlich mit dem Programm weitergehen konnte. »Kommst du mit?«, fragte er mich und verschränkte seine Finger mit meinen. Ich nickte und ging mit ihm zum Mischpult. »Ich kann die Aufführung jetzt natürlich nicht sausen lassen«, erklärte er mir zwischen zwei Küssen. »Danke, dass du mich nicht zum Teufel gejagt hast.«

»Habe ich nicht?« Ich hob eine Braue.

Er lächelte. »Zumindest nicht heute. Ich … irgendwie war mir nicht klar, dass du darauf gewartet hast. Ich habe gedacht, dass du … na ja, dass du vielleicht gar nicht mehr von mir willst. Und mein Leben war … ist ziemlich kompliziert.«

»Das verstehe ich.«

»Aber Svantje«, er nahm meine Hand und drückte einige Küsse auf die Fingerknöchel. »Ich hab dich vom ersten Moment an in mein Herz geschlossen. Hast du das nicht gemerkt?«

Ich schluckte, meine Kehle wurde eng. »Gehofft hatte ich es, aber ich war mir einfach nicht sicher.«

»Jetzt weißt du es. Ich habe mich in dich verliebt. Ich will alles mit dir. Eine Zukunft, ein ganzes Leben. Und weißt du was?«

»Nein?« Ich guckte zu ihm auf.

»Ich habe den Notartermin abgesagt.«

»Wie bitte? Warum?«

»Mir ist gestern einiges klargeworden. Ich wollte mit dir reden, aber du hast mich ignoriert.«

Ich zuckte die Schultern. »Tut mir leid, ich wollte einfach nicht hören, dass du mich nicht willst.«

»Es wäre schön, wenn du mir sowas nicht in den Mund legst.« Er lachte. Eva winkte hektisch neben der Bühne, weil Nils seinen Einsatz verpasst hatte. Vermutlich hätte er längst den Regler hochziehen sollen, damit die Musik für den Schlussakkord und den Aufmarsch der Kinder zum finalen Applaus erklang. »Denn eigentlich wollte ich dir sagen, dass du recht hast. Dass ich eigentlich bleiben will. Dass ich nicht länger davonlaufen möchte. Meine Gründe, warum ich Nortrum damals verlassen habe, spielen heute keine Rolle mehr. Ich habe die Manufaktur immer geliebt. Möbel bauen liebe ich auch. Vielleicht kann ich das miteinander verbinden. Ich habe das erst kapiert, als ich dachte, dass ich es mit uns versaut habe.«

»Das hast du nicht. Zu sowas gehören immer zwei.« Ich stellte mich auf die Zehenspitzen. »Du hast mein Herz schon neulich auf dieser Fähre gewonnen, und dann noch mal, als du mein Auto aus dem Straßengraben gezogen hast. Ich hatte nur Angst, es mir einzugestehen.«

»Ich liebe dich, Svantje.«

Da waren sie, die drei Worte, nach denen ich mich gesehnt hatte. Sie waren nicht nur so dahingesagt, das spürte ich. Ich nahm sein Gesicht zwischen meine Hände. »Ich liebe dich auch.«

»Sind wir verrückt?«

Ich nickte. »Und ob!«

»Mit dir bin ich es gerne.«

»Ich auch. Ich glaube, mehr brauchen wir nicht, oder?«

»Nein!«

Er küsste mich noch einmal und hielt mich fest im Arm. Jemand anderes übernahm gottlob seinen Job – die Musik erklang, Kinder sprangen auf die Bühne und um uns herum brandete Applaus auf, der nicht für uns bestimmt war. Ein Glück. So lag nicht mehr alle Aufmerksamkeit auf uns ... Ich konnte kaum abwarten, dass diese Aufführung endlich zu Ende war. »Ich stelle dich nachher offiziell Linus vor«, erklärte ich ihm. »Wenn du das auch möchtest.«

»Ich wünsche es mir sehr.«

»O Mann, ich fühle mich so ..., als würde ich auf Wolken gehen.«

»Geht mir genauso. Es ist wie ein Traum der Wirklichkeit wird.« Er hauchte mir einen Kuss auf die Stirn. »Wir bekommen das hin. Gemeinsam geht sich jeder Weg leichter.«

»Das hast du schön gesagt. Ich wusste gar nicht, dass ein Philosoph in dir steckt«, neckte ich ihn.

»Es gibt noch einiges an mir zu entdecken«, witzelte er und ließ seinen Finger über den Ansatz meines Kinns gleiten, worauf ich mit einer Gänsehaut reagierte.

»Ich hätte nie gedacht, dass es für mich doch ein *Für immer* gibt«, flüsterte ich, aber endlich konnte ich glauben, dass es so war. Mit Nils an meiner Seite fühlte ich mich bereit, alle Stürme, die uns der Nordwind um die Ohren pusten würde, zu meistern, und ich wusste, ihm ging es genauso.

EPILOG

*W*ind fuhr mir durch das Haar wie eine zärtliche Geste. Der Duft von Meersalz und Gras strömte in meine Lungen. Sonne wärmte meine Haut. Ich liebte diese Insel und mein Leben hier. Zu meinem Glück sah Nils das inzwischen auch so.

Die letzten Kunden hatten sich vor wenigen Minuten verabschiedet, und ich sammelte die Speisekarten im Außenbereich des Cafés ein.

Während die Sonne an diesem kühlen Junitag allmählich gen Westen wanderte, ließ ich die vergangenen Monate an mir vorüberziehen. Nils hatte den Umzug seiner Werkstatt von Berlin nach Nortrum über die Bühne gebracht. Nicht alles war immer glattgegangen, aber auch im größten Stress hatte er nie die Nerven verloren. Es war eine Zeit der Veränderungen gewesen, die ebenso voller Möglichkeiten und Hoffnung war. Wir genossen es, gemeinsam Pläne für die Zukunft zu schmieden. Ich spürte, wie ich an diesen Erlebnissen gewachsen war und wie sich neue Wege vor uns auftaten, während wir die Herausforderungen meisterten.

Ich blickte in den Sommerhimmel und empfand eine tiefe Dankbarkeit für all die Menschen, die mich auf meinem Weg begleitet hatten. Meine Freunde, meine Patchwork-Familie und natürlich auch Nils, der mir stets geholfen hatte, wenn ich ihn am dringendsten gebraucht hatte. Und ich hatte sogar noch weitere Unterstützung dazugewonnen: Ebba machte mittlerweile nicht nur für die Manufaktur, sondern auch für mein Café die Buchhaltung.

Nils und ich hatten unsere Liebe auf ein sicheres Fundament gestellt, aber unsere berufliche Entwicklung war ebenfalls miteinander verwoben. In der Strandkorbmanufaktur hatte Nils seine Werkstatt eingerichtet, und ich war mit meinem Café und dem *Letj Dekopot* sozusagen die Außenstelle geworden. Wo ich früher runde Tische vor dem Laden stehen gehabt hatte, boten sich jetzt fünf bunte Strandkörbe als Sitzgelegenheiten für meine Kunden an. Nach einigen Veränderungen würde sich mein Geschäft in Zukunft ebenfalls über die Wintermonate tragen, aber noch wichtiger war: Seit Nils bei mir eingezogen war, hatte ich auch zuhause das Gefühl, endlich angekommen zu sein. Linus liebte Nils abgöttisch. Kein Wunder, denn Nils war einfach großartig im Umgang mit Kindern und besonders mit meinem Sohn.

Ich war noch nie so glücklich gewesen. Kurz schloss ich die Augen, atmete tief ein.

»Da bist du ja«, riss mich Nils' Stimme aus meinen Träumereien. Ich öffnete die Lider und sah zu ihm auf. Er zog mich an sich und küsste mich innig.

Als wir uns voneinander lösten, sagte ich atemlos. »Ich bin gleich so weit.«

»Keine Eile. Kann ich noch etwas tun?«

»O nein, du hast heute schon genug gemacht. Du musst doch völlig erschöpft sein!«

In den letzten Tagen waren wir vollauf damit beschäftigt gewesen, den Garten bei Oma Griet für die Hochzeit zu schmücken, glücklicherweise hatte uns das Wetter nicht im Stich gelassen. Morgen würden sich Wiebke und Thore das Ja-Wort geben, und wir waren alle schon mächtig aufgeregt –

aber dieser Abend war nur für uns da, denn Linus übernachtete heute bei seinem Papa.

Auf dem Weg zum Strand machten wir einen kleinen Schlenker zu Griet, wir brachten ihr eine Kiste mit Deko-Artikeln für die Hochzeitsgesellschaft vorbei. Sie stand im Garten und kam lächelnd auf uns zu. »Es ist so schön, euch Turteltäubchen miteinander zu sehen. Wollt ihr nicht gleich mit heiraten?«

Ich grinste und sah Nils aus dem Augenwinkel an. Er wirkte nicht erschüttert, sondern im Gegenteil so, als ob er ernsthaft über Griets Vorschlag nachdenken würde.

»Erst mal sind Wiebke und Thore dran, dann sehen wir weiter«, antwortete ich und sah mich um. Der Garten sah fantastisch aus. Überall hingen Lampions, und ich konnte mir gut ausmalen, wie stimmungsvoll es am Abend werden würde, wenn die Dämmerung eingesetzt hatte. Die Tische waren noch nicht eingedeckt, das würden wir erst am Morgen der Trauung tun, ebenso wie die Hussen der Stühle erst dann übergezogen wurden. Aber in meiner Vorstellung konnte ich schon jetzt sehen, wie großartig diese Feier werden würde. Ich freute mich wahnsinnig für Thore und meine liebste Wiebke.

Nachdem wir noch kurz mit Griet geplaudert hatten, machten wir uns in Richtung Strand auf.

Nils liebte die gemeinsamen Spaziergänge genauso wie ich, hier am Ufer, wo der kühle Sand unter unseren Füßen zu spüren war, konnten wir den ganzen Alltagsstress hinter uns lassen und uns auf uns konzentrieren.

Ich bekam auch nach Jahren auf der Insel niemals genug von der einzigartigen Magie am Nortrumer Strand, wenn die sanften Wellen an den weißen Sand spülten und die salzige Brise über meine Haut strich. Die Möwen kreisten am hellblauen Horizont, während die Sonne allmählich in der Nordsee versank und den Himmel rotgolden färbte. Hand in Hand spazierten wir am Ufer entlang, das Rauschen des Meeres begleitete uns auf unserem Weg. Die letzten Sonnenstrahlen des Tages umhüllten uns wie eine sanfte Berührung. Das Brausen der Wellen nahm nicht ab, während wir über unsere Träume und Hoffnungen sprachen und der Tag zur Nacht wurde.

Als der Mond bereits am Himmel zu sehen war, blieb Nils stehen, drehte mich sanft zu sich herum und sah mir tief in die Augen. Wortlos zog er mich zu sich heran und legte seine Hand an meine Wange. Ich spürte, wie mein Puls in die Höhe schnellte, als er mein Kinn anhob und mich zärtlich küsste.

Die Welt um uns versank in Bedeutungslosigkeit. In diesem Moment schien die Zeit stillzustehen, es zählte nur unsere Liebe und die endlose Weite der salzigen Nordsee.

Als wir uns schließlich voneinander lösten, lächelten wir uns an und wussten, dass unsere tiefen Gefühle füreinander uns für immer zusammenhalten würden.

Gemeinsam liefen wir weiter über den Strand und hatten, auch ohne es auszusprechen, die Gewissheit gefunden, dass unsere Liebe stark genug war, um alle Hindernisse, die sich uns in den Weg stellen würden, mit Leichtigkeit zu überwinden. Voller Zuversicht setzten wir unsere nächsten Schritte über den feinen weißen Nordseesand in die Zukunft. Wir waren bereit, uns allen Höhen und Tiefen des Lebens zu stellen, denn unsere Liebe war alles, was wir zum Glücklichsein brauchten.

HOL DIR DEIN GESCHENK

Vielen Dank, dass du mein Buch gekauft und gelesen hast. Wenn es dir gefallen hat, freue ich mich über Feedback, sei es als Rezension oder als Beitrag in den sozialen Medien.

Wenn du keine Neuerscheinung mehr verpassen möchtest, melde dich gleich zu meinem Newsletter an. Als Dankeschön erhältst du das „Zeugenkussprojekt" als Ebook oder Hörbuch, welche nicht im Handel erhältlich sind.

Du findest mich auch auf Instagram, Facebook oder auf meiner Website.

Alles Liebe,
    Deine Karin

MEHR AUS NORTRUM VON KARIN KOENICKE

Winterfunkelnd verliebt

*Ist es schlau, mit einem Mann den Club „Singles forever" zu gründen –
und dich dann in ihn zu verlieben?*

Veronika ist reif für die Insel. Nach einer schmerzhaften
Trennung sehnt sie sich nach ruhigen Tagen auf Nortrum.
Doch aus der Ruhe wird nichts, weil sie aus der Wohnung
nebenan ständig mit Klavierlärm beschallt wird. Eines Nachts
wird es ihr zu bunt, sie trommelt gegen die Tür – und trifft auf
Timo. Der verschlossene Komponist steckt tief in einer Schaf-
fenskrise. Da Veronika ein großes Herz und dringenden
Schlafbedarf hat, beschließt sie, Timo aus seinem Tief heraus-
zuhelfen. Weil auch Timo der Liebe abgeschworen hat, sind
gemeinsame Ausflüge absolut ungefährlich, denkt Veronika
und gründet mit ihm einen Singleclub.

Doch der glitzernde Inselschnee und Timos Musik
berühren ihr Herz tiefer, als ihr lieb ist. Nur dumm, dass Timo
immer wieder betont, wie toll er ihre platonische Freundschaft
findet.

Trifft die Liebe am Ende doch noch den richtigen Ton?

Der Roman erscheint am 24.11.24

MEHR AUS NORTRUM VON LOTTE RÖMER

Eisblumenverliebt

Wintersonne, Strand und Meer - der neue Nordsee-Liebesroman von Kindle-#1 Bestsellerautorin Lotte Römer

Nach ihrer Trennung lebt Helena alleine mit ihrem Hund. Schnell realisiert sie, dass bisher ihr Ex-Partner alle handwerklichen Aufgaben im Haus übernommen hat. Jetzt ärgert Helena allerdings gewaltig, dass sie nicht mit Bohrmaschine und Werkzeugkasten umgehen kann. Das muss sich ändern! Also entscheidet sie sich kurzerhand, ihre handwerklichen Fähigkeiten zu verbessern. Ihre Lernergebnisse hält sie in kurzen Videos fest, die sie online stellt, um auch andere Frauen zu unterstützen. Nie hätte sie erwartet, dass ihr Kanal viral geht!

Unter den Fan-Mails, die sie erreichen, ist auch eine von Nordlicht Ole. Schnell haben Helena und Ole intensiven Briefkontakt und sie entschließt sich, ihn auf der idyllischen Nordseeinsel Nortrum zu besuchen. Als begeisterte Eisbaderin kommt Helena der Inselwinter gerade recht!

Bei ihrer ersten Begegnung mit dem attraktiven Ole kribbelt es dann auch gehörig in ihrem Bauch. Doch Ole tut so, als wäre ihm Helena noch nie begegnet. Bereut er am Ende seine überstürzte Einladung? In jedem Fall wirken all die vertrauten Mails plötzlich wie eine einzige Lüge.

Der Roman erscheint am 8.12.24

ÜBER DIE AUTORIN

Karin Lindberg war zehn Jahre in den Chefetagen internationaler Konzerne tätig, doch sobald ihr erster Roman veröffentlicht war, reichte sie ihre Kündigung ein, um jede freie Minute zu schreiben. Sie erschafft mit Begeisterung starke Heldinnen und attraktive Helden, legt ihnen Steine in den Weg und lässt sie am Ende doch ihr Happy End erleben. Ihre Fans begeistert sie mit Geschichten voller Humor, aber vor allem mit ihrem Gespür für große emotionale Momente. Karin ist eine der erfolgreichsten Autorinnen Deutschlands, regelmäßig landen ihre Titel weit oben in den Bestsellerlisten. Die Autorin lebt mit ihrer Familie vor den Toren Hamburgs. Inzwischen hat sie mehr als fünfzig Romane veröffentlicht, die weit über zwei Millionen Mal verkauft wurden.